KB016756

악몽과 도련님

ボンボンと悪夢

악몽과 도련님

ボンボンと悪夢

호시 신이치 지음
이영미 옮김

하빌리스

목차

의자

그의 집을 찾기까지는 꽤나 시간이 걸렸다. 운전기사는 복작복작한 뒷골목에 차를 세우고, 국숫집이나 선술집으로 뛰어다니며 몇 번이나 그 위치를 물어봐야 했다.

"어때, 이젠 좀 알 것 같나?"

차로 돌아온 운전기사가 내 질문에 대답했다.

"아, 네. 좀 더 앞쪽인 것 같습니다. 그런데 사장님 친구분이 왜 이런 곳에 살고 계시는 거죠?"

운전기사는 아무래도 이해하기 힘든 모양이었다. 대학을 졸업한 지 이십 년, 고생을 거듭한 끝에 작게나

마 회사도 경영했다던 인물이 이런 지저분한 도시 변두리에 사는 게 그 딴에는 영 이상했던 모양이다. 하긴, 나도 그가 왜 망했는지는 모른다.

"흐음, 나도 잘 몰라. 그 녀석이랑은 대학 동기였고, 아주 친하게 지냈어. 둘 다 어머님을 일찍 여읜 탓이었겠지. 둘이서 어머니가 있는 다른 집 아이들을 부러워했고, 어렴풋하게 남은 어린 시절 속 어머니와의 추억 얘기도 나누곤 했어."

"학교를 졸업한 후에 그분은 어떻게 되셨나요?"

"그 친구는 무역 회사에 들어갔고, 나중에 독립해서 구미 각국을 누비고 다녔지. 업계 소문으로는 대단한 수완가였던 모양이야. 그런데 왜 갑자기 일을 그만두고 이런 곳에 틀어박힌 건지 정말 알다가도 모르겠군."

"귀국한 후에 만나 보셨어요?"

"어어, 한참 전에 한 번 찾아와서 돈을 빌려 갔지. 그게 다야. 게다가 돈을 빌리러 온 주제에 시무룩한 표정도 아니고, 싱글벙글 밝은 얼굴이더라니까. 건강 상태도 나빠 보이지 않았어. 정말 영문을 알 수 없는 얘기 아닌가? 그때를 떠올릴 때마다 왠지 마음에 걸려. 그래서 오늘 전에 알아 둔 주소지로 찾아가 보기로 한 거지."

자동차는 비좁은 골목을 느릿느릿 나아가다 멈췄다.

"여기인 것 같습니다."

운전기사가 그렇게 말하며 차 문을 열었다. 그 안으로 악취가 흘러들었다.

"끔찍한 곳이군."

차에서 내린 나는 그가 두고 간 차용증을 주머니에서 꺼냈다. 거기에 적힌 주소와 옆에 있는 문패를 맞춰 보고 고개를 끄덕였다. 그 집은 쓰러져 가는 싸구려 다세대주택이었다. 삐걱삐걱 소리가 나는 계단을 올라 현관문 명찰을 더듬어 가다 보니, 그중 한 집에서 그의 이름을 발견할 수 있었다.

"들어오세요⋯."

노크를 하자, 안에서 귀에 익은 목소리가 들려왔다. 문을 열고 들어서니, 실내는 햇볕이 들지 않아 어두웠고 게다가 지저분했다. 그는 비좁은 방 한가운데에 놓인 의자에 앉은 채 나를 보고는 반가운 듯이 인사를 건넸다.

"아하, 자넨가? 오랜만이군. 잘 왔네."

"오랜만은 아니지. 대체 어쩌다 이런 곳에 살게 된 건가? 사업 실패라도 한 건가, 아니면 건강이라도 나빠진 건가?"

곧바로 질문을 퍼부었다.

"아니, 뭐 딱히…."

그의 대답을 굳이 기다릴 필요도 없었다. 그 표정에는 절망도, 수척한 기색도 없었다. 오히려 그 방과는 어울리지 않을 정도로 밝고 천진난만한 표정을 하고 있었는데, 어울리지 않는 것은 그것 말고도 하나가 더 있었다. 그가 앉아 있는 의자. 부드러운 곡선으로 이어지는 그 낡고 큰 의자는 폭신폭신한 느낌을 자아내며 주위의 누추함과 기묘한 대조를 이뤘다.

"의자가 좋군."

나는 물어볼 수밖에 없었다. 고개를 끄덕인 그가 팔걸이 부분을 흐뭇한 표정으로 어루만지며 대답했다.

"이건 독일에 갔을 때, 어느 시골 마을 골동품 가게에서 산 물건이야. 착석감이 정말 좋은 의자지."

"독일이라면… 자네는 그곳을 마지막으로 회사를 그만두지 않았나. 왜 그만뒀어? 아직 한창 일할 나이였는데."

"이유는 잘 모르겠는데, 왠지 일하고 싶질 않아서 말이야."

그렇게 대답하면서도 의자에 앉아 있는 그의 모습은 상당히 만족스러워 보였다.

"겉으로 보기에는 태평한 것 같은데, 모아 놓은 돈이라도 좀 있나?"

"아니. 이런 데 살고 있으니, 대충 짐작은 갈 텐데?"

그에게는 빚이 있었다.

"그렇다면 일을 하지 그래? 자네 정도 수완이면, 어디서든 받아 줄 텐데."

"그 말은 고맙네만, 그럴 맘은 없어. 지금 이대로도 만족해."

그가 이토록 나태하고 한심한 상태가 된 것에 나는 조금 화가 났다.

"자네가 이렇게 될 줄은 꿈에도 몰랐네. 아무래도 내가 사람을 잘못 본 것 같군. 이제 자네랑은 더 이상 만나지 않겠네."

"그런가."

그는 여전히 빙긋이 웃으며 대답했다. 아, 정말 미치겠군.

"대체 이게 뭔가? 자네는 인간쓰레기로 추락해 버렸어. 어쨌든 절교하기 전에 지난번에 빌려 간 돈부터 받아야겠군. 자네와는 학창 시절부터 친하게 지냈으니, 사정이 있는 거라면 무리하게 몰아세울 생각은 없었네. 하지만 멍하니 의자에 앉아 아무 일도 안 하고 살고 싶다니… 그럴 거면 일단 빚부터 먼저 갚아."

"하지만 난 돈이 없네."

"돈이 없으면, 그 의자를 가져가야겠군."

나의 단호한 말투에, 그가 처음으로 당황한 태도를 보였다.

"자, 잠깐 기다려. 이 의자만은 안 돼. 제발 봐 주게."

이쯤 되자, 나도 오기가 났다.

"의자가 갖고 싶어서 이러는 게 아니야. 돈만 갚으면 돼. 그렇게 소중한 의자라면, 돈을 갚고 찾아가든가."

"돈은 없어. 하지만 제발 이 의자만은 참아 주게."

그 부탁을 들어줄 수는 없었다.

"그건 안 돼. 이 의자를 당분간 맡아 두지. 자네는 몸도 아프지 않은 것 같고, 재능도 있어. 마음 고쳐먹고 다시 일하면 되잖나. 그러면 이런 의자쯤은 얼마든지 살 수 있을 테니."

아무래도 이 의자에 뭔가 비밀이 있는 것 같았다. 그가 타락한 것도 어쩌면 이 의자 때문이 아닐까. 그를 다시 일어서게 하려면 의자를 빼앗아야 할 듯싶었다.

우정을 위해서 조금 난폭하게 굴었다. 창밖으로 고개를 내밀고, 대기하고 있던 운전기사를 불러서 도와달라고 했다. 싫다며 거부하는 친구를 의자에서 끌어내리고, 그것을 끝내 밖으로 옮겼다.

그것이 바로 이 의자다.

사장실로 옮겨 온 문제의 의자를 혼자 뚫어져라 살펴보았다. 우아한, 흐르는 듯한 곡선을 그리는 낡은 의자. 의자는 나에게 거기 앉으라고 유혹했고, 나는 결국 그 유혹에 무릎을 꿇었다.

부드럽고 폭신한, 어딘가 모르게 온기를 품은 듯한 감촉이 전해졌다. 늘 원해 왔던 무언가와 비슷한 감촉.

그것을 생각해 내려 애쓰다 마침내 깨달았다. 그가 그렇게 된 원인은 역시 이 의자에 있었던 것이다.

그 의자에 앉은 느낌은 어머니의 무릎 위에 안겨 있는 촉감과 비슷했다. 머나먼 기억의 구름에 가려졌지만, 그것은 분명 어린 시절, 해로운 모든 것들로부터 우리를 지켜 주고 슬프고 괴로운 일들을 잊게 해 줬던 어머니의 무릎과 똑같은 느낌이었다.

나는 눈을 감고 그 느낌을 음미했다.

"사장님. 오늘은 왠지 즐거워 보이시네요. 그런데 이제 곧 회의 시간입니다."

비서의 목소리가 들렸다. 이제 회의 따윈 아무래도 상관없다. 일이 어떻게 돌아가든 이 의자에서 벗어나는 건 불가능하니까.

눈 내리는 밤

야심한 밤. 이 고풍스러운 집은 제법 넓었고, 게다가 큰길에서 떨어져 있었기 때문에 실내에는 고즈넉한 겨울 정취가 감돌고 있었다.

그중 한 방의 구석에 놓인 난로에서 따뜻하고 붉은 불길이 이리저리 바쁘게 움직이고 있었다.

"으음, 지금 밖에 눈이 내리지 않을까?"

나이 지긋한 남자가 난롯불에 손을 쬐면서 중얼거리듯 말했다. 그 목소리는 붉은 불길에 드러난 얼굴과 마찬가지로 자글자글한 울림을 띠고 있었다.

"으응, 그럴지도 모르죠. 묘하게 고요한 걸 보니…."

나란히 의자에 앉아 있던 그의 아내가 대답했다. 그녀도 주름진 손을 불에 쬐고 있었다.

"이렇게 조용한 밤에는 우리 아이 공부도 순조롭게 잘 되겠군."

노인이 얼굴을 아주 살짝만 들고 말했다.

"이제 슬슬 지칠 때예요. 따뜻한 홍차라도 끓여서 2층에 갖다줘야겠네. 너무 열중해서 공부만 계속하는 것도 좋지 않으니까…."

"아냐, 쓸데없이 방해하지 않는 게 좋아. 나도 아까부터 학창 시절을 떠올리고 있었어. 부모가 너무 이것저것 신경 쓰면 책임감만 커져서 오히려 공부에 집중이 안 돼. 뭔가 마시고 싶어지면 알아서 이리로 내려오겠지. 그때 챙겨 주는 게 좋아."

"듣고 보니 그러네. 나도 아까부터 졸업 시험 때문에 힘들었던 시절을 떠올렸어요. 눈 내리는 밤은 옛일을 떠올리게 하는 힘이 있는 걸까요? 저 애도 무사히 졸업 시험을 끝내 주면 다행일 텐데…."

"젊은 시절에는 뭐든 다 힘든 일뿐이었는데, 나이를 먹으니 그것도 모두 밝고 즐거운 추억으로 변하는군. 거꾸로 들여다본 망원경의 경치처럼 아득히 멀고, 아름답고, 만족스러워. 연애조차도 괴로움의 하나였지. 사랑을 아름답다고 말할 수 있는 건 나이 들어 회상했을 때나 가능한 이야기야."

"지금 말하는 사랑은 어느 분을 향한 사랑이었을까?"

그녀가 웃으며 놀리는 투로 물었다.

"그야 물론 당신 얘기지. 그 시절은 정말 꿈처럼 지나가 버렸어. 우리는 결혼했고, 그리고 저 아이가 태어났지."

남자는 다시 2층 쪽을 슬쩍 올려다봤다.

"그러게요, 아이 하나 키우는 일도 쉽지가 않네요. 저 애도 어릴 때는 우리를 꽤 애먹였잖아요."

불꽃이 한차례 기세 좋게 튀더니, 하얀 재가 소리도 없이 무너져 내렸다.

바로 그때, 그 모든 고요를 깨뜨리며 현관 초인종이 울렸다. 두 사람은 고개를 갸웃거리며 얼굴을 마주 보았다.

"누가 온 것 같은데."

"저 애 친구라도 왔나…?"

"설마. 이렇게 늦은 밤에 찾아오는 친구가 있겠나. 어디, 내가 한번 나가 보지."

노인은 천천히 일어서서 저벅저벅 슬리퍼 소리를 울리며 현관으로 향했다. 노인이 자물쇠를 풀고 문을 열자, 눈발을 머금은 냉랭한 바람이 흘러들었다.

"누구십니까?"

"누구든 뭔 상관이야! 입 다물고 얌전히 있어!"

낯선 남자가 더러운 외투 주머니에서 칼로 보이는 흉기를 꺼내며 위협했다.

"그런 난폭한 짓은…."

"잔말 말고 얌전히 안내해."

남자의 위협에 노인은 하는 수 없이 걸음을 내디디며 난로가 있는 방으로 돌아왔다. 그들을 맞은 아내가 일어서면서 물었다.

"누구예요? 역시 우리 애 친구가 왔나요?"

"미안하게 됐지만, 난 돈을 받으러 왔다. 돈이 될 만한 것만 받으면, 난폭한 짓은 안 해."

남자의 손에 들린 칼이 붉게 타오르는 불길을 반사시키며 섬뜩하게 빛났다.

"우리는 노인이에요. 반항해 봐야 아무 소용없다는 것 정도는 잘 알아요. 뭐든 원하는 대로 가지고 가세요. 그렇지만 2층만은 올라가지 말아 주세요."

"왜 그런 소릴 하지? 보아하니 무슨 소중한 물건이라도 감춰 뒀나 보군."

"당치 않아요. 우리 아들이 공부하는 중이에요."

"그래? 너무 조용해서 눈치를 못 챘군. 그렇다면 방심할 수 없지."

"아이만은 다치게 하고 싶지 않아요."

"얌전히만 굴면 건드리진 않아."

"하지만 저 애는 여차하면 무모한 구석이 있어서…."

"그렇다면 더더욱 안심하고 집을 뒤질 수 없겠군. 일단 그놈부터 묶어 놓고 일을 시작해야겠어."

"부탁이에요. 제발 그것만은 참아 주세요."

두 사람이 애원했지만, 상대는 고개를 저었다.

"입 닥쳐! 그런 부탁을 일일이 들어주고 어떻게 일을 해!"

남자는 발소리를 죽이며 2층으로 향하는 계단을 올라갔다. 두 사람에게는 그를 말릴 힘도 없었다. 큰 소리를 지르지도, 도망치지도 못하고 그저 걱정스러운 듯이 서로를 바라볼 뿐이었다. 난로의 장작이 와르르 무너져 내렸다.

비명, 그리고 뒤이어 계단으로 굴러떨어지는 소리.

노인이 머뭇머뭇 들여다보고 아내에게 말했다.

"다행히 저 애가 해결해 줬군. 빨리 경찰에 전화를…."

잠시 후 경찰차가 요란한 사이렌 소리를 울리며 그 집에 도착했고, 경찰들이 침입자를 연행해 갔다.

찬 바람이 휘몰아치는 문밖으로 끌려 나가며, 남자가 자조 섞인 말투로 투덜거렸다.

"어처구니없는 아들놈이 있었군. 캄캄한 방에서 튀어나와 나를 냅다 들이받을 줄이야… 대체 어떻게 알았지?"

그의 중얼거림이 경찰들에게는 들리지 않았는지, 그들은 자기들끼리 대화를 주고받았다.

"두 사람은 계속 아들이 붙잡았다고 하는데, 그 사람들 말고는 아무도 없었잖아. 머리가 좀 이상한 거 아니야?"

"아니, 머리가 이상하진 않아. 다만, 십여 년 전에 학생이었던 외아들이 겨울 산에서 죽은 사실을 아직도 인정하려 들지 않을 뿐이지. 저 두 사람 말로는, 아들은 늘 2층 방에서 얌전히 공부하고 있다잖아."

눈 쌓이는 속도가 점점 빨라진 것 같았다.

처방

어느 날 밤. 잠자리에 든 L박사는 현관문을 거칠게 두드리는 소리에 잠이 깨고 말았다.

"에이, 뭐야? 모처럼 기분 좋게 자고 있는데…."

박사가 투덜투덜 불평을 쏟아 내며 일어났다. 노크와 함께 남자가 크게 외치는 소리가 들렸다.

"선생님! 밤늦게 죄송합니다만, 저희 좀 도와주세요. 긴급한 환자예요!"

"진찰을 받을 거면 내일 오세요. 그리고 교통사고면 다른 병원으로 가시고요. 저는 외과의가 아니라서 치료할 방법이 없어요."

박사가 그렇게 말했지만, 문밖의 소리는 멈추지 않았다.

"그건 압니다. 사실은 제 아내가 죽어 버렸어요."

"그래요? 그건 애석한 일이군요. 그런데 잘못 찾아오셨어요. 우리 병원의 사망진단서는 도움이 안 됩니다. 저는 정신과 전문의니까요."

"그것도 압니다. 제발 아내를 다시 살려 주세요!"

"그런 말씀을 하시면 곤란해요. 이미 죽었으면 손쓸 방법이 없잖습니까."

"그러지 마시고 제발 좀 도와주세요. 아내를 여기 데려왔으니까요."

박사는 미심쩍어하면서도 문을 열었다. 그러자 한 남자가 여자의 손을 이끌고 안으로 들어왔다. 박사가 고개를 갸웃거리며 물었다.

"도대체 누가 죽었다는 겁니까?"

"이 여자, 요컨대 제 아내가 아까부터 죽어 있습니다."

박사가 여자를 관찰했지만, 아무리 봐도 죽었다고 볼 수는 없었다. 여자는 눈을 뜨고 있었고, 이따금 깜박이기도 했다. 호흡도 했고, 맥박도 정상이었다.

어쩌면 남자 쪽이 이상할지도 모른다. 그녀가 죽지 않았다는 사실을 잘 설명해 주면 납득하고 돌아가겠지. 박사가 그렇게 생각하고, 여자에게 말을 걸었다.

"어떻게 된 겁니까?"

그런데 예상을 빗나간 대답이 돌아왔다.

"저는 죽었어요."

박사는 '역시 여자 쪽이 환자였구나' 고개를 끄덕이고는, 같이 온 남자에게 다시 질문을 던졌다.

"과연, 자기가 죽었다는 망상에 사로잡혀 있군요."

"그렇습니다."

"언제부터, 어쩌다 이렇게 됐습니까? 그 과정을 말씀해 주시죠."

"아내는 독서를 무척 좋아합니다. 책을 읽기 시작하면, 푹 빠져들어서 작중인물이 되어 버리는 성향이 있어요."

"아하. 하지만 그런 경향은 누구에게나 있어요. 소설뿐만이 아니고, 영화나 텔레비전 드라마도 등장인물에게 이입할 수 있으니까 재미있는 거예요."

"제 아내는 극단적이에요. 언젠가는 책을 읽는데 방해했다가 물린 적도 있어요."

"물렸다는 건 또 무슨 말이죠?"

"그때 읽고 있던 책이 개를 주인공으로 한 이야기였어요. 흡혈귀가 주인공인 소설이 아니라 천만다행이었죠. 그랬으면 저는 무사하지 못했을 겁니다."

박사는 그간의 사정을 듣고, 심각한 표정으로 팔짱을 꼈다.

"흐음. 그건 도가 좀 지나친 것 같군요. 그런데 죽었다고 믿게 된 이유는 뭡니까?"

"좀 전까지 아내가 읽고 있던 책은 주인공이 도중에 죽어 버리는 이야기였습니다."

"호오, 그렇군요. 그래서 죽은 채로 멈춰 버렸다는 거군요. 하지만 그런 스토리는 흔하잖습니까. 지금까지 이런 사태가 벌어지지 않은 게 더 이상하지 않습니까?"

"그런 의혹을 가지시는 건 당연합니다. 말씀드린 대로 독서하는 동안은 그 작중인물에 완전히 동화되지만, 책을 다 읽고 표지를 덮으면, 그 순간부터 다시 제정신으로 돌아옵니다. 그래서 지금까지는 문제가 일어나지 않았던 거죠."

"그런데 왜 이번에만 원래대로 돌아오질 않는 거

죠?"

"얼마 전에 집에 놀러온 아이가 장난을 친 바람에 속표지를 포함해 책의 후반부가 사라져 버렸어요. 그래서 현실로 돌아오지 못하고 이렇게 죽은 채로 머물러 있는 겁니다. 제발 좀 살려 주세요."

남자는 설명을 끝내고, 고개를 숙였다.

"알겠습니다. 이건 그렇게 크게 소란을 떨 만한 증상은 아닙니다. 안심하세요. 쉽게 고칠 수 있어요. 그런데 그 책 제목이…."

남자가 책 제목을 알려 주자, 박사가 자리에서 일어서며 말했다.

"마침 잘됐군요. 그 책이라면 아직 읽지는 않았지만, 저도 사 뒀거든요. 그걸 드리죠. 가지고 가셔서 아까 중단된 부분부터 환자에게 이어서 읽히면, 다 읽는 동시에 말끔히 나을 겁니다."

그러고는 책꽂이에서 그 책을 꺼내 남자에게 건넸다.

"그러면 되는 거였군요. 저는 너무 당황해서 한동안 큰일 났다고 발만 동동 굴렀습니다. 이렇게 간단한 방법이 있을 줄은 미처 생각지 못했어요. 역시 선생님은 다르시군요. 밤늦게 폐를 너무 많이 끼쳤습니다. 자 여보, 우리는 그만 돌아가지."

남자가 아내를 재촉하며 문밖으로 나갔다.

"몸조리 잘하세요."

박사가 인사를 건네고, 문을 잠근 후 침대로 돌아왔다.

"허 참, 세상에는 별 열렬한 독서가도 다 있군. 희한한 환자였어. 이젠 좀 푹 자야겠군."

박사는 잠시 후, 고른 숨소리를 내며 깊이 잠들었다.

그런데 얼마쯤 지나자, 전화벨이 울리며 또다시 잠을 깨웠다.

"어이쿠, 오늘 밤은 지지리 운도 없군. 간신히 잠이 드나 했는데, 또 깨고 말았어."

박사가 마지못해 몸을 일으켜 수화기를 귀에 댔다. 목소리의 주인은 좀 전에 돌아간 남자였다.

"선생님, 왕진을 부탁드립니다."

"무슨 일이에요? 지금쯤 그 책으로 나았을 줄 알았는데."

"그게 뜻대로 풀리질 않았어요. 아내가 책 속에 갇혀서 나올 수 없게 돼 버렸어요."

"뭐라고요? 이젠 당신까지 이상해진 거 아닙니까?

그 방법이면 나을 수 있어요."

"아뇨, 저는 정상입니다. 치료비는 얼마든지 드릴 테니, 지금 바로 와 주세요. 이대로 놔두면 아내는 책에서 나오지 못한 채 정말로 죽어 버릴 겁니다."

"거참, 이상한 얘기군. 좋아요, 지금 바로 가죠. 치료법이 잘못됐으면 내 책임이니까."

박사는 하는 수 없이 옷을 갈아입고 왕진을 나갔다.

가서 보니, 그녀는 책상 앞에 앉아 열심히 책을 읽고 있었다. 책의 거의 끝부분까지 진도가 나간 상태였다.

"이제 곧 끝나잖습니까?"

"그런데 끝내질 않아요. 이게 벌써 세 번째 다시 읽는 겁니다. 도통 이유를 모르겠어요."

그 모습을 슬쩍 들여다보던 박사가 드디어 그 원인을 밝혀냈다. 제본이 잘못돼서 책 끝부분에 앞쪽 페이지 일부가 섞여 있었던 것이다. 그래서 그녀는 그 부분까지 읽고는 다시 처음으로 돌아갔고, 그런 식으로 아무리 시간이 지나도 책을 덮으려 하지 않았던 것이다.

응시

"아아, 이 길을 지나가지 않았으면 좋았을걸…."

택시 기사에게 목적지를 알려 준 마사오가 얼마쯤 지나 혼잣말처럼 중얼거렸다. 기사가 그 말을 언뜻 듣고는 속도를 낮췄다.

"네, 뭐라고 하셨습니까?"

"아니, 아무것도 아니에요. 시간이 없으니 서둘러 주세요."

마사오가 시계를 들여다보며 말했다. 택시는 더위와 땅거미로 자욱한, 바람 한 점 없는 도로를 속도를 높이며 달려갔다. 흐리멍덩한 빛을 밝히기 시작한 가로등이 뒤쪽으로 휙휙 사라졌다.

이대로 계속 가면, 그 일이 벌어진 후로 가까이 가기를 줄곧 꺼려 왔던 철도 건널목을 지나야 한다. 그러나 오늘 밤은 마사오가 유리에와 첫 데이트를 하는 날이다. 약속 시간에 늦으면 곤란하다. 이제 다른 길로 돌아갈 여유는 없다.

건널목이 가까워졌다. 차단기가 내려오고, 그 앞에서는 자동차 몇 대와 자전거, 그리고 귀가를 서두르는 많은 사람들이 긴 열차 차량이 지나가길 기다리고 있었다. 그가 탄 택시가 그 뒤에 섰다.

신경 쓸 거 전혀 없어. 그는 스스로에게 그렇게 타일렀다. 설령 하루코가 저 건널목으로 뛰어들어 자살했다고 해서 그 책임이 온전히 자기에게 있는 건 아니지 않는가. 하루코는 분명 얌전하고 마음씨 착한 여자였다. 내가 금방 싫증을 내고 헤어지려고 한 것은 가혹한 처사였을지도 모른다. 그러나 죽음을 결심하는 건 어디까지나 스스로의 의지고, 그 책임을 내게 덮어씌운다면 참을 수 없다. 긴 차량이 부드러운 진동을 전하며 통과해 갈수록 묘하게 고조되는 기분을 가라앉히기 위해 마사오는 머릿속으로 애써 주장했다.

차량이 지나가고, 차단기가 올라갔다.

지금은 옛날 생각을 하면 안 된다. 이제부터 만날 명랑한 유리에만 떠올리며 이 건널목을 건너면 된다. 아무 일도 일어날 리 없다. 스스로에게 멋대로 부과한 터부 따윈, 지금 당장 깨 버리는 게 최고다. 그러기 위해서는 지금이 좋은 기회다.

택시가 다시 앞으로 달리기 시작했다.

"앗…!"

마사오가 나지막한 비명을 흘렸고, 운전기사가 그에게 물었다.

"왜요, 무슨 일 있습니까?"

"아뇨. 선로를 넘어설 때 흔들려서요. 아무것도 아니에요."

그렇다, 아무 일도 아니다. 마사오는 스스로를 타일렀다. 그렇긴 하지만, 방금 등줄기를 훑고 지나간 한기는 대체 무엇이었을까? 물론 기분 탓일 게 틀림없다. 너무 과하게 신경을 썼으니까. 그는 고개를 끄덕였다. 그러나 조금 전까지 기대했던, 터부를 무시해 버린 후에 찾아올 후련함은 전혀 느낄 수 없었다.

그는 문득 누군가의 시선이 느껴져서 뒤쪽 차창으

로 밖을 내다봤다. 더욱 짙어진 어둠 속에서는 수많은 자동차들만 오갈 뿐, 딱히 주의를 끄는 것은 보이지 않았다.

"오래 기다렸어?"

마사오가 묻자, 유리에가 대답했다.

"나도 방금 막 왔어. 그런데 무슨 일 있어? 얼굴색이 안 좋네."

"으음 글쎄… 아까 살짝 한기가 느껴졌는데, 감기라도 걸렸나?"

"몸 상태는 어때?"

"크게 신경 안 써도 될 것 같아."

그러나 그날 유리에와의 데이트는 그다지 즐겁지 않았다.

"자기, 오늘 좀 이상한 거 아니야? 아까부터 자꾸 뒤만 돌아보던데."

유리에가 이상하다는 듯이 물었다.

"그랬나?"

"그랬나라니. 영화관에서도 그랬고, 길을 걸을 때도 계속 돌아봤잖아. 아까 본 영화 얘긴 아니지만, 마치

살인 청부업자한테라도 쫓기는 것 같아."

유리에가 밝게 웃었다.

"왠지 누가 자꾸 쳐다보는 듯한 기분이 들어서 그래."

"어머, 무슨 소리야. 영화관에서는 맨 끝자리라 뒤에는 아무도 없었어."

"그랬나?"

"보나마나 정신적으로 지쳐서 그럴 거야. 다음에는 바다에 놀러가자. 강렬한 햇빛과 맑은 공기 속에서 하루를 보내면, 기분도 상쾌해져서 스트레스 따윈 말끔히 씻길 거야."

"그래, 이번 주말에 가자."

영문을 알 수 없는 그 시선은 유리에와 헤어진 후에도 마사오를 떠나지 않고 계속 따라다녔다. 그것은 아파트로 돌아와 문을 잠그고, 샤워를 하고, 평상복으로 갈아입은 후에도 마찬가지였다. 도대체 어떻게 된 일일까.

마사오는 자리에서 일어나 벽에 걸어 둔 인물화를 떼어 내고는 종이로 감쌌다. 그런데도 그의 등 뒤에서는 여전히 시선이 느껴졌다.

인물 사진이 표지로 쓰인 주간지까지 보이는 족족 전부 포개서 벽장 안에 넣어 버렸다. 그런데도 그 느낌은 사라지지 않았다.

신문부터 광고 전단지에 이르기까지 사람 얼굴, 즉 눈이 찍힌 것은 모조리 치웠다. 그래도 마찬가지였다.

역시…. 그는 줄곧 들춰내지 않으려고 애썼던 가정을 끝내 떠올릴 수밖에 없었다. 이것은 하루코의 시선이 틀림없다. 그녀가 이미 죽은 건 확실하다. 그렇게 부정하면 할수록 그것은 하루코의 시선이 틀림없었다. 눈물점이라고 하던가? 눈 밑에 점이 있는, 살짝 내리뜬 듯한 시선으로 올려다보던, 내성적이면서도 원한을 품은 하루코의 눈. 바로 그 눈에서 나오는 시선임에 틀림없었다. "헤어지자"고 말했을 때 그녀가 보낸 그 시선을 마사오는 똑똑히 기억하고 있었다.

잠자리에 들어서는 찜통더위도 참아 내며 담요를 머리까지 뒤집어썼다. 그런데도 시선은 어디에선지도 모르게 그에게 육박해 왔다. 엎드리면 천장에서 느껴졌고, 오른쪽으로 누워도 왼쪽으로 누워도 등 뒤에서 계속 느껴졌다. 그리고 똑바로 누우면 방바닥 밑에서 시선이 느껴졌다.

정신적으로 너무 피곤했다. 그래, 이번 주말에는 큰 맘 먹고 기분 전환이나 하자. 그는 끝없이 느껴지는, 도저히 떨쳐 낼 수 없는 끈질긴 시선을 느끼면서 결심했다.

그로부터 이틀 동안, 그는 유머러스한 책을 읽거나 술을 마시면서 자신을 쫓는 시선과 싸우며 지냈고, 드디어 주말을 맞았다.

"어때, 좋지? 이 드넓은 바다! 밝은 햇빛과 바닷바람을 맞으며 하루를 보내면 신경 쓰이던 일들이 모두 사라질 거야. 응? 우리 빨리 수영하자."

뜨거운 모래사장과 짙푸른 바다, 하늘에서 쏟아지는 강렬한 여름 햇살. 그 사이에는 의미도 없는 불안 따윈 존재할 수 없을 것 같았다.

"좋아, 그럼 수영복으로 갈아입고 오자!"

마사오는 유리에의 말대로 이 해변에서 녹초가 될 때까지 노는 것에 마지막 기대를 걸었다.

"어머, 어떻게 된 거야? 오늘 처음 알았네."

수영복으로 갈아입은 마사오를 보고, 유리에가 눈을 휘둥그레 떴다.

"무슨 소리야?"

"자기, 반점이 있었네."

"반점 같은 거 없어. 어디?"

"봐, 여기."

유리에가 그의 등을 찔렀다.

"근데, 모양이 이상해. 사람 눈을 쏙 빼닮았어. 게다가 이 점은 눈물점처럼 생겼는데…."

밤길에서

어느 여름 깊은 밤.

나는 찌는 듯한 무더위와 어둠만이 감도는 교외의 한적한 길을 혼자 천천히 걸어가고 있었다. 회사 업무가 의외로 시간이 많이 걸리는 바람에, 간신히 마지막 전철을 탔다. 종점 가까운 역에서 내려 밭들이 펼쳐진 길을 얼마쯤 걸어가면 집이 나온다.

여기저기에서 벌레 울음소리가 높이 치솟았다 이따금 끊기곤 했다. 공기는 꿈쩍도 안 했고, 땀은 계속 줄줄 흘러내렸다. 주위에는 훗훗한 풀숲의 열기가 자욱했다.

아, 딱 일 년이 됐구나. 그 녀석이 죽은 지….

그 친구와는 학창 시절부터 친했던 사이이다. 그런데 일 때문인지, 아니면 타고난 체질인지, 친구의 건강이 나빠졌다.

병원에 문병을 온 나는 면회 전, 담당 의사에게 친구의 상태부터 물어보기로 했다.

"선생님. 제 친구의 병은 어떤 상태인가요?"

"좋지 않습니다. 지금 의학으로는 고칠 방법이 없어요. 수혈을 계속해서 그 힘으로 생명을 연장하는 상황입니다."

"앞으로 얼마나 더 버틸 수 있을지…?"

"냉방이 되긴 하지만, 무더운 계절에는 여러 가지로 문제가 많습니다. 뭐, 밝은 얘기라도 나누면서 기운을 북돋워 주는 게 제일 좋겠죠."

나는 고개를 끄덕이고, 그의 병실로 가서 밝은 목소리로 인사를 건넸다.

"야아, 벌써 퇴원 준비라도 하는 줄 알았네."

그가 힘없는 목소리로 대답했다.

"틀렸어. 이젠 얼마 안 남았다는 걸 나도 알아."

그는 확실히 많이 쇠약해져 있었다. 그러나 나는 모르는 척하며 친구의 손을 잡고 말했다.

"실은 내가 요즘 손금에 빠졌거든. 네 손금도 봐 줄게. 자, 여길 봐. 앞으로 일 년 안에는 절대 아무 일도 안 일어난다고 나오잖아."

"진짜야?"

그가 자기 손금을 내려다보며 피식 웃었다.

"정말이고말고. 그러니 너무 마음 약한 소리 하지 마."

나는 진심으로 친구를 격려해 주었다.

그러나 그런 보람도 없이 친구는 점점 더 약해졌고, 그로부터 얼마 지나지 않아 숨을 거두고 말았다.

그 후로 벌써 일 년이 지났다. 나는 문득 친구의 얼굴을 떠올리며 걸어가고 있었다. 벌레 소리가 높아졌다 또다시 끊겼다.

그때 갑자기 뒤에서 소리가 들렸다.

"야, 이 거짓말쟁이야!"

그것은 틀림없는 친구의 목소리였다. 나는 무심코 뒤를 돌아봤지만, 그곳에는 그저 숨 막히는 더위와 무겁게 가라앉은 짙은 어둠만 자욱할 뿐이었다.

꿈속의 남자

아침 햇살이 두툼한 커튼 틈새를 비집고 실내로 비쳐들며 벽에 걸린 고풍스러운 그림, 주위에 있는 호화로운 가구 위에 환한 빛을 배치하기 시작했다. 이곳은 유명한 기업가인 N씨의 침실이다.

벽 한쪽, 고급 목재로 만든 대형 침대에서 잠을 자던 N씨가 "으으음…" 하는 신음을 흘리며 눈을 떴고, 얼굴을 찌푸리며 손으로 땀을 훔쳐 냈다. 그리고 몸을 일으키고는 고개를 흔들더니, 통통한 손을 움직여 어깨 언저리를 세게 두드렸다.

N씨는 70세가 조금 넘었지만, 산업계에서 왕성하

게 활동하는 인물이었다. 젊은 시절에는 가난했지만, 인생의 목표를 회사의 성공에 걸고, 모든 노력을 다 쏟아 왔다.

물론 그 과정에서 일 처리 방식이 너무 지독하다는 평판도 들었으나, 결국 그는 자신의 목표를 거의 다 달성했다. 회사를 몇 개나 소유하고 있었고, 집에서 자신의 시중을 들 사람을 몇 명이나 고용했다.

그가 손을 뻗어 침대 옆에 있는 벨을 눌렀다. 그 소리를 듣고 시중을 드는 사람 중 한 명이 들어와서 정중하게 아침 인사를 했다.

"안녕히 주무셨습니까? 뭐, 필요하신 거라도?"

"어어. 진한 커피를 가져와. 빨리!"

N씨가 내뱉듯이 말했다.

"네."

그의 시중을 드는 사람은 그렇게 물러나는가 싶더니, 금세 커다란 잔에 커피를 가득 따라 은쟁반 위에 받쳐서 돌아왔다. 요즘 들어 매일 아침 되풀이되는 일상이라 다들 훤히 꿰고 있었다.

침대에서 커피를 다 마신 N씨는 뒤이어 샤워실로 들어갔다. 샤워실에서 세찬 물소리가 났다. 그러고는 옷을 갈아입고, 저택 안의 드넓은 정원을 느릿느릿 산책하기 시작했다.

이렇게 매일 아침의 일과가 진행되면, 밤새 시달렸던 그의 고민은 차츰 옅어진다. 아침을 먹고, 양치를 할 즈음에는 고통스러운 표정이 거의 사라진 것처럼 보였다.

"이봐, 자동차는 준비됐나?"

N씨가 물었다.

"네."

"오늘은 회사 가는 길에 병원에 잠깐 들러야겠어."

"알겠습니다."

운전기사는 N씨를 그의 주치의가 있는 병원으로 데려다주었다. 의사가 N씨를 맞으며 인사를 건넸다.

"어떠십니까? 좀 나아졌나요?"

"아니오. 전과 조금도 다르질 않소."

N씨가 괴로운 표정을 지었다.

"거참, 딱하군요. 그 안정제는 효과가 없던가요?"

"이봐, 난 잠을 못 자는 게 아니야. 오히려 자고 싶지 않은 거라고! 그러니 다른 약을 주시오."

"아니, 그건 역시 수면 문제입니다. 잠을 안 자면, 건강이 나빠집니다. 그러니 잘 생각해 보세요. 그렇게 소란을 피울 일은 아닌 것 같습니다. 너무 과하게 신경을 쓰는 건 좋지 않아요."

"남의 일이라고 그렇게 쉽게 말하지 말고, 내 입장도 좀 생각해 보란 말이오. 매일 밤 꿈속에 똑같은 남자가 나타나서 황량한 들판을 이리저리 끌고 다닌다니까."

"하지만 그래 봐야 결국 꿈 아닙니까? 잠에서 깨면 사라져 버리는."

"그렇긴 하지만, 밤이 되면 또다시 그 무표정한 남자가 나를 황폐하기 이를 데 없는 들판으로 불러내러 온단 말이지. 정말 진절머리가 나. 무슨 수가 없겠소?"

"반복해서 말씀드리지만, 정신분석 결과에 따르면 그 남자는 낮 동안 당신의 지배하에 있는 모든 것들의 상징인 듯합니다. 그러니 당신이 하는 지배적인 일을 그만두지 않는 한, 그 남자는 사라지지 않을 겁니다. 이제 그만 은퇴하거나, 아니면 꿈을 신경 쓰지 않거나 둘 중 하나죠. 뭐, 신경을 끊어야겠죠. 생각하기에 따라서는 좋은 꿈이에요. 저도 그런 남자가 꿈에 나타날 정도로 사람들이나 조직을 한번 지배해 보고 싶군요.

부러울 정도예요."

"무슨 소리요? 내가 은퇴를 하다니, 말도 안 되는 소리지. 난 더 많은 것들을 지배하고 싶어. 하지만 꿈에 나오는 그 남자는 더 이상 만나고 싶지 않아. 흐음, 돈으로 해결할 수 있다면 아낌없이 내겠소. 제발 어떻게 좀 해 주시오."

"난처하군요. 가능한 최선을 다해 보겠습니다. 하지만 그 이상이 되면, 저로서는 힘에 부칩니다. 돈은 얼마든지 내겠다고 하셨지만, 아무래도 꿈속 세계까지는 금전의 힘이 미치질 못하는 것 같습니다."

"됐어, 이제 더는 당신에게 부탁하지 않겠어. 세상에 돈으로 해결 못 할 일이 어딨나!"

N씨는 분개한 표정으로 병원을 나섰다.

회사에 도착한 N씨는 점심 무렵, 비서에게 손님이 찾아왔다는 보고를 받았다.

"사장님, 약을 파는 영업 사원이라는 남자가 찾아왔습니다. 물론 바로 쫓아낼 생각이지만, 일단 말씀은 드려야 할 것 같아서…."

"음, 뭐라고 하던가?"

"많은 사장님들이 애용 중인 새로운 수면제라던데

요. 그런데 소개장도 없는 듯하니, 그냥 돌려보낼까 합니다.

"아니, 잠깐! 한번 만나 보고 싶군. 데려와."

"네."

잠시 후, 비서의 안내를 받으며 한 남자가 사장실로 들어왔다.

N씨는 하마터면 소리를 지를 뻔했다. 그 무표정한 얼굴, 이렇다 할 특징이 없는 옷. 그는 매일 밤 N씨의 꿈에 나타나 쓸쓸한 들판을 안내하는, 예의 그 남자를 쏙 빼닮았기 때문이다. 그러나 N씨는 그런 말을 입 밖에 내면 이상한 사람으로 오해받을 것 같아 시치미를 떼고 물었다.

"용건이 뭔가?"

"약을 가지고 왔습니다. 숙면을 못 해서 고민하시던 분들이 감사 인사를 많이 해 주십니다. 원래 이 신약은…."

효능을 늘어놓는 남자를 물끄러미 바라보고 있던 N씨가 잠시 후 남자의 말을 끊었다.

"좋아. 자네가 가져온 약이라면 들을지도 모르지. 사기로 하겠네."

"감사합니다. 오늘 밤부터는 틀림없이 편히 주무실 수 있을 겁니다. 그런데 왜 제가 가져온 약이라면, 이라고 하셨나요?"

남자가 의아해하며 물었지만, N씨는 고개를 저었다.

"아니, 별다른 이유는 없어."

옆에 서 있던 비서가 귀에 대고, "사장님, 사지 마세요. 신원을 알 수 없는 사람입니다. 보나마나 엉터리 약일 게 뻔합니다"라고 속삭였지만, N씨는 그런 말에도 개의치 않고 약을 대량으로 구입했다.

밤이 되었다. 잠이 든 N씨는 역시나 늘 꾸는 똑같은 꿈을 꾸기 시작했다.

예의 그 남자가 변함없이 나타난 것이다. 그런데 평소의 무표정이 아니라, 한 번도 본 적 없는 온화한 미소를 지으며 N씨를 꿈속 산책으로 안내했다.

게다가 그날 밤은 황량하기 이를 데 없는 들판이 아니었다. 시냇물이 흐르고, 아름다운 꽃이 피어 있고, 그 향기가 산들바람을 타고 흩날렸다. 낮은 곳에서는 나비가, 조금 높은 곳에서는 새들이 날아다녔고, 그 위에는 하얀 구름과 파란 하늘이 펼쳐져 있었다.

"어떠세요? 만족하십니까?"

꿈속의 남자가 N씨에게 물었다.

"음. 기분이 좋군. 자네 약은 정말 좋아. 내가 원했던 게 바로 이런 꿈이었어."

"즐거워해 주시니 저도 기쁩니다. 그럼, 오늘은 이만 실례하겠습니다."

"아니, 이런 꿈이라면 언제까지라도 꾸고 싶네. 그렇게는 안 되나?"

"가능하지요. 정말로 그걸 원하신다면."

"물론 원하고말고. 그나저나 이렇게 멋진 곳은 대체 어딘가?"

"이미 아시는 줄 알았는데요, 여기는…."

다음 날 아침, N씨의 시중을 드는 직원은 아무리 기다려도 벨이 울리지 않고 아무 소리도 없는 걸 이상히 여기며 문밖에서 하염없이 기다렸다.

공덕

N씨는 뭐든 돈이 되는 일을 해야만 하는 상황에 놓였다. 생활비가 수중에 남아 있지 않았기 때문이다.

그렇다고 해서 재산이 전혀 없는 건 아니었다. 그는 교외 쪽에 있는, 정원이 딸린 작은 자택에서 혼자 살고 있었다. 그것이 소유물의 전부였다.

며칠 전까지만 해도 N씨는 재산가인 아내의 비위만 잘 맞추면, 아무 걱정 없이 순조롭게 살아갈 수 있었다. 그런데 사소한 부주의로 아내의 비위를 맞추지 못하는 바람에, 이런 선고를 듣고 말았다.

"이제 당신 같은 사람은 지긋지긋해. 난 재산이 있

으니까 당신을 대신할 남편은 얼마든지 구할 수 있어! 당신은 오늘부로 해고야. 이 토지와 집은 퇴직금 대신 줄 테니까, 더 이상 옥신각신하지 말고 깨끗이 끝내!"

이런 까닭으로 N씨는 뭐든 돈벌이를 할 방법을 찾아내야 했다.

N씨는 멍하니 정원을 바라보며 묘안을 짜내 보려 했다. 그러나 지금까지 여자한테 빌붙어 살아온 탓에 그에게는 제대로 익혀 둔 이렇다 할 능력이 없었다. 또한 몸으로 부딪쳐 새로운 삶을 개척하고자 하는 기력도 없었다.

재능 없이도 가능한, 편하고 한가한 일이 없을까? 그때 불현듯 영감 하나가 뇌리를 스쳤다.

"그래. 이 정원에 유료 낚시터를 만들어서 사람들을 불러들이면 그럭저럭 먹고살 수 있을 거야. 세상살이가 너무 조급하고 각박하니 사람들은 느긋함을 추구할 테지. 그러면 나도 편하게 돈을 벌 수 있어."

N씨는 이 같은 기발한 착상을 떠올린 스스로를 대견해하며 그 결의를 굳히기 위해 삽을 들고 땅을 파기 시작했다. 여하튼 자금이 없으니, 모든 걸 자기 손으로 해야 했다.

한동안 열심히 땅을 파고 있는데, 삽 끝에서 철컥 하는 소리가 났다. 뭔가 딱딱한 물건이 부딪치는 감촉이었다.

"얼씨구나! 금화라도 가득 든 단지일까? 그럼 얼마나 고마울까."

힘들게 노동하며 살 생각은 눈곱만큼도 없었던 N씨는 싱글벙글하며 계속 땅을 파 내려갔다. 그러나 그의 앞에 나타난 것은 돌이었다. 겉에 붙은 흙을 긁어내 보니 불상 비슷한 형태를 띠고 있었다.

바로 그때, 이웃에 사는 노인이 지팡이를 짚고 지나가다 담장 너머로 말을 건넸다.

"오호 이런, 진귀한 물건을 파냈군. 작긴 하지만, 돌로 된 지장보살님 아닌가?"

"아 네, 아무래도 그런 것 같군요. 별 볼일 없네요."

"에끼, 그런 불경스러운 말을 하면 못써. 나 좀 잠깐 보여 줄 수 있겠나?"

"그건 상관없습니다만…."

노인이 담장을 돌아서 문 안으로 들어왔다. 그리고 그 앞에 잠깐 고개를 숙이고 있더니, 잠시 후 지팡이를 내던지며 큰 소리로 외쳤다.

"어이쿠, 이건 정말 대단하구만!"

N씨가 놀라서 물어보았다.

"왜 그러세요? 갑자기 소리를 지르시고."

"나는 오랫동안 지병인 신경통에 시달리며 살았네. 그래서 신불 앞에 가면, 나도 모르게 낫게 해 달라고 기도하는 습관이 있지."

"그렇군요. 그런데 그게 어쨌다는 겁니까?"

"통증이 깨끗이 사라졌어. 대단한 공덕이야. 이건 진품이네. 이렇게 공덕이 높으신 지장보살님을 이대로 둬선 안 돼. 가만있자, 내가 감사의 뜻으로 돈을 기부하겠네. 그걸로 불당을 짓고 정식으로 모시면 어떻겠나?"

"괜찮을지도 모르겠군요."

얼마 후, N씨는 정원 한쪽에 불당을 지었고, 땅에서 파낸 돌 지장보살을 그 안에 모셨다. 그리고 그 앞에는 굳이 말할 필요도 없이 불전함을 놓았다. N씨에게는 불전함이든 낚시터든 태평한 돈벌이라는 점에서는 별 차이가 없었다.

소문은 날개 돋친 듯 퍼져서 며칠도 지나지 않아 참배객이 오기 시작했다. 하나같이 다 기운 없는 표정으로 왔다가 환한 표정으로 돌아갔다. 질병이나 신체적 결함이 말끔히 나았기 때문이다.

N씨는 자기도 한번 시험해 보려 했지만, 안타깝게도 몸 하나는 건강해서 기도할 게 없었다. 그러나 그리 안타까워할 것도 없었다. 꼬리에 꼬리를 물고 찾아오는 선남선녀가 불전함에 돈을 넣고 돌아갔으니까.

그야말로 상품을 채워 넣을 필요가 없는 자동판매기였다.

"이렇게 좋은 장사는 없어. 이젠 돈도 꽤 모였겠지. 슬슬 꺼내지 않으면 흘러넘칠 거야."

그는 기대를 가득 안고 불전함을 열어 보았다. 그런데 이게 어찌 된 일인가. 그 안에는 돈이 하나도 없었다.

"당했군. 정말 끔찍한 세상이야. 불전까지 훔치는 놈이 있다니. 하지만 너무 당황할 필요는 없어."

N씨는 마음을 가다듬고 혼잣말을 중얼거렸다. 앞날이 창창한 유망한 사업이니, 이 정도는 금방 만회할 수 있을 것이다.

그는 대책을 짜내고, 금고 가게에 부탁해서 자물쇠를 채우는 강철 불전함을 주문했다. 그러고는 기존의 불전함과 교체했다. 앞으로는 괜찮겠지.

과연 그 효과는 어땠을까?

불전함을 열어 보니 또다시 돈이 사라지고 없었다. 그렇게 많은 사람들이 돈을 넣었는데, 너무 황당한 일이었다. N씨는 결국 그 원인을 확인하기 위해 밤새도록 불전함을 지켜보기로 했다.

밤이 이슥해진 무렵, 홀로 불전함 옆을 열심히 지키고 있는 N씨의 머릿속으로 한마디 말이 날아들었다.

"거기서 뭐 하나?"

N씨가 주위를 둘러보며 대답했다.

"불전함 도둑을 감시하는 중이다. 그런데, 너는 누구냐?"

또다시 목소리가 머릿속에서 울려 퍼졌다.

"나는 네 옆에 있는 지장보살이다. 그런데 나더러 도둑이라니, 무엄하구나. 내가 받은 돈이야. 어떻게 하든 내 맘 아니냐. 무슨 불만이라도 있나?"

그 말을 들으니, 비로소 앞뒤가 맞아떨어졌다. 불전함 옆에는 지장보살밖에 없었고, 지장보살이라면 인간이 상상할 수 없는 초월적인 방법으로 불전을 훔칠 수도 있겠지. N씨가 되받아쳤다.

"당신이 범인이었군. 불만이 있고말고. 그건 마땅히 내 소득이 되어야 할 돈이야. 어디서나 그래. 그게 사회 통념이야."

"어처구니가 없군. 많은 사람들이 누구를 위해 돈을 놓고 간다고 생각하나? 너를 위해서? 아니면 병을 낫게 해 준 나를 위해서? 잘 생각해 봐."

"하지만 다른 곳에서는…."

"다른 곳의 부처는 공덕을 베풀지 않으니 어쩔 수 없을지도 모르지. 하지만 나는 확실하게 공덕을 베풀고 있어. 내게는 보수를 받을 권리가 있단 말이다."

아무래도 논쟁에서는 지장보살 쪽이 얼마쯤 더 논리적인 것 같아서 N씨는 쩔쩔맸다. 그렇다고 해서 여기서 물러날 수도 없는 노릇이었다.

"뭐, 그럴지도 모르지. 하지만 지장에게는 돈이 필요 없잖아. 어디에 쓸 건데?"

"그건 네가 알 바 아니야. 버리든 어쩌든 쓸데없는 참견하지 마. 너는 친구에게 그렇게 벌어서 어디에 쓸 거냐는 질문을 하나? 설마 그러진 않겠지. 그건 이만저만한 실례가 아니니까."

만약 N씨가 좀 더 세상 물정에 밝은 남자였다면,

이쯤에서 공손한 태도로 "아니, 그렇게 말씀하시지 말고, 조금만 나눠 주시죠"라며 고개를 숙였을 것이다. 그러나 그는 그런 상업적인 경험을 해 본 적이 없었으므로 입을 다물고 물러날 수밖에 없었다.

N씨는 시큰둥한 표정으로 이삼 일은 집 안에 틀어박혀 꼬리를 잇는 참배객 인파를 바라보며 지냈다. 그러나 언제까지 그렇게 지낼 수도 없는 노릇이었다.

결국 어느 날 밤, 결심을 굳힌 그는 불당을 허물고, 돌 지장보살을 마룻바닥 밑에 묻어 버렸다. 그리고 처음 계획대로 정원을 낚시터로 만들기로 했다.

낚시터는 물론 이렇다 할 수입을 올리지는 못했지만, 지장보살을 놔두는 것보다는 훨씬 나았다. N씨에게 필요한 것은 부처님의 공덕이 아니라, 이익*이었기 때문이다.

* 일본어로 이익을 뜻하는 '利益'에는 금전적인 이익의 의미 외에 '부처님의 은혜로 얻어지는 공덕' 등의 뜻이 포함된다.

불운

물마루가 철썩거리며 부서져 내렸고, K씨의 입에서는 짭짤한 바닷물이 흘러나왔다. 그는 선헤엄을 치며 서서히 멀어져 가는 배의 불빛을 배웅했다. 옷을 입은 채라 팔다리가 뜻대로 움직여지지 않아 불편했다. 그러나 그는 옷을 벗으려고도 하지 않았다.

이곳은 밤바다의 한복판. 배는 시야에서 사라졌고, 그는 계속 선헤엄을 치며 한 바퀴를 돌아봤다. 그러나 다른 배도, 육지의 그림자도 보이지 않았다.

방금까지 타고 있던 여객선을 좇아가는 것은 이미 불가능하다. 또한 가장 가까운 해안으로 헤엄쳐 가려면 이틀은 걸린다. 그 자리에서 하루를 기다리면 다음 배가 지나가겠지만, 해류 때문에 그럴 수도 없다.

아무리 수영을 잘해도 구조될 가능성은 전혀 없었다.

"아아, 이제 모든 것과 이별인가. 지쳐서 가라앉을 때까지 기다리자."

K씨는 입으로 물을 뿜어내며 중얼거렸다. 그 목소리와 표정에는 당황한 기색이라곤 전혀 없었다. 그의 결의가 얼마나 굳은지 알 수 있었다. 죽을 각오로 몸을 던진 것이다.

세상에는 자살을 시도하는 사람이 많고, 그 방법 또한 다양하다. 그러나 바다 한복판으로 뛰어드는 방법이 아니면, 많든 적든 남에게 피해를 끼치게 마련이다. 죽는 당사자에게는 뒷일 따윈 알 바 아니겠지만, 선로에서 사체를 치우는 사람들을 생각해 보면 발작적인 자살이 아닌 한, 도시 안에서는 할 짓이 못 된다.

K씨의 경우는 깊이 고민한 끝에, 죽기로 굳게 결심했다. 최대한 남에게 폐를 끼치지 않으면서도 확실하게 죽기 위해 이렇듯 바다로 뛰어드는 방법을 선택할 수밖에 없었다.

죽기로 마음먹은 이유는 지극히 사소한 불운 때문

이었다. 천성적으로 도박이라면 종류를 가리지 않고 다 좋아했다. 그리고 지금까지 그가 기억하는 한, 이렇다 할 승부에서 거의 진 적이 없었다. 아니, 모두 이겼다. 진 것은 단 한 번뿐이다. 대부분의 사람들은 그런 그를 부러워할지도 모른다. 그러나 결코 부러워할 만한 상태는 아니었다.

그 단 한 번의 패배가 바로 마지막 도박이었다. 전재산을 모조리 쏟아부은 도박에서 지면, 그때까지 수백 번을 계속 이겼다 해도 아무런 의미가 없다. 그제야 도박을 절절히 원망해 본들 모든 것은 이미 엎질러진 물이다.

그렇게 중대한 승부에 도박을 걸 마음이 생긴 이유는 실연을 당해 자포자기 심정이었기 때문이다. 그는 지금까지 여자 운이 좋은 편이었고, 실연당한 적은 딱 한 번뿐이었다. 그러나 그 한 번이 진심으로 사랑한 여성에게 당한 실연이었다. 그는 여성에 대한 자신감을 완전히 잃었고, 쳐다보는 것조차 싫어졌다. 마음속 깊이 새겨진 여성에 대한 불신은 이제 지워지지 않을 터였다.

실연당한 이유를 밝히자면, 고주망태가 되도록 술

에 취한 게 원인이었다. 그는 술을 좋아했고, 술주정을 고약하게 부린 것은 딱 한 번뿐이었다. 그 한 번이 얼마 전이다. 그런데 부주의로 그만 길가에서 교통사고를 당했고, 얼굴에 흉한 상처를 입고 말았다.

다시 말하면 술과 여자와 도박을 사랑하고, 모든 게 순조로웠던 K씨는 아주 사소한 불운 때문에 삶의 동력을 잃어버렸고, 모든 것을 증오하며 죽을 결심을 하게 된 것이다.

"조금 지친 것 같군. 이제 곧 죽겠어."

그가 힘없이 중얼거렸다. 이제 와서 살아남고 싶은 마음도 없었기에 큰 소리로 도움을 요청하려고 하지도 않았다. 하긴, 바다 한복판에서 도움을 요청해 봐야 무의미하다는 건 굳이 말할 필요도 없었다.

결국 팔다리의 동작도 둔해졌다. 때마침 습격해 온 거대한 파도가 그를 휘감았고, 바닷물은 기다렸다는 듯이 그의 입과 코로 흘러들었다.

K씨가 침대 위에서 눈을 떴다.

"어, 여긴 어디지…?"

그렇게 말하자, 옆에 서서 K씨를 들여다보고 있던

세일러복 차림의 남자가 속삭이듯 대답했다.

"정신이 좀 드십니까?"

주위를 둘러본 그는 곧바로 이렇게 판단했다. 옆에 있는 세일러복 차림의 남자, 실내 구조, 어디선가 들려오는 모터 소리, 창 아래쪽에서 치는 파도 소리. 바다에 빠져 정신을 잃었을 때, 그 옆을 지나가던 배가 자신을 구조해 준 게 틀림없다.

"여기는 배 위로군. 나를 건져 준 건가?"

"그렇습니다."

"아아, 왜 그런 쓸데없는 짓을 했어! 난 실수로 바다에 떨어진 게 아니야. 스스로 여객선에서 뛰어내린 거라고. 아 이런, 나는 정말 지지리도 운이 없군. 순조롭게 죽을 수 있겠다 했는데, 설마 이런 배에 구조당할 줄이야!"

마구 소리를 질러 댔지만, 선원은 예의 바르게 고개를 숙였다. 승무원 교육을 잘 시킨 고급 여객선인 듯했다.

"자자, 너무 그렇게 소란 피우지 마세요. 어떻습니까, 잠들어 계신 동안 옷을 말끔하게 다려 놨습니다. 그걸 입고 연회장이라도 나가 보시죠. 다들 즐거운 시간을 보내고 계십니다. 틀림없이 마음에 드실 겁니다."

언제까지 누워만 있을 수도 없는 노릇이라 K씨는 옷을 입고, 안내하는 곳으로 따라갔다.

아름다운 음악이 흐르는, 밝은 빛으로 가득한 선내의 연회장. 그곳에는 많은 사람들이 있었고, 그들 모두 즐거운 시간을 보내고 있었다. 선원이 K씨에게 한쪽 구석을 가리키며 말했다.

"저쪽에 바가 있습니다. 좋아하는 술이라도 주문하시죠. 계산은 걱정하지 마시고요."

"술이라고? 말도 안 돼. 내가 죽기로 결심한 이유 중 하나가 술이야. 술병도 보기 싫고, 냄새조차 맡기 싫어!"

그는 선원을 뿌리치고 사람들이 모여 있는 쪽으로 걸어갔다. 들여다보니 룰렛이 있었고, 경쾌한 소리를 내며 구슬이 돌아가고 있었다. 옆에 있던 나이가 지긋한 외국인이 K씨에게 말을 건넸다.

"어때요? 당신도 좀 해 보시겠어요?"

K씨는 고개를 저었다. 죽을 결심을 하게 된 또 하나의 원인이 바로 이것이었다.

"저는 안 합니다."

"호오, 왜요? 재미있는데. 아, 돈 때문인가요? 돈은 총지배인에게 부탁하면 빌려줍니다. 도착지에 닿은 후에 정산하면 돼요."

"아니, 저는 도박을 싫어합니다."

어차피 죽을 작정이니 돈을 빌려도 상관없겠다는 생각은 들었지만, 자기를 그 지경으로 몰아붙인 원망스러운 도박에 손을 댈 마음은 없었다.

그는 룰렛판을 떠나면서 생각을 정리했다. 아무래도 이 배는 부자들이 모여서 사들인 부정기 유람선이 틀림없다. 비밀스러운 도박을 하기에는 가장 좋은 방법이다. 얼마 전이었다면, K씨는 자기가 먼저 술과 도박의 유혹에 넘어갔겠지만, 지금은 전혀 흥미가 없었다.

그는 갑판 쪽으로 걸어갔다. 배는 밤바다를 조용히 항해하고 있었다. 멍하니 그 풍경을 바라보고 있는데, 갑자기 달콤한 향기와 함께 낯선 목소리가 들려왔다.

"따분해 보이네요. 어때요? 친하게 지내요, 우리. 저랑 같이 놀래요? 이 배에는 하나부터 열까지 다 갖춰져 있어요. 항구에 닿을 때까지 멍하게 지내 봐야 아무 소용없잖아요. 실컷 못 놀면 손해예요."

돌아보니 젊고 아름다운 여자가 몸을 배배 꼬며 서

있었다.

여자로군. 예전의 그였다면 바로 달려들었을 테지만, 지금은 다르다. 모든 것에 흥미를 잃었고, 그 무엇도 믿을 수가 없었다. 특히 여성에 대해서는 완전히 자신감을 잃어버렸다.

"말씀은 고맙지만, 저는 됐습니다. 배에 계신 여러분이 모두 친절하게 같이 놀자고 청해 주시지만, 난 이제 술이든 룰렛이든 미인이든 눈길조차 주고 싶지 않아요."

그 말이 끝나기가 무섭게 K씨가 쏜살같이 난간을 넘었다.

"어머, 잠깐만요…!"

여자의 목소리를 뒤로하고, 또다시 바다로 몸을 던진 것이다.

"정신 차려요!"

그 목소리에 K씨가 눈을 떴다. 한 번 더 몸을 던졌건만, 또다시 구조된 모양이다. 그런데 주위를 둘러보니 이번에는 작은 어선이었고, 말을 건네는 사람은 그 배의 주인인 듯했다.

"뭐야, 또 구조된 거야! 호의는 고맙지만, 난 죽을 생각이었어. 대체 왜 이렇게 죽기가 힘들지? 구해 주지 말라고 머리에 써 붙이기라도 해야 죽을 수 있나."

"그랬군요. 그런데 '또'라니, 그건 무슨 뜻이죠?"

상대가 고개를 갸웃거렸다.

"실은 조금 전에 호화로운 유람선에 구조됐었지. 거기에는 술, 도박, 미인… 모든 게 다 갖춰져 있었어. 하지만 난 거기에서 다시 뛰어내렸어."

그 설명에도 배 주인은 여전히 고개를 갸웃거렸다.

"그래요? 하지만 그런 배는 본 적이 없어요. 난 이 주변에서 계속 어업을 하는 사람인데."

"정말이야? 사람이 많이 타고 있었는데."

"아, 혹시 배의 불빛이 물에 안 비친 건 아닌지…."

"그런 걸 왜 묻지? 그러고 보니 바다로 뛰어들고 나서 봤는데, 불빛이 바닷물에 안 비쳐서 이상하다는 생각도 들었던 것 같군."

상대는 얼굴이 창백해지며 떨리는 목소리로 말했다.

"그, 그렇다면 유령선이에요. 본 적은 없지만, 얘기는 들었어요. 바다에서 죽은 사람을 건져서 저세상 항구까지 데려가는 배죠. 혹시라도 도중에 마음이 바뀔까 봐 더할 나위 없이 극진히 서비스를 해 준다더군요. 당신은 정말 운이 좋은 사람이야."

그러나 K씨는 몸을 일으키며 소리쳤다.

"그랬군. 빌어먹을! 그런 줄 알았으면, 그대로 타고 갔어야 했는데. 좋아, 다시 한번 뛰어들어서 어떻게든 그 배를 타야겠어!"

하지만 어부가 옆에서 만류했다.

"그만둬요. 소용없어요."

"왜 소용이 없다는 거지?"

"유령선에서 도망치면, 당신 이름이 승객 명부에서 지워져서 당분간은 탈 수 없는 모양이에요. 요컨대 죽을 수 없다는 겁니다. 아무리 뛰어들어도 누군가에게 구조될 게 뻔해요. 당신의 경우는 못 죽는다고 말하는 게 맞겠지만."

증상

K씨는 빌딩 11층에 있는 한 사무실을 찾아가 문을 두드렸다.

"들어오세요."

안에서 대답이 들렸고, K씨는 안으로 들어가 머뭇머뭇 물었다.

"저어, 정신과 박사님이 계신 곳이 여기가 맞나요?"

"네, 접니다. 자, 들어오시죠. 상태가 어떤가요? 그 의자에 앉아 자세히 말씀해 주시죠."

커다란 책상 앞에 창을 등지고 앉아 있던 의사가 자리를 권하며 재촉했다.

"사실은 꿈 때문에 왔습니다."

"그거 안됐군요. 하지만 흔한 경우입니다. 현대에는 머리를 쓰는 일이 많다 보니 잠을 깊이 못 자죠. 그래서 안 좋은 꿈을 꾸는 일도 많아요. 어떤 꿈입니까?"

"여하튼 평범한 꿈이 아닙니다. 너무 싫어서 여러 가지 방법을 시도해 봤어요. 수상쩍은 종교도 믿어 봤고요. 그런데 다 소용이 없었어요. 선생님이라면 어떻게든 해결해 주실 것 같아서 이렇게 찾아뵈었습니다. 그보다 나쁜 꿈은 없을 겁니다."

"도대체 무슨 꿈인데요? 괴물인가요? 미인을 만나 막 말을 걸려는 순간, 상대가 사라져 버리는 꿈입니까? 아니면 핵전쟁인가요? 무슨 꿈이든 그것엔 제각각 관련된 어떤 원인이 있게 마련입니다. 그걸 밝혀내면 대부분은 좋아집니다. 자, 부끄러워 마시고 말씀해 보시죠."

K씨는 그제야 겨우 이야기를 시작했다.

"잠이 들자마자 바로 꾸는 꿈이 아침에 일어나는 장면으로 시작해요. 저는 옷을 갈아입고 식사를 합니다…."

"흐음 과연, 거기에 뭔가가 나타난다는 거군요."

"아뇨. 그러면 좋겠지만, 아무것도 나타나질 않아요. 저는 가방을 들고, 회사로 출근합니다."

"그리고…?"

의사가 다음 말을 재촉했다.

"업무에 매진하다 퇴근 시간이 되면 집으로 돌아옵니다. 얼마 안 있어 잠자리에 들게 되죠. 그러면 그쯤에서 꿈이 끝나고 잠에서 깨는 겁니다."

"과연, 희한한 꿈이군요."

의사가 팔짱을 끼고 고개를 갸웃거렸다.

"어떻게 좀 해 주세요. 하루 종일 일하는 것만으로도 진력이 나는데, 꿈속에서까지 그걸 되풀이합니다. 견딜 수가 없어요. 이대로라면 제 인생은 절망적입니다."

"그렇겠군요."

그렇게 대답한 의사가 여러 가지 문헌들을 조사하기 시작했다. 그러나 그에 해당하는 증상은 찾을 수 없는 듯했다. K씨가 걱정스러운 듯이 말을 건넸다.

"어떻습니까, 선생님?"

"흐음. 그건 아무래도 까다로운 증상인 것 같군요. 어떤 책에도 나오질 않아요. 안타까운 일입니다만…."

K씨는 매우 실망한 듯이 땅이 꺼져라 한숨을 내쉬었다. 한동안 고개를 떨어뜨리고 있었지만, 이윽고 자리에서 일어섰다.

"역시 해결책이 없는 걸까요. 이렇게 되면 남은 길은 하나뿐입니다."

"어떻게 하신다는 말씀이죠?"

의아해하는 의사도 개의치 않고, K씨가 성큼성큼 창가로 다가갔다. 그러고는 열려 있던 창문밖으로 몸을 던졌다.

K씨는 오랜만에 상쾌한 아침을 맞이하고, 기쁜 듯이 환호성을 질렀다.

"아아, 왜 진작 이런 방법을 알아채지 못했을까!"

꿈속의 자신을 소멸시키는 데 성공한 K씨는 다음날 밤부터 그 불길한 꿈을 두 번 다시 꾸지 않았다.

얼굴 위의 궤도

음악이 끝나고 조명이 차츰 약해지면서, 넓은 실내에 긴장이 녹아내린 안도감이 차오르기 시작했다.

주위에 배치되어 있는 여러 가지 물건들. 예를 들면 절대 어디로도 걸 수 없고, 또한 어디에서도 걸려오지 않는 전화기, 아무리 잡아당겨도 열리지 않는 수납장 문, 뿌리가 없는 나무와 풀 등등. 모든 것은 인공적인 시간에서 해방되어 일제히 생기를 잃었고, 본래의 초라한 모습으로 되돌아갔다.

방을 에워싼 두툼한 콘크리트 벽조차도 지금까지 계속 빨아들이던 긴장감을 되뿜어내기 시작한 것처럼 보였다. 여기저기에서 가벼운 한숨 소리가 들렸고, 그것은 "수고하셨어요"라는, 서로에게 건네는 인사말로 바뀌더니 또다시 웅성거리는 소리로 바뀌며 주위로 퍼져 나갔다. 이곳은 텔레비전 방송국의 스튜디오다. 지금 막 후지카와 마사코가 주연한 드라마 녹화가 끝난 참이었다.

위쪽에서 금속성 소리가 울렸다. 이 프로그램의 감독이 2층에서부터 강철 계단을 밟고 내려왔기 때문이다. 그가 바닥에 얽혀 있는 굵은 전선을 뛰어넘으며 곧장 마사코에게 달려왔다. 그러고는 흥분에 휩싸인 채, 몹시 조급한 말투로 그녀를 칭찬하기 시작했다.

"잘했어! 엄청난 완성도야. 자넨 정말 어떤 역이든 다 소화해 내는군. 아니, 어떤 인물로든 완벽하게 변신할 수 있는 거지. 오늘 맡은 역할은 자네가 지금까지 연기해 본 적 없는 비극적인 여주인공 역이었어. 솔직히 걱정도 됐는데, 모든 게 다 잘 풀렸어."

"그렇다면 다행이네요. 고마워요."

감독의 말에도 그녀는 별 흥미 없다는 듯 건성으로 대답했다. 이는 감독의 표정과 큰 대조를 이뤘다. 분명 지금 끝난 드라마의 역할은 그녀가 처음 맡는 배역이었다. 감독은 모험하는 심정으로 마사코에게 그 역을 맡겼고, 그녀는 기대했던 대로, 아니 기대 이상으로 훌륭하게 소화해 냈다. 그러니 그가 기뻐하는 건 당연했다.

"다행이고말고. 내 프로그램 중에서 자네처럼 완벽하게 배역을 소화해 준 사람은 없었어."

그는 쉬지 않고 계속 떠들었지만, 마사코에게는 속이 훤히 들여다보이는 공치사로 들릴 뿐이었다. 그녀가 드라마 속 인물로 완벽하게 변신하고, 모든 일이 잘 풀리는 건 당연한 일이었고, 이미 모두가 익히 알고 있는 사실이었다.

그녀는 이제 그만 자리를 뜨고 싶었다. 바로 그때 성가신 방해꾼이 나타났다. 이 드라마에 단역으로 나온 한 아가씨가 말을 걸어온 것이다.

"어쩜 이렇게 한결같이 배역을 잘 소화하시죠? 저는 도저히 흉내도 못 내겠어요. 나름 열심히 공부는 하는데 말이죠. 역시 재능의 차이겠죠. 부러워요. 게다가 메이크업도 잘하시고. 눈 밑에 자연스럽게 붙인 그 가짜 점의 위치, 비극적인 역할에 더할 나위 없이 잘 어울려요."

그 목소리에는 아첨하는 기색이 섞여 있었다. 마사코에게 연기의 비결이라도 캐내려는 걸까. 아니면 옆에 있는 감독에게 자기 존재를 어필하려는 의미도 포함되어 있는 걸까.

"그렇게 잘됐나?"

마사코가 성가시다는 듯이 대답했다. 쓸데없는 말은 좀 참아 주면 좋겠네. 나에 대한 다른 사람들의 질투와 반감만 부채질하는 거니까. 그녀는 술렁거리는 공기 속 가시의 존재를 확실하게 느낄 수 있었다. 다들 이렇게 생각하는 것이다.

—뭐래? 전혀 미인도 아닌 주제에. 우쭐대는 저 꼴 좀 보라지. 우리가 돋보이게 잘 받쳐 준 덕분인데….

—저 여자, 연기 공부는 전혀 안 했잖아. 운이 좋은 건가? 그게 아니면 뒤로 손을 써서 자기를 주연배우로 팔아넘긴 건가?

그러나 그런 질투가 실제 목소리로 튀어나오는 일은 없다. 모두가 속으로 중얼거리듯, 마사코는 분명 미인이라고 할 수는 없었다. 또한 연기 수업을 받은 적이 없다는 말도 사실이었다.

그럼에도 불구하고 배역이 주어지면, 그것을 완벽

하게 소화해 냈다. 밝은 역할이든 청순한 역할이든, 또는 허영심이 강한 역할이든 어떤 경우에도 마찬가지였다. 그래서 모든 텔레비전 방송국, 모든 감독들이 그토록 편리한 그녀를 쓰고 싶어 하는 건 당연했다.

모두의 마음속 질투가 혹여 입 밖으로 나오기라도 하면, 곧바로 "그럼 넌 저만큼 할 수 있어?"라고 반문당할 게 뻔하다.

"그럼 저는 이만, 다음 일정이 있어서."

마사코가 작은 목소리로 주위에 인사를 건네고, 잰걸음으로 스튜디오 출구로 향했다. 그러나 복도로 나가자마자 또 한 남자에게 붙잡히고 말았다. 그 사람은 어느 주간지의 연예부 기자였다. 그도 집요하게 비슷한 말들을 늘어놓았다.

"처음 맡는 느낌의 배역인데도 연기가 정말 대단하시네요. 저희 주간지에서 기사를 좀 내고 싶습니다. 대체 어디에서 그런 재능을 익히셨나요? 실례일지도 모르지만, 들리는 말에 따르면 연기 공부도 별로 안 하신 것 같고, 리허설 때는 애매한 경우도 있다는 소문도 돌던데요. 그런데 녹화에만 들어가면 몰라볼 정도로 훌륭하게 역할을 소화해 낸다고…. 대체 그 비결이 뭐죠? 좀 알려 주시죠. 이건 다들 궁금해할 테니까요."

"비결 같은 건 없어요. 그냥 자연스럽게 할 뿐이에요. 여러분이 칭찬해 주셔도, 저는 잘하는 건지 아닌지 잘 모르겠어요."

"그럴 리가 없어요. 틀림없이 뭔가가 있을 텐데요."

그가 좀처럼 떨어질 것 같지 않자, 마사코가 복도에 걸려 있는 시계를 올려다보며 말했다.

"어머, 서둘러야겠네, 다음 일정이 있어요. 다른 방송국 스튜디오에서 데리러 온 차가 현관에서 기다리고 있거든요. 그 얘기는 나중에 시간 날 때…."

연예부 기자인 만큼 마사코가 잠시 후 다른 방송국 프로그램에 나온다는 걸 떠올린 모양이다.

"아 참, 그렇죠. 하지만 당신이 한가한 때를 기다리다간 아무리 시간이 지나도…."

그의 목소리를 뒤로하고, 마사코는 대기실로 가서 의상을 벗고 옷을 갈아입었다. 옷을 다 갈아입고 손목시계를 보니, 기자에게 핑계를 댔던 대로 조금 서둘러야 하는 상황이었다.

거울 앞에 앉아 왼쪽 눈 밑에 붙인 점을 떼서 종이에 싼 후, 주머니에 넣었다. 그러고는 핸드백을 들고 미끄러지기 쉬운 복도를 지나 현관으로 향했다.

화려함과 허무함이 뒤섞인 방송국 현관 로비를 막 벗어나려는 순간, 누군가가 마사코의 등을 두드렸다.

"마사코 씨, 정말 잘하던데. 감독실에서 연기하는 거 봤어."

조금 전부터 계속 들어 온 그 말은 전혀 새로울 게 없었지만, 그녀는 걸음을 멈췄다. 목소리 때문이었다. 돌아보니 하타노 유키오가 서 있었다.

하타노와 마사코는 학창 시절부터 알고 지낸 사이였다. 방송 작가인 하타노는 프로그램 회의 때문에 우연히 여기 왔을 수도 있고, 마사코에게 말을 걸기 위해 일부러 시간을 맞춰 로비에서 기다리고 있었을지도 모른다. 그러나 마사코는 둘 중 어느 쪽인지 알 수 없었다.

"끝났으면 같이 돌아갈까?"

"으음, 오늘은 안 돼. 다음 일정이 있거든."

"그건 몇 시에 끝나? 끝나고 어디서 좀 볼까?"

"한 시간 후에는 끝날 것 같은데. 끝난 후에는 다음 주 회의를 할지도 몰라서…."

그녀가 말끝을 얼버무렸지만, 그는 포기하지 않았다.

“난 지금부터 늘 가는 바에 가 있을 테니까, 혹시 일찍 끝나면 그리로 와. 꼭 할 얘기가 있어.”

“응, 빨리 끝나면 들를게.”

마사코는 하타노가 하고 싶다는 이야기가 뭔지 알고 있었다. 이미 몇 번이나 들었으니까. 다름 아닌 이젠 나랑 결혼해도 되잖아, 그런 얘기다.

마사코로서도 결코 싫은 제안이 아니었다. 전부터 그에게 호감, 아니 호감 이상의 감정을 품고 있었고, 그 감정은 지금도 변함이 없다. 스스로도 이제 적당히 현재 상태를 정리하고, 그와 결혼 생활을 시작하고 싶은 마음이 있었다.

그러나 그녀는 현재 상태, 이 이상한 상태를 끊어낼 결단을 좀처럼 내릴 수 없었다. 어떤 계기가 없는 한, 스스로 뛰쳐나가기는 힘든 상태에 묶여 있었기 때문이다.

그녀는 크고 두꺼운 유리문을 밀고 밖으로 나갔다. 다음 스튜디오에서 데리러 온 자동차가 바로 눈에 띄었다. 마사코는 그 차에 올라타며 “조금 서둘러 주세요”라고 운전기사에게 말하고는 시트에 앉았다. 그리고 핸드백 속에서 낡은 책을 꺼냈다.

손으로 더듬거려 꺼낸 책 한 권.

마사코의 현재는 이 책으로 만들어졌다고 할 수 있다. 거무스름한 가죽 장정의, 그리 크지 않은 외국 서적.

그녀는 어스름한 차 안에서 살며시 책장을 펼쳤다. 머나먼 공간으로 가로막힌 이국의 향기와 머나먼 시간으로 가로막힌 과거의 향기가 뒤섞이며, 그녀의 코끝을 어렴풋이 간질였다.

냄새는 늘 기억을 불러낸다. 마사코는 이 책을 처음 손에 들었을 때의 기억을 떠올렸다. 이 책은 몇 년 전, 아일랜드로 여행을 갔던 고모가 그녀에게 보내 준 것이다.

그러나 이 책에 어떤 내력이 있는지, 고모가 이 책을 어떻게 구했고 또한 무슨 마음으로 마사코에게 보낼 생각을 했는지는 알 수 없다. 왜냐하면 그 고모는 미국을 거쳐 귀국하는 길에 뉴욕에서 불의의 사고를 당해 세상을 떠났기 때문이다. 지금은 물어볼 방법도, 알아볼 방법도 없다.

당시 마사코는 영문과 학생이었다. 그 덕에 오래된 문체로 쓰인 그 책의 문장을 읽을 수는 있었다. 책 제목은 『점點과 운명』이었다.

별생각 없이 들척여 본 페이지 곳곳에는 동판화로 그린 인체와 얼굴 그림이 있었다. 현대와 너무나 대조적인 그 세계는 그녀의 호기심을 자극했고, 좀 더 자세한 내용을 알고 싶게 만들었다.

—세계를 둘러싼 천공天空에는 수많은 항성들이 별자리를 만들고, 그 사이를 행성이 운행하면서 눈에 보이지 않는 힘으로 사람들의 운명을 이끌고 있다. 그와 똑같은 현상이 피부에서도 일어난다. 사람들의 내면에 잠재된 성격, 감춰진 운명도 피부의 점 위치에 따라 상징된다….

그 책은 그런 글귀로 시작되었다. 물론 그녀가 처음부터 그 내용을 믿은 건 아니었다.

그런데 책장을 팔랑팔랑 넘기며 동판화로 된 몇몇 얼굴을 보는 사이, 그녀는 그 점의 위치에 따른 성격을 상상할 수 있을 듯한 기분이 들었다. 시험 삼아 하나를 골라 부연된 설명을 읽어 보니, 우연일지는 모르지만 그녀가 상상한 내용과 거의 일치했다.

퀴즈를 푸는 것 같은 재미도 있었다. 그녀는 그 하나하나를 응시하며 이것은 흉, 이것은 길, 이것은 어중간함, 또한 재물 복이 있다, 애정 운이 강하다 등등 고개를 갸웃거리며 상상해 봤다. 그리고 옆에 있는 설명문을 읽어 보았다.

맞는 확률이 높은 것 같았다. 맞지 않았을 때도 설명을 읽고 다시 찬찬히 살펴보면 자기가 왜 틀렸는지 납득이 되었다. 마사코는 점점 더 그 책에 빠져들었다.

그러나 점 위치에 따른 운명 이론이나 역사에는 별 흥미가 생기지 않았다. 이를테면 이 이론이 고대 그리스의 멜람푸스*에 의해 시작되어 끊임없이 연구되어 왔고, 18세기 초기에 체계가 갖춰졌다는 부분 등등.

그보다는 어느 위치의 점이 어떤 성격과 운명을 나타내는가 하는, 직접적인 부분에 관심이 더 갔다. 마사코는 역시 현대를 살아가는 젊은 아가씨였으니까.

그러다 보니, 그녀는 거울을 들여다보고 싶어졌다. 자기는 어디에 점이 있는지 신경이 쓰였기 때문이다. 그러나 거울을 확인한 그녀는 안심이 되는 동시에 조금 서운한 기분도 들었다. 그녀의 얼굴에는 어디에도 점다운 점이 없었기 때문이다.

마사코는 책장을 계속 넘기며 그 기묘한 퀴즈 놀이

* 그리스 신화에 나오는 예언자. 뱀이 그의 귀를 핥은 이래로 모든 생물의 말을 이해하는 능력과 예언하는 능력을 얻었다고 한다.

에 열중했다.

그리고 책의 중간쯤 왔을 때, 그녀는 눈을 깜박거렸다. 누르스름한 책장 사이에 뭔가가 끼워져 있는 걸 발견했기 때문이다. 그것은 작고, 동그랗고, 거뭇한 색깔을 띠고 있었다. 손으로 집어 봤지만, 재질이 뭔지 알 수가 없었다.

"이상하네. 쓰레기인가?"

그녀는 혼잣말을 중얼거리며 그것을 옆에 있던 쓰레기통에 버리려다가, 이게 혹시 말로만 듣던 가짜 점일까 하는 생각을 했다.

얼마 전에 읽은 풍속사 책의 내용이 떠올랐다. 16세기에 베네치아에서 일어난 가짜 점 유행은 한때 유럽 전역으로 퍼져 나갔다고 한다. 너 나 할 것 없이, 심지어는 남자들까지도 태피터taffeta(광택이 있는 얇은 평직 견직물. 여성복이나 양복 안감, 넥타이, 리본 따위를 만드는 데에 쓴다-옮긴이)나 벨벳을 작고 다양한 모양으로 오려서 얼굴에 붙이고 다닌 시대가 있었다고 한다.

그러나 책장 사이에서 나온 이 가짜 점은 태피터도 벨벳도 아닌 것 같았다. 오히려 가죽에 가까운 느낌이었다.

진귀한 물건을 얻었다는 생각은 들었지만, 그것을 어디에 둬야 할지 몰랐다. 망설이던 그녀는 그것을 손가락으로 집어 든 채, 별생각 없이 책장으로 다시 시선을 떨어뜨렸다.

마침 그 동판화 옆에 있는 설명문은 뜻밖의 행운이 생기는 점의 위치를 알려 주고 있었다.

"어머, 재밌네."

마사코는 뜻밖의 우연에 자기도 모르게 장난기가 발동했다. 화장대 속에서 속눈썹용 풀을 꺼냈다. 과연 어떤 느낌일지, 거울 앞에 앉아 그 그림에서 알려 주는 위치에 맞춰 자기 얼굴을 꾸며 보기로 했다.

거울은 그림과 달리 좌우가 반대라 갈팡질팡 헤매며 그녀는 오른쪽 눈썹 옆에 점을 붙였다. 거울 속의 얼굴은 뭔가 좋은 일이 생길 것 같은 표정을 짓고 있었다.

"그래, 틀림없이 무슨 일이 생길 거야."

마사코는 거울 속을 향해 농담을 건네는 투로 속삭여 보았다.

바로 그때, 전화벨이 울렸다.

"여보세요?"

"나야, 하타노."

그 목소리에 그녀가 빙그레 웃었다. 효과가 아주 없는 건 아니네. 이렇게 빨리 데이트 신청이 들어올 줄이야.

"어머 웬일이야, 한잔하러 갈까?"

그러나 그의 용건은 그녀의 상상과는 달랐다.

"지금 그럴 상황이 아니야. 너한테 꼭 도움을 받아야 할 일이 생겨서…."

"뭔데? 목소리가 왜 그렇게 다급해?"

"너도 알다시피 내 각본으로 연극부 애들이 내일모레부터 공연을 하잖아."

"그건 아는데, 무슨 일 생겼어?"

"출연 예정이었던 친구 하나가 아파서 쓰러졌어. 네가 좀 출연해 줄 수 있을까? 연극부에 잠깐 있었으니까 전혀 불가능하진 않잖아?"

"하지만 내가 어떻게…."

"부탁이야. 달리 부탁할 사람이 없어. 중요한 역할은 아니니까 너무 걱정할 건 없어."

마사코로선 하타노의 부탁을 거절할 수 없었다.

"알았어. 그런데 잘 못 해도 내 탓은 아니다."

"고마워."

"그나저나 무슨 역할인데?"

"사실은 심술궂은 노처녀 역할이야."

"내키지 않는 역할이네. 하지만 부탁을 들어주기로 했으니, 일단 해 볼게."

그리고 공연 당일. 마사코는 반쯤 재미 삼아 심술궂은 인상을 만드는 위치에 그 점을 붙이고 무대에 올랐다. 연극 자체의 완성도가 높진 않았지만, 마사코의 연기는 완벽했다. 심술궂은 연기는 원래 눈에 띄게 마련이지만, 그뿐만이 아니었다. 배역에 완전히 녹아들어 실감 나는 연기를 펼친 것이다.

이것이 모든 것의 시작이었다. 관객 중에 학교 선배가 있었고, 공교롭게도 그는 방송국의 프로듀서였다. 마사코의 연기를 본 그가 그녀에게 텔레비전 드라마에 출연하기를 권했다.

한 번 정도는 이야깃거리 삼아 나가 볼까. 그런 마음으로 응했는데, 한 번으로 끝나지 않았다. 그리고 이젠 더 이상 재미 수준이 아니었다. 그녀는 그 낡은 책과 거뭇한 가짜 점에 전적으로 의존하게 되었다.

딱히 미인도 아니고, 재능도 없고, 연기 수업도 거

의 받지 않았는데 예상치도 못한 호평과 기대가 쌓여 갔다. 기댈 데라곤 오로지 그것뿐이었다. 그리고 책과 가짜 점은 그녀에게 매번 성공을 안겨 주었다.

후지카와 마사코라는 여자는 어떤 역할이든 다 소화해. 그런 소문은 그녀의 의지와는 반대로 관계자들 사이에서 빠르게 퍼져 나갔다.

마사코는 하타노와 거리감이 생기는 것 같아 쓸쓸한 기분도 들었다. 물론 서로의 애정에는 변함이 없었지만, 만날 기회가 줄어들고 결혼을 단행하기가 점점 더 어려워졌다.

"텔레비전에는 더 이상 출연하지 않겠습니다. 일을 그만두겠습니다."

그렇게 선언하지 못할 건 없다. 그러나 카메라 너머에 있는 보이지 않는 대중이 일종의 강력한 압력처럼 작용해서 그녀는 좀처럼 그 말을 입 밖에 낼 수가 없었다. 하는 수 없이 다음 출연을 수락하고, 이왕 나갈 바에는 책과 가짜 점으로 성공을 거두고, 이는 또다시 다음 출연으로 이어졌다. 이런 악순환이 과연 언제까지 계속될까. 끊어 내는 건 불가능한 걸까.

마사코는 자동차의 진동 때문에 추억에서 깨어났다.

"슬슬 다음 프로그램용 점 위치를 알아봐야겠네."

마사코가 중얼거리며 핸드백 속으로 손을 넣어 작은 손전등을 꺼낸 후, 탁하고 스위치를 켰다. 그런데 손전등이 켜지지 않았다.

"어, 이상하네."

그녀가 손전등을 가볍게 흔들어 보았다. 그런데 고장인지, 건전지가 다된 건지, 역시나 불은 켜지지 않았다. 그녀는 하는 수 없이 책을 집어 들고, 차창 밖으로 흘러가는 가로등, 네온사인, 전조등이 뒤섞인 불빛에 의지하며 책장을 넘겼다.

그녀는 지금 가는 방송국의 프로그램에서 바람피우는 여자 역할을 맡았다. 물론 그것도 처음 맡는 배역이었다. 바람피우는 여자의 인상이 분명 어딘가에 있었다며 책장을 들척이다, 깜박깜박 스쳐 가는 창밖의 가로등 불빛으로 그 비슷한 내용을 찾아냈다. 그 동판화는 점의 위치를 오른쪽 귓속으로 지시하고 있었다.

"이상한 곳이네. 이런 데 붙여도 괜찮을까?"

그녀는 주머니에서 가짜 점을 꺼내 풀칠하고는 동판화가 지시하는 위치에 붙였다. 하긴, 전에도 배역에 따라 가슴이나 다리처럼 밖에서는 안 보이는 위치에 붙인 적이 있다. 그때도 가짜 점은 약속대로 그 성격으로 만들어 줘서 그녀도 딱히 의심은 품지 않았다.

'뭐, 일단은 붙여 두고, 방송국에 도착하면 밝은 데서 다시 확인해 보자. 잘못됐으면, 다시 붙이면 되니까.'

마음속으로 그렇게 결정하고 손목시계를 들여다봤다. 그런데 프로그램 녹화 시작까지 남은 시간이 얼마 되지 않았다. 그녀가 운전기사를 재촉했다.

"부탁해요. 좀 서둘러 주세요."

"아 네, 저도 그러고 싶은데, 지금은 이 주변이 많이 막히는 시간이라서…."

운전기사의 대답을 듣고 밖을 내다보니, 그 말대로 서두르려 해도 서두를 수 없을 정도로 도로가 꽉 막힌 상황이었다. 안절부절못하는 사이 시간은 속절없이 흘러갔고, 차는 더디게 움직였다. 그리고 가까스로 방송국 현관에 도착했다.

현관에는 프로그램 담당자가 그녀를 눈이 빠지도록 기다리고 서 있었다. 마사코가 탄 차를 발견하자마자 허겁지겁 달려와 차 문을 열고 말했다.

"후지카와 씨, 늦으셨네요. 어떻게 된 일인지 조마조마했어요. 광고주가 바뀌고 처음 하는 프로그램이라 얼마나 가슴을 졸였는지 몰라요."

"길이 막혀서 어쩔 수가 없었어요."

"그래도 시간 안에 도착해서 다행이에요. 바로 스튜디오로 가 주세요."

그는 마사코의 손을 잡아끌듯이 차에서 내리게 한 후, 뒤에서 몰아치듯 복도로 안내했다.

"몇 분 남았어요?"

"5분 정도요. 곧장 스튜디오로 가 주세요."

"그럼, 서둘러 의상을 갈아입어야겠네요."

"그럴 시간 없어요. 오늘 드라마는 그 옷으로도 충분합니다. 그리고 후지카와 씨라면 언제나 맡은 역할을 완벽하게 소화하시니까, 의상이 조금 안 맞아도 연기로 커버할 수 있을 겁니다."

"그야 물론 어떻게든 되겠지만, 잠깐 책 좀 보고 싶어요."

"책이라뇨? 아, 대본 말인가요? 하지만 대본 리딩은 지난번에 완전히 끝냈잖습니까. 이제 와서 굳이 다시 볼 필요는 없잖아요."

"대본이 아니에요."

"그럼, 무슨 책입니까? 농담이 아니에요, 느긋하게

독서나 할 상황이 아니라고요. 감독이 바작바작 속을 태우고 있단 말입니다. 자자, 어서 들어가세요."

마사코는 강제로 떠밀리듯 스튜디오로 들어갔고, 담당자가 뒤에서 방음문을 닫았다. 관계자들이 본 방송 직전의 어수선한 분위기 속에서 마사코를 맞아들이며 가슴을 쓸어내렸다.

짤막한 확인 사항을 주고받고 카메라 방향 등을 의논하는 사이, 시간은 계속 흘러갔다.

"방송 1분 전!"

그런 외침이 들리자, 술렁거림이 가라앉으며 곧바로 팽팽한 긴장감으로 바뀌었다. 조명이 강해지고, 음악이 흘러나오면서 세트 내부가 활력으로 넘쳐나기 시작했다.

그런 와중에 마사코는 뭔가가 평소와는 달라졌음을 느꼈다. 자기 혼자만 주위의 움직임과 동떨어져 있는 듯한 기분. 그러나 드라마는 시작됐다. 대사를 하며 동작을 이어 가야 한다.

장면이 바뀌고, 카메라가 마사코에게서 멀어졌다. 그 틈을 엿보다 조연출이 파랗게 질린 얼굴로 다가와서 그녀의 귀에 대고 속삭였다.

"왜 그래요? 뭔가 착각한 거 아닙니까? 당신 역할은 바람피우는 여자예요. 조금 전 연기는 바람의 '바'자도 느껴지질 않아요."

"아무래도 감정이 잘 안 잡혀요. 점 위치가 책이랑 다른 걸까?"

"네? 지금 그게 무슨 소리예요? 점이니, 책이니. 정신 차리세요! 평소의 당신답지 않아요. 이대로 가다간 돌이킬 수 없는 사태가 벌어진단 말입니다!"

"아, 네."

조연출이 물러나고, 조명과 카메라가 다시 마사코에게 집중되었다. 그러나 여전히 그녀는 주위와 조화를 이루지 못했다. 외려 그 부조화가 심해질 뿐이었다. 상대역을 맡은 배우가 곤혹스러워하는 게 그녀에게도 고스란히 전해졌다. 상대역뿐만 아니라, 감독이 당황한 모습도 상상이 됐고, 광고주의 못마땅한 얼굴도 눈앞에 선했다.

그러나 마사코는 어쩔 수가 없었다. 어떻게든 배역의 성격으로 빠져들려고 아무리 애를 써도 눈에 보이지 않는 어떤 힘이 그것을 가로막는 것 같았다.

스튜디오 안이 거의 혼란에 가까운 상태가 되었다

는 걸 알았지만, 그녀로서는 어쩔 수가 없었다. 새로운 배우로 바꿔서 다시 찍을 여유는 없었다. 편집할 때 결점을 최대한 줄이는 방법을 쓰겠지. 이제는 이 방송국뿐만 아니라, 다른 어느 방송국에도 나갈 수 없다.

지금까지 질투를 억눌러 왔던 무리가 이번 일을 기회 삼아 무책임한 말들을 퍼뜨리고 다닐 테고, 어느 감독이든 거액의 비용을 들여 제작하는 프로그램에서 이렇듯 어처구니없는 실수를 저지르는 인간을 쓰려고 할 리가 없다. 마사코는 모든 게 끝났음을 알았다.

동시에 드라마도 끝났다. 그녀는 고개를 숙이고, 세트 한구석에 놓여 있던 핸드백을 들고 스튜디오를 뛰쳐나갔다. 이제 두 번 다시 지나칠 일이 없는 복도와 현관을 빠져나와 밤공기를 맞고서야 간신히 제정신이 들었다.

"이걸로 다 끝났네."

한편으로는 무거운 짐을 내려놓은 듯한 안도감이 들었다. 언제 끝날지 모르는 악순환의 소용돌이에서 구조된 심정이었다. 그녀의 머릿속에 하타노가 떠올랐다.

"그래. 다음 주 사전 회의도 없어졌으니 하타노가

기다리는 바에나 들러 볼까."

마사코는 혼잣말을 중얼거리며 택시를 잡으려고 큰길 쪽으로 걸어갔다. 그리고 이젠 효력이 사라진 그 책을 길가 쓰레기통에라도 버릴까 생각했다. 그러다 문득 아까 붙인 점 위치가 잘못됐을지도 모른다는 생각이 들어서, 그걸 알아보기 위해 가로등 밑에서 책장을 들춰 보았다.

그 원인은 바로 밝혀졌다. 아까 붙인 점의 위치는 상냥하고 순종적인 아내 상을 만들어 주는 자리였다. 그녀는 책장을 덮고, 옆에 있는 쓰레기통 속에 책을 던져버렸다.

"어, 마사코 왔네."

그녀가 바에 들어가자, 하타노가 눈을 휘둥그레 뜨며 기쁘게 맞아 주었다.

"으응. 나 이제 텔레비전 일을 그만둘까 해. 끝이 없을 것 같아."

"드디어 결심을 굳혔군. 그럼, 이제 현안 문제로 들어가 볼까?"

"그러자."

"그 전에 잠깐 네 얼굴 좀 보자. 넌 자주 여기저기 점을 붙였는데, 대체 진짜는 어디였을까? 아까부터 기억을 더듬던 중이었어."

"찾아봐. 보물찾기야."

두 사람은 서로의 얼굴을 바라보며 술잔을 기울였다. 곧이어 하타노가 소리를 높였다.

"아, 그 오른쪽 귀. 그건 진짜 같은데. 근데 원래부터 거기에 점이 있었나?"

마사코는 무심코 그 위치에 손끝을 대 보았다. 그런데 거기에 있는 것은 떼어 낼 수 있는 평상시의 가짜 점이 아니었다. 스스로는 알아차리지 못했지만 진짜 점이 바로 거기에 있었다. 태어날 때부터 거기에 있었는지, 어느새 거기에 생겼는지, 그도 아니면 가짜 점이 피부에 정착해 버렸는지 알 수가 없었다. 그러나 지금 그녀에게 그런 건 아무 상관없었다.

마사코가 밝은 목소리로 말했다.

"혹시 여기에 점이 있는 여자는 어떤 성격과 운명을 타고났는지 알아?"

친구를 잃은 밤

봄이라고는 하지만, 어딘지 모르게 싸늘한 한기가 감도는 어느 날 밤이었다.

깊은 빌딩 숲 골짜기 위에는 눈썹처럼 가느다란 초승달이 기울어져 있었다.

창 옆에 서서 밖을 내다보고 있던 노부인이 옆방에 있는 손자를 불렀다.

"얘야, 이쪽 방으로 오렴."

잠시 후 조용히 문이 열리고, 작은 사내아이가 들어와서 말했다.

"할머니, 어떻게 됐어요? 아직 괜찮아요?"

“글쎄, 어떨지 모르겠구나. 죽지 않으면 좋으련만. 자, 이리 오렴. 텔레비전을 틀어 보자꾸나.”

할머니는 폭신한 의자에 앉아 그 무릎 위로 손자를 손짓해 불렀다. 손자는 얌전히 그 말에 따랐다.

평소 같으면 노는 데 정신이 팔려서 불러도 좀처럼 오지 않지만, 요즘 며칠은 달랐다. 대부분의 사내아이들은 이 시간이면 벽이나 천장을 기어 다니는, 전기장치가 되어 있는 우주 생물 장난감에 푹 빠져서 논다. 아이들은 광선총을 들고 장난감을 향해 쏴 댄다. 명중시키면 괴물 장난감이 고통스러운 비명을 지르는 놀이다.

그런데 요즈음, 이 집의 손자는 그런 놀이를 하지 않았다. 이 집의 손자뿐만이 아니고, 어느 집 아이나 마찬가지였다. 조만간 인류가 자신들의 친숙한 친구를 영원히 잃을지도 모르는 상황임을 아이들조차 느끼고 있었기 때문이다.

할머니가 전원을 켰다. 벽 화면이 밝아지고, 거기에 황량한 세계가 펼쳐지기 시작했다.

“저건 무슨 영화예요? 별로 본 적이 없는 거네요.”

“저건 말이다, 아주 오래전에 만들어진 〈타잔과 오파

르의 보석Tarzan and the Jewels of Opar〉이라는 영화란다."

요즘에는 텔레비전에서 이런 영화를 매일같이 틀어 줬다. 어제는 〈인도의 왕자〉라는 영화를 틀어 줬다. 맹수들의 울음소리, 열대 나뭇잎의 술렁거림. 두 사람은 한동안 오래전 작품이 그려 내는 세계 속으로 빠져들었다.

얼마 안 있어 영화가 중단되고, 아나운서가 나와 임시뉴스를 전하기 시작했다.

—그 후의 경과를 말씀드리겠습니다. 증상은 여전히 일진일퇴를 거듭하고 있습니다만, 한 시간쯤 전부터 상당히 위급한 상황이 되고 말았습니다. 의사들은 산소흡입, 강심제 등 모든 방법을 동원하고 있지만….

아이는 눈을 감고 손을 모으며, 입속으로 뭐라고 중얼거렸다. 할머니가 물었다.

"아가, 뭐 하는 거니?"

"으음, 기도하는 거예요. 모든 아이들이 다 해요. 제발 죽지 말아 달라고."

"착한 아이들이구나. 저 코끼리도 그걸 알면 틀림없이 기뻐할 거야."

아나운서의 목소리가 이어졌다.

—심장박동이 자꾸 끊기는 경향이 나타나고 있습니다. 최근 몇 개월 동안 음식을 전혀 먹지 않았기 때문에 이제는 절망적인 상황일지도 모릅니다. 앞으로 몇 시간 안에 우리 인류는 좋은 친구였던 코끼리를 잃게 되는 것입니다….

뉴스가 끝나고, 중단됐던 영화가 다시 이어졌다. 손자가 할머니에게 물었다.

"옛날에는 코끼리가 저렇게나 많았어요?"

"저렇게 많이 모여 있는 건 나도 본 적이 없단다. 내가 어렸을 때도 코끼리는 이미 그 수가 꽤 많이 줄어 있었거든."

"그래도 진짜 코끼리를 본 적은 있죠?"

"그럼. 동물원이라는 곳이 있어서 그곳에서 두 마리를 봤지. 가늘고, 다정하고, 쓸쓸해 보이는 눈이었어."

"어떤 냄새가 났어요…?"

"글쎄다, 마른 풀 냄새가 났던 것 같은데."

"마른 풀이라뇨?"

손자는 마른 풀을 몰랐다. 본 적도 만져 본 적도 없었다. 콘크리트 도시는 엄청난 속도를 과시하며 지상으로 퍼져서, 시야가 닿는 곳 그 어디에도 초원은 남아 있지 않았다.

이런 시대적 흐름은 인간 이외의 동물에게는 불행을 의미했다. 문제가 되기 시작했을 때는 코끼리처럼 덩치가 큰 동물은 이미 개체 수가 상당히 줄어든 후였다.

게다가 문제가 발생한 후 대책을 세울 때까지, 오랜 시간이 걸렸다. 인간과 관련된 문제가 항상 우선시되었기 때문이다. 뒤늦게 문제 해결에 착수하긴 했지만, 코끼리들이 살기 좋아지는 대책은 아니었다.

청결한 공기, 완벽한 사료, 아름다운 우리. 그런 한정된 구역으로 살아남은 코끼리들을 모았고, 빈틈없이 세심한 관리를 해 주었다. 그런데도 코끼리는 여전히 계속 줄어들었다.

"할머니, 코끼리는 왜 없어지는 거예요?"

"글쎄다. 분명 이 지구상에는 코끼리가 좋아하는 장소가 모두 사라지고 없기 때문이겠지."

"코끼리가 무슨 잘못이라도 했나요?"

"아무 잘못도 없어. 인간과 사이좋게 놀기 위해 있었던 거지. 그런데 요즘에는 인간이 별로 놀아 주지 않으니, 코끼리는 살아갈 필요를 못 느끼게 됐나 봐."

"에이, 어른들한테 실망이야. 난 크면 코끼리랑 놀아 줄 수 있는데."

"어릴 때는 누구나 그런 마음이지. 하지만 어른이 되면, 코끼리는 까맣게 잊어버린단다. 그런 시대가 이어져서 코끼리도 저렇게 한 마리만 남게 된 거야."

"병든 코끼리는 지금 무슨 생각을 할까요?"

"인간들과 밀림 속을 신나게 휩쓸고 다니던 선조들을 생각하겠지. 저 영화처럼…."

할머니가 텔레비전을 가리켰다. 그 오래된 영상 속에서는 지금 죽어 가고 있는 코끼리의 선조들 여러 마리가 활기차게 산을 넘고 강을 건너고 있었다. 그 옛날의 찬란한 영광을 보여 주는 듯한, 강렬하고 밝은 태양 아래에서.

코끼리들은 코를 휘둘러 나무를 쓰러뜨리고 울음소리를 내질렀다. 남아도는 힘이 화면 밖으로 넘쳐흐를 것 같았다.

아이는 파고들 듯이 화면을 응시하고 있었지만, 할머니는 다른 생각에 빠져들었다. 지금 발전을 계속하고 있는 인류도 언젠가는 이렇듯 그 수가 줄어들어 코끼리와 똑같이 단 한 명만 남게 될지도 모른다는 생각을. 그런 날이 왔을 때, 그 사람은 무슨 생각을 하고, 어떤 존재가 그 모습을 지켜봐 줄까.

또다시 영화가 중단되고, 아나운서가 나왔다.

—알려 드리겠습니다. 열심히 치료한 보람도 없이 코끼리는 끝내 죽고 말았습니다. 오랜 세월 동안 인간의 친숙한 친구였고, 기분 좋은 피에로였던 코끼리는 결국 멸종해 버리고 말았습….

그 말을 들은 아이가 불쑥 중얼거렸다.

"결국 죽어 버렸네."

"그렇구나. 움직이고 숨 쉬고 기뻐하는 코끼리는 이제 어디에도 남아 있질 않구나."

한동안 말이 없던 할머니가 밤이 꽤 깊어졌음을 깨닫고는 이렇게 말했다.

"이제 너무 늦었으니, 그만 가서 자거라."

"응. 나 오늘은 코끼리 인형이랑 같이 잘까 봐."

아이가 자기 방으로 돌아갔다. 방금 죽은 코끼리는 오늘 밤, 전 세계 아이들의 꿈속에 나타나 작별 인사를 하고 다니겠지.

건강 판매원

오늘도 날씨가 좋다.

나는 여느 때처럼 로봇 딱따구리를 어깨에 앉히고, 벨트로드를 타고 이동 중이었다. 직업은 제약 회사의 영업 사원. 젊은 시절에는 SF작가를 지망했지만, 공상이 과학의 진보 속도를 따라잡을 수 없게 된 탓에 약 판매로 진로를 바꿨다.

오늘은 이 블록의 가정을 돌아다녀야 한다. 그중 어느 한 집을 골라 현관 앞에 서자, 어깨 위의 로봇 딱따구리가 도널드 덕 같은 소리로 떠들어 댔다.

"갤럭시 제약에서 왔습니다!"

인간이란 시대를 막론하고 게으른 존재라서 이렇게 방문을 하지 않으면 여간해서는 매출이 오르지 않는다. 잠시 후, 문이 열리고 그 집의 주부가 나왔다.

"어머, 약 판매원이네요."

"네. 갑작스러우시겠지만 오늘은 현재 댁에서 사용하시는 약을 점검해 드리려고 왔습니다. 먼저 자녀분부터 시작할까요?"

"으음 얘, 이쪽으로 오렴."

주부가 내 딱따구리에게 말을 건네는 다섯 살쯤 된 사내아이를 소파 위에 엎드리게 했다. 나는 익숙한 손놀림으로 아이의 엉덩이를 들춰냈고, 딱따구리가 바로 내려앉아 그 부리를 엉덩이 근육 깊숙이 찔러 넣었다.

이 로봇 딱따구리의 부리는 정교한 전기메스로 되어 있어서 피도 안 날뿐더러 당연히 아프지도 않다. 로봇 딱따구리가 눈 깜짝할 사이에 엉덩이 근육 속에서 작은 캡슐을 꺼내 내 손 위에 올려 놓았다. 그것을 딱따구리의 날개 밑에 꽂자, 딸깍딸깍 소리를 내더니 잠시 후 측정 결과를 보고했다.

"비타민 A는… B1은…."

이 캡슐은 미세한 구멍이 수없이 뚫린 플라스틱으로 만들어졌고, 그 안에는 농도가 높은 영양제가 들어 있다. 그것을 근육 속에 심어 두면, 인체는 필요에 따라 부족한 영양을 추출해서 소비한다. 요컨대 의학의 진보로 체내에 출현하게 된 새로운 내장 기관이라고 할 수 있을 것이다.

나의 주요 업무는 정기적으로 각 가정을 방문해서 소비된 영양제를 보급하고, 대금을 회수하는 것이다. 딱따구리는 보급을 끝낸 캡슐을 다시 아이 엉덩이에 심었다.

"음, 자녀분은 끝났습니다. 그럼, 다음은 사모님 차례군요."

직업상, 일하는 중에는 성욕 억제제를 복용하기 때문에 부인의 엉덩이를 눈앞에서 접해도 옛날 사람들이 생각하는 것처럼 흥분되거나 하지는 않는다. 평점심을 유지한다.

"부인의 엉덩이는 여전히 아름다우시군요."

"그것도 다 이 캡슐 덕분이죠. 이게 있어서 영양 균형이 늘 정상적으로 유지되는 거잖아요?"

"네. 영양뿐만이 아니라 모든 필수 미량원소, 이를

테면 무기질도 함유되어 있어서 세포의 노화 속도를 최대한으로 늦춰 주지요."

생명현상이란 각종 효소가 종합적으로 작용한 결과물이다. 그 효소는 미량원소의 존재에 따라 작용에 크게 지배를 받게 마련인데, 그 관계가 대부분 명확히 밝혀진 덕분에 인간의 노화 속도는 놀랍도록 많이 늦춰졌다. 물론 수명이 연장된 것은 말할 필요도 없다. 그리고 연장된 기간만큼 약을 더 사용하기 때문에 제약 회사로서도 고마운 일이었다. 정말이지 세상사란 서로 도움을 주고받는 상부상조 관계다.

"그런데 손목시계용 주사 장치 쪽 약은 아직 괜찮으신가요?"

"그러게요. 잠깐 보고 올게요."

주부가 옆방으로 갔다. 누구나 다 백 년 전과 크게 다를 바 없는 손목시계를 차고 있지만, 그 성능 면에서는 엄청난 차이가 났다. 시계는 당연히 시간이 표시되어 있고 라디오 기능도 있지만, 이젠 건강을 위해서도 없어서는 안 될 필수 장치였다.

끊임없이 맥박과 혈압, 체온을 측정하면서 이상이 보이면 곧바로 벨을 울려 경보를 발령한다. 바람직하지 않은 징후도 똑같은 방식으로 알려 준다. 사람들이 그 결과에 따라 병원에 가면, 바로 치료를 해 주는 시스템이다.

그뿐만이 아니다. 이 손목시계 장치는 좀 더 일상적인 면에서 도움이 된다. 대부분의 사람들은 일과가 정해져 있으므로 거기에 맞춰 약을 넣어 두면, 시간이 경과함에 따라 자동으로 정맥에 약이 주입된다. 물론 통증은 없다.

이를테면 이런 식이다. 아침 기상 시간에는 각성 작용이 있는 약, 뒤이어 수염이 빠지는 약품, 아침 식사를 위한 식욕 촉진제, 식사가 끝나면 위장 활동을 활발하게 해주는 약… 이런 식으로 그때그때 필요한 약품을 설정해 두면, 잇달아 효과를 발휘한다.

그리고 밤이 되면 정력제와(물론 가정이 있는 사람들을 위한 것이다) 숙면제까지. 잠을 자는 동안에도 체내에 남아 있는 여분의 약품을 중화시키는 해독제 주입이 서서히 이뤄진다. 따라서 이 약품들은 각 개인의 일과에 맞춰 조정된다.

"아직까지는 괜찮아요."

옆방의 기록 장치를 확인하고 온 주부가 대답했다.

"그런데요, 지난번에 어처구니없는 일이 있었어요. 한밤중에 남편이 갑자기 벌떡 일어나서 배가 고프다고 소리치더니, 급하게 뭔가를 다 먹고 나서는 밖으로 뛰쳐나가더라니까요."

"많이 놀라셨겠네요. 아무리 정확하다 해도 역시 가끔은 검사를 하시는 게 좋을 겁니다. 많은 기능을 갖추고 있으면, 이상도 생기게 마련이지요. 얼마 전에 방문한 가정에서는 월요일 약이 일요일에 작용하는 바람에 모처럼 맞은 휴일 일정이 다 어긋나서 이만저만한 소동이 아니었습니다. 의뢰하시면, 바로 검사해 드리겠습니다. 자 그건 그렇고, 건강과 생활에 관련된 약 이외에 취미용 약을 구입하실 의향은 없으신가요?"

"글쎄요. 일단 카탈로그 좀 보여 주시겠어요?"

내 신호를 받은 어깨 위의 로봇 딱따구리가 눈빛을 발사해 벽에 카탈로그를 잇달아 비췄다.

- 예술적 감수성을 민감하게 해 주는 약
- 텔레비전에 싫증 난 사람에게 백일몽을 꾸게 해 주는 합성 마약. 완전 해독제 첨부
- 청각 신경 억제에 의한 소음 방지제. 갓난아기가

있는 가정에 추천

- 기억 촉진 및 망각 촉진제
- 텔레파시 약

"어머, 저 텔레파시 약이라는 건 뭐죠?"

주부가 흥미를 보였다.

"아아, 그건 최근에 완성된, 모든 감각과 판단력을 일제히 민감하게 해 주는 약입니다. 뭐, 옛날 말로 하자면, 감을 좋게 해 주는 약이랄까요."

"좋은 약이 개발됐네요. 그럼, 저걸 구입할까? 사실은 요즘 남편이 아무래도 좀 수상해요. 혹시 밖에 좋아하는 여자가 생겼나 살짝 걱정스럽던 참이었어요."

"아뇨, 사모님처럼 아름다운 분에게 그런 일은 없을 겁니다. 하지만 정 신경이 쓰이시면 이 약은 그런 목적에는 딱 맞습니다. 이걸 사용하시면 남편분의 수상한 거동을 놓치지 않을 뿐만 아니라, 이에 근거해서 종합적인 판단도 즉각 내릴 수 있으니, 모든 걸 바로 꿰뚫어 보실 수 있겠죠."

"정말 편리한 약이 만들어졌네요."

"예전에는 이럴 때를 위해 자백 약이 사용됐습니다.

하지만 자백 약은 아무 일도 없었을 경우, 나중에 거북함이 남기 때문에 잘 아시다시피 최근에는 수요가 사라져 버렸죠. 이를 대신해 등장한 것이 바로 이 텔레파시 약입니다. 처음에는 우주선 조종사나 경찰 등이 출발 및 도착 시간 신호를 주고받는 용도로 쓰였는데, 요즘에는 일반인들 사이에서도 많이 사용됩니다."

"오늘 밤에 당장 써 봐야겠어요."

나는 약을 건네주고 딱따구리가 계산한 대금을 받아 들고 인사를 한 뒤, 그 집에서 나왔다.

그러고는 곧바로 근처에 있는 공중전화에서 부인의 남편이 근무하는 회사로 연락했다. 그에게는 텔레파시 방지 약을 팔아넘겼다. 아무래도 바람기 퇴치제만은 좀처럼 완성될 것 같지 않다.

자 그럼, 다음 집을 방문해 볼까. 이번 집은 조금 까다롭다. 주머니에서 소형 분무기를 꺼내 분사된 약을 들이마셨다. 내 표정은 한층 더 환한 웃음기가 감돌고, 혀 근육 움직임도 좋아지기 시작했다. 그쯤에서 큰 소리로 인사를 건넸다.

"갤럭시 제약에서 왔습니다!"

쓸모없는 시간

"어허 그래, 어서 오너라. 어떻게 지내니, 아이들은 건강하고? 네 일도 잘되지?"

조용한 숲으로 둘러싸인 교외 별장에서 홀로 여생을 보내고 있던 L박사는 오랜만에 찾아온 아들을 반갑게 맞으며 물었다.

"네. 가족들은 모두 건강해요. 덕분에 제 일도 점점 더 순조롭게 풀리고 있고요. 그런데 아버지도 여전히 즐거워 보이시네요."

L박사는 일찍이 세상에 수많은 발명품들을 내놓은 업적이 있지만, 지금은 이 별장에서 유유자적 살아가

고 있는 여든이 넘은 노인이다. 그의 쉰 살가량 된 아들은 큰 광고 회사를 경영하고 있었다.

소파에 편안히 엎드려 누운 L박사는 태양등 불빛을 맞으며, 미소 띤 얼굴로 고개를 끄덕였다.

"음. 옛날이랑은 달라서 요즘 노인들은 심심하질 않으니 말이다. 고마운 세상이지."

"무슨 말씀이세요, 그건?"

"텔레비전 말이다. 온종일 텔레비전을 보고 지내면, 은퇴한 노인들도 남아도는 시간을 주체 못 할 일은 없지."

그 말을 듣고, 이번에는 아들이 빙그레 미소를 지었다.

"아버지에게 그런 말을 들으니 더 기쁘네요. 나이 드신 분들이 그렇게 기뻐해 주신다면 정말 감사한 일이죠. 텔레비전 방송국과 광고주 사이를 뛰어다니며, 조금이라도 재미있는 오락을 대중에게 제공하려고 애쓰는 우리의 노력이 헛된 일은 아니었네요. 애당초 현대라는 시대는 대중과 텔레비전 방송국, 그리고 광고주, 이렇게 세 요소로 성립되죠. 우리 광고업자는 그 관계를 어떻게 하면 좀 더 원활하게…."

기분이 좋은 나머지, 무심코 평상시 직원들에게 하는 훈계조 말투가 나오고 말았다. 그러나 L박사가 그 말을 가로막았다.

"그런데 프로그램 중간에 나오는 광고는 정말 눈에 거슬리는 존재야."

"그렇게 말씀하시면 곤란하죠. 모두가 재미있는 프로그램을 볼 수 있는 건 많은 회사들이 광고주가 돼서 제작비를 대 준 덕분이에요. 아버지처럼 나이 드신 분들은 별개로 하더라도, 젊은 사람들은 그 이치를 숙지하고 있어서 거의 불평이 없어요. 게다가 회사로서도 광고는 꼭 필요한 거고요."

이번에는 광고를 변호하기 시작했다. 그는 진심으로 그 필요성을 확신하고 있었다. 광고야말로 현대를 지탱해 주는 힘이며, 만약 그것이 사라지면 사람들은 생활의 지표를 잃고 대혼란에 빠질 거라고 믿었다.

하긴, 자기 직업에 그 정도 자부심도 없었다면, 지금처럼 광고계에서 성공하지도 못했을 것이다.

"너는 그렇게 말하지만, 난 도무지 마음에 안 들어. 그런 게 없어야 군더더기 없이 훨씬 좋을 것 같은데."

"물론 광고가 안 나온다면, 보는 쪽에서는 편할지

도 모르죠. 그러나 현대사회의 구조에서 그건 무리예요. 어쩔 수 없는 일이죠."

얼굴을 찡그리며 변호하는 아들에게 L박사가 말했다.

"어쩔 수 없다는 그런 문제들을 해결하는 게 과학자의 본분이지. 나도 이 별장에서 그냥 멍하니 허송세월만 보낸 건 아니다. 사회에 도움이 될 만한 발명품을 하나 만들었지. 그걸 너에게 보여 주마."

"그게 뭔데요?"

"으음, 잠깐 저 텔레비전을 보렴."

그렇게 말하며 L박사가 텔레비전 전원을 켰다. 잠시 후 화면에는 노래를 부르는 젊은 여성이 나타났다.

"아, 저 프로그램은 우리 회사에서 참여한 건데, 저게 뭐 잘못됐나요? 딱히 이상해 보이진 않는데."

"으음, 잠자코 좀 더 지켜봐. 이제 곧 재미있는 일이 생길 테니."

아들은 고개를 갸웃거리면서도 아버지가 하는 말이라 한동안 텔레비전을 지켜보았다. 프로그램이 거의 끝나 갈 무렵, 엉겁결에 소리를 지를 수밖에 없는 일이 그의 눈앞에 펼쳐졌다.

"엇, 이게 대체 어떻게 된 거지? 말도 안 돼. 당장 방송국에 항의하고, 광고 회사에는 직원을 보내 사과해야겠어요. 이런 어처구니없는 실수는 처음이에요. 잠깐 전화부터! 회사에 빨리 연락해야 해요."

그가 몹시 허둥거리는 건 당연했다. 텔레비전에서 프로그램이 끝나는가 싶더니, 바로 다음 프로그램이 시작되는 게 아닌가. 그 사이에 들어가야 할, 그의 회사에서 고심해서 제작한 광고가 나오지 않았던 것이다. 프로그램을 맡은 광고 회사로서는 앞으로의 신용이 걸린 중대한 사건이었다.

그런데 L박사는 더없이 침착했다.

"자, 잠깐. 전화까지 할 거 없어. 그건 광고 회사의 실수도 아니고, 텔레비전 방송국의 문제도 아니야. 내가 발명한 광고 제거기 때문이지."

"네? 광고 제거기라뇨…. 광고만 연기처럼 사라져 버린다니, 그건 도저히 불가능한 일 같은데…."

"인간이란 존재는 누구나 자기가 하는 일은 영원히 아무 문제없을 거라고 생각하는 경향이 있지. 하지만 과학의 진보 앞에서는 그럴 수 없어. 실제로 방금 본 대로 사라져 버렸잖니. 대단한 발명이지?"

기쁜 듯이 웃는 L박사와는 반대로 아들의 표정은

매우 심각했다.

“부, 분명 대단한 발명이긴 해요. 하지만 지나치게 대단해요. 이런 게 보급되면, 난처해질 사람들이 속출할 겁니다.”

“그럴까? 내 생각엔 기뻐하는 사람 쪽이 훨씬 많을 것 같은데.”

“그야 그렇지만, 첫째로 광고 회사가 난처해집니다. 일단 저부터 실업자가 되겠죠. 아버지의 발명품 때문에요.”

아들의 얼굴이 창백해졌다.

“아니, 그런 걱정은 하지 마라. 내가 네 생각을 안 할 리가 있겠냐. 너는 이 장치를 제조하는 일을 하면 돼. 홍보만 잘하면, 판매는 확실할 거다.”

“광고 제거기 광고를 텔레비전에서 하게 될 줄이야….”

너무나 뜻밖의 상황인지라, 그는 마음을 안정시키려고 화제를 살짝 바꿨다.

“아버지도 정말 엄청난 발명품을 완성하셨네요. 구조는 어떤 거예요? 너무 복잡하면 제작비가 많이 들어서 살 사람도 별로 없을 텐데요.”

"아니, 별로 복잡하지 않아."

"그건 그렇고, 어디로 지워 버린 거죠, 아까 광고는?"

"너라면 다른 데 가서 말하지는 않겠지. 가르쳐 주마. 사실은 광고하는 동안 잠들었던 거야."

"잠들었다니요?"

"그래. 광고 부분만 그때까지의 전파 흐름이 중단되지. 광고 제거기는 거기에 자동적으로 반응해 인체에 무해한 수면 전파가 시청자에게 발사되도록 하는 거란다. 프로그램으로 돌아가면, 그 전파가 끊기면서 잠이 깨는 구조지. 그러니 광고를 안 봐도 되는 거고."

"과연, 그런 구조였군요."

그는 불현듯 어린 시절을 떠올리고 씁쓸하게 웃었다. 고개를 숙이고, 아버지 L박사의 잔소리를 흘려듣던 때와 어딘지 모르게 비슷하지 않은가.

L박사가 몹시 의기양양한 태도로 말을 이었다.

"어떠냐? 이건 사람들에게 큰 도움이 되는 장치가 틀림없어. 내 계산으로는 광고가 프로그램의 거의 10퍼센트를 차지해. 언뜻 보기엔 적은 것 같지만, 결코 무시할 수 없는 시간이야. 하루에 한 사람이 텔레비전에

100분을 소비한다고 가정하면, 그중에 10분이 광고야. 100만 명이면 합계가 1000만 분, 즉 약 17만 시간을 무의미한 행위에서 해방돼서 휴양으로 유용하게 돌려쓸 수 있는 거지. 사람들이 얼마나 기뻐할지 상상조차 안 되는구나."

L박사가 장치의 효능을 줄기차게 쏟아 내는 한편, 아들은 마음속으로 이건 무슨 수를 써서든 막아야 한다고 생각했다. 그의 신념은 별개로 치더라도, 지금 하는 광고 회사라는 확실한 사업을 접고 앞일을 장담할 수 없는 광고 제거기 제조로 전업하는 것은 아무리 생각해도 좋은 계획 같지 않았다. 그래서 은근슬쩍 말해 보았다.

"아, 알겠어요. 유익한 발명인 건 분명합니다. 그런데 아버지, 여기에는 아직 개선할 여지가 있는 것 같군요. 이대로라면 제품으로 부적절하잖아요?"

"어떤 점에서?"

"결국은 광고 중에 잠이 드는 거니까, 서 있던 사람은 쓰러지겠죠. 발작이 일어나도 바로 약을 먹지 못하고요."

"흐음, 듣고 보니 그럴 수 있겠군."

"그것만이 아니에요. 뜨거운 커피를 마시던 사람은 컵이 엎어져서 화상을 입을 겁니다. 그리고 도둑들은 이 장치를 설치한 집을 노릴 테고요. 광고하는 사이에 쉽게 침입할 수 있으니까."

아들은 필사적으로 광고 제거기의 결점을 떠올리며 줄줄이 나열했다.

"흐음, 과연 그렇군."

"게다가 요즘 젊은이들은 텔레비전을 보면서 먹고 마시는 게 보통인데, 그러다 잠 때문에 중단되면 주변이 지저분해져서 큰일이겠죠."

"정말 요즘 애들은 예의범절이 엉망이야. 그나저나 그런 점들을 개선하려면 상당히 성가셔지는데…."

고개를 갸웃거리는 L박사에게, 아들은 기회는 이때다 싶어 몸을 내밀며 말했다.

"그러니까 이건 아버지 전용으로 쓰시는 게 좋을 거 같아요. 이게 세상에 나오지 않으면, 저도 이제 와서 전업할 필요가 없잖아요. 벌이가 똑같다면, 익숙한 광고 회사 쪽이 더 안심이 되니까요. 아버지도 새삼스럽게 개선 연구를 하기보다는 광고를 안 보는 특권을 누리면서 텔레비전을 즐기며 여생을 보내시는 게 더 현명하잖아요."

아들의 열정적인 설득에 L박사가 고개를 끄덕였다.

"생각해 보니 그럴지도 모르겠군."

"그렇다니까요."

아들은 일단 가슴을 쓸어내렸다. 이걸로 광고업계의 불필요한 혼란은 미연에 방지한 것이다. 그런 다음 아버지와 아들은 한동안 가정사와 관련된 잡담을 나눴다.

"그럼, 아버지. 건강히 잘 지내세요."

아들은 아버지에게 작별 인사를 하고 돌아갔다.

그 후, 아들은 광고업에 혼신의 힘을 다 쏟아부었고, L박사는 느긋하게 텔레비전을 보며 하루를 보내는 평온한 날들이 이어졌다.

마침내 L박사가 천수를 다하는 날이 찾아왔다.

"난 이제 틀린 것 같구나."

그렇게 중얼거리는 L박사의 머리맡에서 아들이 말했다.

"아버지, 기운을 내세요. 예의 그 약을 복용하시면 이런 병쯤은 얼마든지 물리칠 수 있어요."

"예의 그 약이라니, 무슨 약 말이냐?"

"모르세요? 한참 전부터 텔레비전에서 크게 광고하는, 그 노인 약 말이에요."

"그런 약이 있었나? 나는 광고는 안 보니까."

"아, 이게 무슨 일이람. 이게 다 그 광고 제거기 때문이에요. 그 약만 매일 드셨더라면 아직 건강하셨을 텐데… 너무 안타까워요. 게다가 제가 만든 멋진 캐치프레이즈를 붙인 약이었는데."

"으음, 이제 와서 안타까워해 본들 무슨 소용이겠냐. 그래도 네가 만들었다는 그 캐치프레이즈는 궁금하구나. 무슨 문구지?"

"그건 '당신의 노후를 10퍼센트 늘려 준다!'는 문구였어요."

"에이, 난 또 뭐라고. 그런 거면 안타까워할 거 하나 없어. 결국 마찬가지 아니냐. 10퍼센트 늘려 준다는 그 노후 시간은 지금까지 내가 안 본 광고 시간이야. 광고를 보면 그 시간만큼 장수하게 해 준다고 해도 난 사양한다."

L박사는 빙그레 웃으며 조용히 눈을 감았다.

무미건조한 시대

그 노인의 방은 빌딩 80층에 있었다. 우연이긴 했지만, 그 층수는 노인의 나이와 일치했다. 그는 하루의 대부분을 그 방에서 홀로 보냈다.

방 한 귀퉁이의 어스름한 벽에서 추상적인 모양들이 천천히 움직였다. 명령을 하면 바로 뉴스 프로그램을 틀어 주고, 또 선호하는 프로그램으로 바꿔 주기도 하지만, 은거 생활을 하는 노인은 그런 것엔 딱히 관심이 없었다.

금속성 종소리가 부드럽게 다섯 번 울렸다. 이어서 여성의 목소리가 흘러나왔다.

"다섯 시입니다. 저녁 식사를 차릴까요?"

자동식 조리기에 설치해 둔 녹음테이프 목소리였다. 노인이 "어어, 그래"라고 중얼거리면 따뜻하고 영양가 있는 부드러운 요리가 바로 식탁 위에 차려진다. 그러나 노인은 "아니, 됐어"라고 대답했다. 그러자 이번에는 천장에서 다른 목소리가 나왔다.

"방 안이 너무 어두워요. 자동조명조절기의 배선이 고장 난 것 같습니다. 수리하라고 연락할까요?"

"아니, 괜찮아. 내가 스위치를 껐어. 잠시 이대로 어둡게 있고 싶어서…."

이어서 또다시 다른 목소리로 바뀌었다.

"혹시 어디가 안 좋으신가요? 혈압을 재 볼까요?"

자동진단기의 소리였다.

"아냐, 됐어. 조용히 좀 놔둬."

목소리들은 모두 납득한 듯이 더 이상은 말을 건네지 않았다. 노인이 앉아 있던 안락의자의 버튼을 눌렀다. 의자는 알아서 움직이며 그를 창가로 옮겨 주었다. 이때쯤이면 노인은 늘 멍하니 거리를 내려다보았다.

거리에는 똑같이 생긴 높은 빌딩들이 끝도 없이 늘어서 있었다. 맞은편 건물의 옥상에서는 등에 작은 프로펠러를 단 젊은이 둘이 손을 흔들며 해질녘이 가까운 하늘로 날아올랐다.

그 모습을 바라보던 노인은 어린 시절을 떠올렸다. 세상이 어떻게 이리도 진보했을까. 노인은 또한 자기 아들들을 떠올렸다. 그러나 그 아들들도 지금은 모두 독립했다. 아내가 먼저 세상을 떠난 이후, 그는 정말로 혼자였다.

"옛날 노인들은 여생을 어떻게 보냈을까?"

그는 혼잣말을 중얼거렸다. 어느 날, 그것을 조사해 보려고 도서관에 갔지만, 헛걸음만 했다. 현재 사회와 맞지 않는 풍속은 그것과 관련된 기록까지 모두 삭제되었기 때문이다.

"아무려면 어때. 지금보다 열악했을 게 뻔하지."

노인이 의자의 다른 버튼을 누르자, 옆쪽 벽에서 동그란 알갱이가 담긴 긴 숟가락이 나왔다. 하나를 입에 넣자, 서서히 기화하며 좋아하는 맛과 향을 입안 가득 퍼뜨렸다. 생활에 필요한 모든 게 갖춰진 시대. 그러면서도 모든 게 공허한 구멍으로 만들어진 듯한 기분이 드는 건 왜일까. 노인은 이런저런 상념에 휩싸여 있었다.

"흐음. 술 한잔하고 싶군."

그러나 술을 내주는 버튼은 어디에도 없었다. 이 방뿐만이 아니라, 어느 방에도 마찬가지다.

뭐든 다 손에 넣을 수 있는 이 시대에 술만큼은 허락되지 않았다. 기계가 모든 분야로 확산되어 있는 사회인 만큼, 음주로 인한 사소한 오류로도 엄청난 사고와 손해가 초래될 수 있었다. 바야흐로 이성과 기계가 지배하는 시대.

"한창 일할 나이인 사람들에게 금지하는 건 이해해. 하지만 은퇴해서 조용히 사는 노인에게는 상관없잖아."

노인은 안락의자를 흔들며 불만스럽게 중얼거렸다. 그러나 노인에게만 술을 허가할 수도 없는 노릇이었다. 그렇게 되면 손쓸 방법도 없이 퍼져서, 일찍이 심각한 논쟁을 불러일으켜 가까스로 궤도에 오른 금주법이 무너져 버린다.

노인이 가볍게 버튼을 누르자, 숟가락이 다시 벽 속으로 들어갔다. 그는 손가락으로 메마른 입술을 살며시 문질렀다.

그러고는 결국 더는 유혹을 못 참겠다는 듯이 벌

떡 일어섰다.

"잠깐 나갔다 와야겠어."

나가겠다는 말을 듣고, 소리가 반응했다.

"알겠습니다. 겉옷과 신발을 준비해 드리죠."

벽의 일부가 열리면서 거무스름한 망토가 가볍게 날아와 노인의 몸을 감쌌고, 바닥에서는 신발이 나왔다.

"타고 가실 교통편은 뭐로 준비할까요?"

"아니, 됐어. 그냥 걸어가고 싶군."

나선형 에스컬레이터가 그를 1층까지 옮겨 주었다. 노인은 큰길로 나가 봤지만, 인기척은 전혀 없었다.

거리는 죽음의 계곡이었다. 빌딩 벽에서 내뿜는 은색 빛이 길을 환하게 밝혀 줬지만, 걸어 다니는 사람은 한 명도 없었다. 지하의 고속 파이프 도로, 공중의 소형 헬리콥터 같은 게 갖춰진 시대라 지상을 걸어 다닐 필요가 없었다. 낮에 아이가 가지고 놀았는지, 길가에 매직볼 하나가 뒹굴고 있었다.

그는 지팡이 소리를 울리며 두 블록쯤 걸어가 주위를 둘러보다 어느 빌딩 입구로 들어섰다. 그곳 지하에 있는 가게 하나가 그가 늘 방문하는 비밀 클럽이었다.

지팡이 끝으로 문에 신호를 보내는 노크 소리를 내

자, 안쪽에서 문이 열리며 사람 목소리가 반겨 주었다.

"어이쿠, 어서 오세요. 요즘 자주 오시네요."

그곳의 경영자, 원래는 학자였다는 중년 남자가 노인을 알아보고는 인사를 건넸다.

"아아, 낮에는 멍하니 밖을 내다보며 그럭저럭 시간을 보내지만, 밤이 되면 나까지 텅 비어 버리는 기분이 들어서 쓸쓸하기 그지없어. 얼마 전까지는 텔레비전으로 마음을 달래 보기도 했는데, 요즘은 별로 보고 싶지도 않고…. 역시 공허함을 채우는 데는 술만 한 게 없지."

"그렇겠죠. 아니면 혹시 술맛을 알게 된 후로 공허함을 더 느끼게 된 걸까요?"

경영자가 노인에게 맞장구를 쳐 주었지만, 다른 테이블의 손님이 돌아갈 채비를 하자 그쪽에 말을 건넸다.

"돌아가실 거면, 이삼 분만 더 앉아서 취기가 완전히 가신 후에 일어나 주세요. 주변에 술 냄새라도 풍기게 되면, 손님도 잡히고 저도 잡히고 맙니다. 그렇게 되면 큰일이죠. 약을 드셨으니, 바로 알코올 성분이 빠져나갈 겁니다."

이 작은 클럽은 몰래 술을 마실 수 있는 가게였다. 물론 이는 불법이고, 걸리면 처벌을 받기 때문에 여기에서 마시고 취하는 건 괜찮지만, 술도 취기도 집까지 가져갈 수는 없었다.

잠시 후 술이 깬 손님이 돌아가고, 그 지하실에는 노인과 주인 두 사람만 남았다. 실내에 장식은 없었고, 고풍스러운 탁자와 의자 몇 개만 놓여 있을 뿐이었다.

노인은 의자에 앉아 벽에 달린 수도꼭지를 통해 주인이 따라 주는 잔술을 홀짝홀짝 마시며 말했다.

"이보시오, 주인장."

"네, 말씀하시죠."

"당신도 참 희한한 일을 시작했군 그래. 이런 위험한 장사를 할 사람처럼 보이진 않는데 말이오."

"네. 저는 술을 판다고 생각하진 않습니다. 건조한 사회에 물을 뿌린다는 마음이죠. 물론 질서를 흐트러뜨릴 정도로 돈을 벌 생각은 없습니다. 그래서 젊은 사람이나 기계 조작에 직접적으로 종사하는 사람은 아예 받질 않습니다. 그러니 양심의 가책도 느끼질 않죠."

"그건 그렇고, 전부터 궁금한 게 있었는데…."

"네. 선생님은 옛날부터 회원이시고, 입이 무거운

성품이신 건 잘 알고 있습니다. 오늘은 달리 손님도 없으니 물어보시면 대답해 드리죠."

"고맙군. 정말 신기한 건 말이네, 대체 어디서 술을 만드느냐는 거야. 단속도 심하고, 경찰 수사는 물샐틈없이 철통같은데."

"아 네. 여기 말고도 술 마시는 장소가 있었던 것 같은데, 지금은 완전히 사라져 버렸죠."

"그런데 여기만 한 번도 경찰이 덮치질 않았단 말이지. 게다가 언제 와도 다른 데서는 마실 수 없는 고급술이 떨어지지 않고 늘 준비되어 있고."

"경찰 수사는 술을 만드는 곳과 운반하는 곳에 중점을 둡니다. 그렇다 보니 만드는 곳은 전멸하죠. 거기에 운반 단속까지 강화되면 다른 가게는 더 이상 운영이 불가능해지는 거예요."

"그런데 왜 여기만 예외지? 정말 신기하단 말이야."

"그럴 수밖에요. 여기는 수도꼭지만 틀면, 언제나 술이 나오거든요."

주인이 벽에 달린 수도꼭지를 열고, 흘러나오는 술을 잔에 받았다. 기분 좋은 맑은 소리가 물방울과 함께 퍼져 나갔다. 주인은 그 술잔을 노인 앞으로 내밀었다.

"흐음, 과연. 파이프로 옮기는 거로군. 그렇다면 발견할 수 없겠지. 그런데 지하 배관 공사는 개인의 힘으로는 도저히 불가능해. 게다가 아직 술을 만드는 곳이 남아 있을 것 같지도 않고. 억지로 대답할 필요는 없네만, 나는 그 파이프의 다른 한쪽 끝이 어디로 연결되어 있는지 몹시 궁금하군."

"입이 무거우신 건 잘 아니, 알려 드리죠."

"정말인가? 꼭 듣고 싶네."

주인이 목소리를 조금 낮추고 말했다.

"과거로 연결되어 있어요."

"뭐? 과거라니. 설마."

"네. 유유자적하게 술을 만들 수 있는 곳은 이미 이 사회에는 어디에도 남아 있질 않아요. 그래서 경찰도 안심하는 겁니다. 하지만 녀석들도 설마 과거일 줄은 상상도 못했겠죠."

"그런 일이 가능하리라곤 나 역시도 상상조차 못했어."

노인이 손에 든 잔을 물끄러미 바라보며 고개를 갸웃거렸다. 주인이 그 의문에 대한 설명을 시작했다.

"제가 예전에 학자였다는 건 알고 계시죠. 저는 그

당시, 시간에 관한 연구를 했습니다. 그리고 한 가지 이론을 세웠죠. 옛날에는 공상에 불과했던 과거로의 여행이 사실은 가능하다는 거였죠. 하지만 특이한 이론은 어느 시대에나 배척당하게 마련이고, 그런 게 아니더라도 이런 연구는 현대사회에는 도움이 안 된다는 판정을 받고야 말았을 겁니다. 아무튼간에 저는 결국 그 자리에서 물러나야 했습니다."

"흐음, 그렇군."

"하지만 저는 그 이론에 애착이 너무 컸어요. 그리고 현대사회에 반기도 들어 보고 싶었고요. 그래서 그 이론을 바탕으로 장치 하나를 완성했습니다. 타임머신입니다."

"그게 정말로 가능한 장치였나?"

"실제로 완성했어요. 저는 그것을 타고, 몇 번이나 먼 과거로 가서 혼자 즐기고 왔습니다."

"나도 꼭 한번 가 보고 싶군."

"그것만은 곤란합니다. 까딱 잘못하면 과거가 바뀌고 말아요. 그럼 안 되죠. 저는 해도 되는 행동과 해서는 안 되는 행동을 구분할 수 있지만, 다른 사람은 그게 불가능해요. 예를 들면 실수로 떨어뜨린 회상 이미

지 영사기가 과거 사람들 손에 넘어간다고 생각해 보세요. 지금이야 누구나 사용하는 물건이지만, 옛날에는 그런 물건이 없었어요. 과거 시대에 그것이 보급되어 버리면, 역사가 크게 바뀌겠죠. 선생님과 저도 그 즉시 사라져 버릴지도 모르고…."

"잘은 모르겠지만, 그런 일이 일어날 수도 있겠군."

노인이 고개를 끄덕이며 술잔을 기울였다.

"저는 먼 옛날로 가서, 자동으로 술을 만드는 장치를 해 놓고 왔습니다. 이곳도 그 무렵에는 깊은 산속이었어요. 짙푸른 숲과 신선한 공기 속에서 조용히 만들어지는 술이죠. 술은 거기에서 시간 속을 통과하는 파이프로 보내지는 겁니다. 저희 가게 술맛이 다른 가게의 합성 술과 다른 건 잘 아시죠? 사실은 그런 얘기를 들려주고, 모두에게 맛도 보여 드리고 싶지만, 그럴 수는 없는 노릇이죠. 안타깝습니다."

"흐음, 얘기해 줘서 고맙네. 공허한 내 마음이 채워졌던 것도 그런 덕분이었을지도 모르겠군."

노인은 술을 한 잔 더 주문했고, 술잔의 액체 속에서 과거의 환영이라도 찾아내려는 듯이 물끄러미 그 안을 들여다봤다. 그러고는 눈을 감고 향을 맡으며 입

안으로 액체를 흘려 넣었다. 혀 위에서 굴리듯이 천천히 음미하는 모습이었다.

"만족하십니까?"

"으음. 지금 막 떠오른 생각인데, 그 장치를 옛날 사람이 발견하면 어떻게 될까? 역시 과거가 바뀌고 역사가 바뀌어 버리지 않을까? 그런 걱정은 없나?"

"물론 그런 생각도 했습니다. 그래서 그 장소에서 타임머신을 몇 년 정도 작동시켜 보면서 그 동안에는 아무도 접근하지 않는 걸 확인한 후에 장치를 설치한 겁니다."

"그렇다면 괜찮겠군. 으음, 한 잔 더 주게."

노인은 평소보다 술을 많이 마셨다. 주인이 술잔을 수도꼭지 아래로 가지고 갔다. 시간을 초월해 파이프로 운반된 술은 맑은 소리를 내며 흘러나왔지만, 잠시 후 주인이 소리를 질렀다.

"어, 이게 어떻게 된 거지?"

액체의 흐름이 갑자기 뚝 멈췄다. 주인이 손을 얹어 수도꼭지를 흔들어 보았다. 그러나 물방울은 두세 방울 떨어질 뿐이었다. 주인의 얼굴이 새파랗게 질렸다.

"무슨 일인가? 원료가 떨어졌나?"

노인의 물음에 주인은 허둥거리는 목소리로 대답했다.

"아뇨, 원료는 아직 충분할 겁니다. 이건 분명 도중에 파이프가 고장 난 거예요. 그대로 놔둘 순 없습니다. 당장 고치러 가야겠어요. 잠깐만 기다려 주세요."

주인이 출입문을 안쪽에서 잠그고, 가게가 비었을 때 사람이 못 들어오도록 조치를 취했다. 노인이 매달리듯 애원했다.

"이보게, 나도 좀 데려가게. 잠깐만이라도 좋으니 과거를 구경하고 싶어. 자네랑 함께 가면 아무 문제없잖나. 나는 현재 생활에 만족감을 얻기 위해서 과거의 누추한 생활을 보고 싶은 거야."

진심을 담은 그 호소에 주인은 결국 노인의 부탁을 들어줄 수밖에 없었다.

"뭐, 괜찮겠죠. 하지만 이번 한 번뿐입니다. 자, 어서 서두르죠."

주인이 노인을 재촉해서 옆방으로 들어갔다. 거기에는 둥그런 은색 장치가 있었다. 주인이 그 문을 열었고, 두 사람은 거기에 올라탔다.

"이게 타임머신인가?"

"네. 설명은 나중에 드리죠. 서두르지 않으면 과거가 크게 변하기 시작해서 저도 손해가 이만저만이 아니니까요."

나지막한 기계 울림이 내부에 가득 찼다. 주인이 미터기처럼 생긴 것의 움직임을 주의 깊게 지켜보다가 갑자기 장치를 정지시켰다. 그러자 기계 소리도 동시에 멈췄다.

"이 근처인 것 같습니다. 이 시대에서 파이프에 금이 가서 새는 것 같아요. 자, 얼른 나가서 수리를 하죠."

주인은 앞장서서 내렸고, 땅에 웅크려 앉아 조급한 손길로 복잡한 도구를 움직이기 시작했다. 그러나 노인은 눈앞에 전개된 과거의 광경에 넋을 잃고 말았다.

들어 본 적도 없는 소리가 귓속으로 파고들었다. 그리고 잠시 후, 노인은 그것이 매미 울음소리임을 알았다. 계절은 여름. 푸르른 잎사귀를 무성하게 매단 숲 사이로 하얀 나비가 팔랑팔랑 춤을 추며 날아다녔다. 풀숲에서는 훗훗한 열기를 내뿜고 있었고 물 흐르는 소리가 났다.

옆으로 작은 강이 흐르고, 저 멀리에는 짚으로 지

붕을 엮은 집이 보였다. 세월의 때가 많이 탄 낡은 집.

그 순간, 노인은 인기척을 느끼고 주인에게 주의를 줬다.

"사람이 있는 것 같아."

"뭘 하고 있죠?"

"신기해하는 표정으로 강물을 퍼 올리고 있어."

"이런. 괜한 호기심을 품고 그 원인을 탐구하기 시작하면 골치 아파져요. 파이프 수리는 끝났는데, 얼토당토않은 일이 벌어졌군. 어떻게 될지 미행해 보죠."

두 사람이 뒤를 밟았다. 술을 퍼 올린 사람은 행색이 초라한 젊은이였다. 두 사람은 그 술을 빼앗을 수도 없는 노릇이라 숨바꼭질하듯 뒤쫓아 갈 수밖에 없었다. 젊은이는 이윽고 초가집으로 들어갔다.

눈에 띄지 않게 숨어 있는 두 사람에게 대화 소리가 들려왔다.

"아버지, 드세요. 술이에요."

"그럴 돈이 없을 텐데… 어디서 구했냐?"

"무슨 수를 써서든 아버지가 좋아하는 술을 구하고 싶다. 그런 생각에 빠져서 걷고 있는데, 좋은 냄새가 났어요. 그래서 폭포 옆의 물을 퍼 올려 보니, 그게 술이지 뭐예요. 자, 어서 드세요. 맛이 아주 좋아요."

가만히 들여다보니, 퍼 온 술은 모두 마셔 버린 것 같았다. 두 사람은 그 모습을 지켜본 후, 타임머신으로 돌아왔다.

"뭐, 저 정도면 괜찮겠죠. 문제의 술은 모두 마시고, 더 이상 남아 있질 않아요. 강을 조사한다 해도 이미 술은 흐르지 않으니까요. 큰일 없이 끝나서 무엇보다 다행입니다. 자, 이제 그만 돌아가죠."

주인은 장치를 조종해서 다시 미래로 향했다.

다시 지하실로 돌아온 두 사람은 안심한 표정으로 수도꼭지에서 흘러나오는 술을 마시기 시작했다.

"아 정말, 아까는 너무 당황했습니다. 아, 갈증 난다."

주인이 말했지만, 노인은 골똘히 생각에 잠긴 표정이었다. 과거의 아름다운 자연이 뇌리에 강렬하게 새겨진 탓이었다. 그리고 그 아버지와 아들. 지금쯤 둘이서 무슨 이야기를 나누고 있을까.

노인은 멍하니 술잔으로 시선을 던지며 술을 조금씩 홀짝였다. 그러다 중얼거리듯 말했다.

"행복해 보였어."

"네. 기뻐하는 것 같았죠. 제가 만든 술이니까, 아마 그 시절 사람들에게는 신이 만든 술처럼 느껴졌을 겁니다."

"그런데 그 사고가 역사에 남지는 않았을까? 난 내일 도서관에 가서 조사해 보고 싶군. 진귀한 현상으로 기록됐을 것 같은데."

"그만두세요. 괜히 수상쩍게 보이면 골치 아파집니다. 그리고 조사해 봐야 소용없어요. 역사 기록 중에 옛날 풍습이나 도덕, 술 같은 것과 관련된 내용은 전부 삭제해 버렸을 테니까요."

"아 참, 그렇지…. 그럼, 난 이만 가 보겠네."

노인은 주인이 건넨 술 깨는 약을 먹었다. 취기는 가시기 시작했지만, 머릿속에 남겨진 광경은 사라지지 않았다. 앞으로는 한밤중에 잠이 깰 때마다 그 생각이 늘 떠오르겠지.

술기운이 완전히 가셨다. 노인은 주인이 열어 준 문을 지나 밖으로 나왔다. 그리고 물이 흐르지 않는 빌딩 계곡 사이를 홀로 걸어 기계와 장치의 숲속, 녹음테이프 소리가 기다리는 자신의 방으로 돌아갔다.

죄수

파란 하늘이 대지를 포근하게 끌어안은 듯한 아침. 하늘 곳곳에 말끔히 닦이지 못하고 남은 흔적처럼 하얀 구름이 듬성듬성 떠 있었다. 초여름 햇살은 상쾌한 공기 속으로 쉼 없이 내리쬐었다.

여기는 교도소 옥상. 높은 담벼락 밖에는 산줄기에서 동떨어진 산 덩어리 같은 빌딩 숲이 보였고, 그 위에는 모노레일 철로가 그물코처럼 뒤덮여 있었다. 그 위를 차량들이 어렴풋한 소리를 내며 달려갔다.

다부진 체격의 간수가 기관총을 움켜쥔 채, 이 교도소의 단 한 명뿐인 죄수에게 말을 건넸다.

"어이, 어제부터 책을 열심히 읽는군."

팬티 한 장 차림으로 소파에 누워 책을 읽고 있던 죄수가 책에서 시선을 들고 대답했다.

"책이라도 읽어야지, 안 그러면 지루해서 견딜 수가 없어."

"무슨 책이야?"

"탈옥을 다룬 범죄소설이지."

"재미있나?"

"뭐, 재미있다고 할 수 있겠지. 지금 내 처지와 비교하면, 뭐라 표현할 수 없는 묘한 기분이 들거든."

"어때, 한번 해 보고 싶진 않나?"

"글쎄, 가능한 일이라면 해 보고 싶지. 하지만 그러려면 소설 배경이 된 시대의 교도소와 모든 조건이 같아야 해. 그런데 지금은 어떤가? 다른 무엇보다 독방 자물쇠가 안쪽에 달려 있고, 그 열쇠를 내가 가지고 있다니. 옛날 사람, 아니, 얼마 전까지만 해도 말이 안 되는 우스갯소리였지."

"그렇게 되면, 탈옥할 의욕이 생기나?"

"그것만이 아니야. 내가 뭔가 죄를 저질러서 여기 있어야 해. 밤이 되면 늘 생각하지. 예전에 여기 갇혔던 녀석들은 얼마나 밖으로 나가고 싶었을까. 솔직히 그런 기분도 좀 맛보고 싶긴 해. 하지만, 안 돼."

"그야 그렇지. 건물이나 방의 자물쇠를 전부 바깥쪽에 다시 다는 건 불가능해. 그리고 너를 범죄자라고 부를 수도 없고. 결국 탈옥은 불가능하다는 얘기군."

"세상이 정말 묘하게 돌아가. 범죄자도 아닌 사람이 교도소 안에 있어. 그리고 당신들은 탈옥을 경계하기는커녕 내심 해 주길 바라지. 그런데 나는 나가지 않아. 익숙해지긴 했지만, 정말 희한한 일이야."

죄수가 그렇게 말했지만, 간수는 아무 대답도 하지 않았다. 죄수는 소설을 다시 읽기 시작했다.

시간이 흐르고, 태양이 머리 바로 위까지 이동했다.

어디에선가 사람들의 고함 소리가 들려왔다.

"이봐. 오늘도 어김없이 또 왔군."

간수가 긴장감을 되찾은 목소리로 말했고, 죄수는 책장을 접은 후 책을 덮었다.

"아, 벌써 시간이 그렇게 됐나. 또 짜증 나는 일과가 시작되겠군. 저 녀석들의 외침 소리도 요즘은 좀 약해진 것 같던데."

담 너머에서 들리는 목소리는 약하긴 했지만, 그

럼에도 불구하고 원망이 가득한 심정이 고스란히 배어 있었다. 제각각 울려 퍼지던 외침이 차츰 어떤 말로 통일되며 합창처럼 바뀌더니, 높은 담장을 넘어 흘러들었다.

"죄수를 넘겨라! 죄수를 넘겨라!"

인원수가 늘어났는지, 외침은 점점 커져 갔다. 그 소리를 들으며, 죄수가 간수에게 말을 건넸다.

"얼마 전에 읽은 옛날 소설에 이거랑 똑같은 장면이 나왔어. 사람들이 범인을 넘겨 달라고 보안관을 압박하는 거지. 그 무렵에는 실제로 벌어졌던 일 같아."

"나도 영화에서 본 적이 있어. 똑같은 광경이긴 한데, 다만 한 가지가 달라. 폭력은 악에 대한 복수지만, 너는 악과는 무관해. 단 하나라곤 하지만, 이건 큰 차이야."

담장 밖의 군중이 결국 담 전체를 에워쌌는지, "넘겨라, 넘겨라!" 하는 목소리가 사방에서 울려 퍼졌다.

사이렌이 울리고, 교도소 간수들은 각자의 위치로 배치되었다. 주요 지점에 있는 탑 위로 올라가 기관총을 들고 만일의 사태에 대비했다. 잠시 후, 사방에서 던진 작은 돌들이 높은 담장을 넘어 날아들었다. 그

중 하나가 건물 유리창을 명중시켜 산산조각을 냈다.

“오늘은 좀 만만치 않은 것 같군.”

“으응, 녀석들은 날이 갈수록 절망적으로 변해 가. 생각해 보면 무리도 아니긴 해.”

죄수와 간수는 그런 얘기를 주고받으며 담 위로 시선을 돌렸다. 거기에는 담장을 타고 올라온 몇몇 사람들의 머리가 보였다. 탑 위의 확성기가 그들을 향해 엄중한 목소리로 경고를 날렸다.

“여러분. 돌아가세요. 담을 넘지 마세요. 경고합니다! 만약 담을 넘는 자가 있다면, 그 즉시 사살합니다!”

간수들은 담장으로 기관총을 조준했지만, 바로 방아쇠를 당기지는 않았다.

담장 위의 사람들이 한순간 동작을 머뭇거렸다. 그러나 바깥쪽의 응원 목소리도 더욱 고조되었다.

“죄수를 없애라! 우리의 열의를 보여 줘라!”

그 응원에 힘입어 담 안쪽으로 뛰어내리는 사람이 나타나기 시작했다. 하지만 그 침입자들은 몇 발자국도 걸을 수 없었다. 담장에서 뛰어내릴 때마다 기관총이 일제히 발사되어, 쇠약해진 그들의 몸을 사체로 바꿔 놓았기 때문이다.

죄수는 옆의 간수가 두 명 정도를 쓰러뜨리는 모습을 보고, 총성이 끊어진 틈을 타 말을 건넸다.

"명중했군. 방아쇠를 당길 때의 기분은 어떤가? 녀석들도 딱히 악인은 아니잖아. 그 총부리를 이쪽으로 돌리고 싶진 않나?"

"물론 그런 생각은 늘 하지. 반면에 마음속에서는 그걸 허락하지 않는 심리도 있어. 양심이라고나 할까. 아니면 질서를 지키는 의무감일까. 나도 잘 모르겠어. 아무튼 담장을 넘어오는 녀석들을 쏠 때는 그런 망설임은 못 느껴. 참 희한한 일이지."

"담장을 넘어서는 순간, 악인이 되는 건가?"

"그렇지. 녀석들은 경고를 무시했어. 별 대단한 악은 아니겠지만, 너에 비하면 악이지. 너는 뭐 하나 악이라고 부를 만한 짓을 하지 않았으니까. 가끔은 네가 뭐든 좋으니 악행을 좀 저질러 줬으면 좋겠다는 생각도 해. 기관총을 빼앗아서 나에게 부상을 입힌다거나, 차라리 죽여 준다거나. 저 군중 속에는 내 친구나 친척도 섞여 있겠지. 그리고 지금 당장이라도 그들이 담을 넘어올지도 모르고."

대화가 한동안 끊기고, 총성이 그것을 대신했다. 담

장 밖의 외침. 총성. 외침.

죄수는 한동안 그 소리에 귀를 기울였지만, 이윽고 깊이 생각한 듯한 말투로 입을 열었다.

"나도 몇 번이나 그런 생각을 했지. 말하자면 자살을 해야 하나? 나만 자살하면, 모든 문제가 다 풀린다. 그건 충분히 알지. 그런데 도무지 그게 불가능해. 막상 하려고 들면, 목숨이란 게 아까워지는 법이거든."

"당연하지. 너나 밖에 있는 녀석들이나 그 점에서는 똑같아."

"도저히 내 손으로는 할 수가 없어. 자네 마음이 갑자기 변해서 그 총구를 나한테 돌려 주길 기다리고 있지. 그러면 좋든 싫든 죽을 수 있으니 말이야. 그럴 생각은 없나?"

"그건 안 돼. 먼저 반항이라도 하지 않는 한. 법률과 직무에 따르는 게 내 본분이야. 아니, 어느새 따를 수밖에 없게 되었다, 정도로 해 두는 게 좋겠군."

"법률을 개정할 움직임은 없나? 법률이 제정돼서 내가 사형선고를 받으면, 좋든 싫든 선택의 여지가 없을 테니까."

"그런 움직임은 있어. 그러나 성립되긴 어렵겠지.

내심 그걸 원해도 실제로 주장하고 나서는 사람은 없을 테니까. 아무리 공공의 이익을 위한 일이라도 죄 없는 인간을 죽이는 건 용서받지 못할 일이야. 담장 밖의 군중이라면 말할 수 있겠지만, 책임지는 위치에 있는 자들은 절대로 그런 말은 못하겠지."

"그럴까? 공공을 위해서라면 죄 없는 인간 한둘 쯤 죽여도 딱히 상관은 없을 것 같은데."

"그건 안 돼. 죄가 없어도 네가 악질적인 전염병 그 자체이거나 아니면 네 존재 자체가 세계에 위협이 된다면 또 모르지. 하지만 넌 더할 나위 없이 건강해. 지나치게 건강한 인간이야."

"인간이라고 생각하니까 그렇지. 나를 개나 모르모트 같은, 다른 동물로 생각하면 어떨까? 그럼, 사형을 시키든 말든 상관없잖아. 나는 몇 번이나 자살 시도를 했어. 그러나 스스로는 죽을 수가 없어. 남이 날 죽여주지 않는 한…."

"과연, 지금은 모르모트라고 부를 수 있을지도 모르겠군. 그러나 바로 그렇게 부를 수 없게 돼."

"이게 대체 무슨 일인지. 차라리 그때 그 사고로 죽어 버렸으면 좋았을걸…."

죄수는 눈을 감고 그 당시 일을 회상하기 시작했다. 머리 위를 통과한 태양은 더욱 강렬한 햇살을 내뿜으며, 살짝 푸른빛이 감도는 그의 피부를 비췄다.

오래전, 전파 연구소에서 예기치 못한 사고가 일어났다.

평화가 이어지고, 인구 증가가 예상을 넘어서는 속도로 진행되었기 때문에 전 세계는 식량 부족을 호소했다. 사람들은 굶주렸고, 합성 식료품 연구가 최대 과제로 떠올랐으며, 모두가 그 성공을 간절히 고대하고 있었다. 많은 연구소들이 각각의 전문 분야에 맞게, 모든 방면에서 대책을 마련하고 있었다.

죄수가 되기 전, 그는 전파 연구소의 기술자 중 한 사람이었다. 각종 용액의 화학반응을 촉진시키기 위해 다양한 파장의 전파를 조사照射하는 것이 그의 연구 과제였다. 성공하면 용액은 연쇄반응을 일으키며 화합해서 단시간에 식료품이라 부를 만한 물질로 바뀐다.

그러나 성공의 날은 좀처럼 오지 않았고, 반대로 저주스러운 사고의 날이 찾아왔다.

배전반 고장으로 인해 불시에 흘러나온 강력한 전류가 전파로 바뀌었다. 그리고 그 전파는 용액이 아닌 그의 몸으로 내리쬐었다.

그 후로 그의 몸에 이상한 변화가 일어났다. 사방으로 날아간 장치의 부품 밑에서 구조된 그는, 정신을 차려 보니 살갗이 푸른빛이 감도는 피부로 변해 있었다. 또한 식욕이 완전히 사라져 버렸다.

그런데 어찌 된 일인지 식욕이 사라지고 식사를 하지 않아도 그의 체력이 떨어지는 일은 없었다. 광물질을 녹인 물을 마시고, 햇볕만 쬐어 줘도 체력이 유지되는 체질로 바뀐 것이다.

"성공이다!"

"우연이긴 해도, 이런 결과를 얻은 건 기쁜 일이야."

관계자들은 그런 대화를 나누며 이 현상을 재현하기 위해 연구를 계속했다. 그러나 우연은 두 번 다시 재현되지 않았다. 어떤 파장을, 어느 정도 강도로, 어떻게 내리쬐면 좋을지 전혀 가늠할 수가 없었다. 우연이 발생하기 이전과 마찬가지인 상황이었다.

많은 사람들이 자진해서 그 시험대에 올랐다. 이번에야말로 재현할 수 있을 거라는 마음으로. 하지만 그 기대는 그때마다 제로이거나 죽음으로 앙갚음을 당했다. 효과가 전혀 없거나, 전파가 너무 강해서 죽어 버리거나 하면서.

물론 그의 몸도 철저한 검사를 받았다. 그러나 평범한 진단 방법으로는 엽록체와 유사한 그 물질이 체내의 어디에서 분비되는지 알아낼 수가 없었다.

생리학, 의학 관계자는 한목소리로 이렇게 보고했다.

"알 수 없습니다. 철저하게 해부해서 모든 부위를 따로따로 조사해 보지 않는 한, 어디에 문제가 있는지 더 이상은 발견할 수 없습니다. 그것이 허락된다면 반드시…."

기관총 발사음이 높아지고, 탄환이 콘크리트 벽에서 튕겨지는 소리가 들렸다.

그는 그 보고가 매스컴에 전달되기 직전에 경찰 부대의 보호를 받으며 이 교도소에 수용되었다. 원래 이곳에 수감되어 있던 죄수들은 모두 다른 곳으로 옮겨졌고, 그 이후로 그는 이곳의 단 한 명의 죄수가 되었다.

옆에 있던 간수가 또다시 기세를 올리며 총성을 울렸다. 죄수가 그런 그에게 말을 건넸다.

"이봐, 멈춰! 녀석들의 침입에 맡겨 보자고. 난 스스로는 못 죽지만, 녀석들에게 살해당하면 죽을 수 있겠지. 인간이 아닌 자를 위해 인간끼리인 당신들과 담장 밖의 녀석들이 싸우고 있는 거야. 아까도 말했지만, 난 이제 인간이 아니야!"

간수가 방아쇠를 당기던 손을 잠시 멈추고, 그에게 대답했다.

"너는 그렇게 말하지만, 너를 죽이고 해부해서 모든 게 판명이 난다면 어떻게 되지? 모두가 푸른빛 피부를 가진 인간이 됐을 때를 생각해 봐. 그것이 표준적인 인간으로 바뀌어 버려. 자기들을 위해서 자기와 똑같은 죄 없는 인간을 죽인 게 된다고."

"그러면 안 되나?"

"안 되겠지. 그 후로는 사회를 무엇으로 유지해 가지? 법률일까? 그런데 죄 없는 인간을 죽여서 만든 새로운 사회에서 어떤 법률을 만들어서 지키라고 하겠나? 목적만 있으면 무고한 인간을 죽여도 된다는 도덕이나 법률은 안 돼. 모든 게 엉망진창이 되잖아."

또다시 총성이 울렸고, 담 밑에는 야윈 사체들이 늘어 갔다.

"방법이 없다는 건가?"

"강력한 설득력이 있는 사고 체계가 출현하길 기다리는 수밖에."

하늘에서 폭발음이 들리고, 헬리콥터가 고도를 낮추며 내려왔다. 헬리콥터는 작은 낙하산을 단 꾸러미를 던지고는 한층 더 높아진 군중의 외침으로부터 도망치듯 하늘 높이 날아갔다.

"뭐지, 저건?"

"탄약이겠지. 식료품 보급을 낮에 하진 않으니까."

그 말에 죄수가 화제를 바꿨다.

"식료품이라…. 그리운 말이지만, 내게는 잊혀져 가는 말이지. 공복이나 풍미, 포만감에 관한 기분을 좀 들려주겠어? 그런 감각을 누리던 시절이 너무나 그립군."

"아니, 그 얘기만은 참아 주게. 그런 것들을 떠올릴 때마다 양심의 가책을 느껴. 지독한 기분이 든다고. 바깥 사람들은 기아에 허덕이고 있는데, 간수만 충분한 식료품을 받질 않나."

"식료품과 인연이 없는 건 바깥 사람들이나 나나 다를 바 없군."

"바깥 사람들을 생각하면 식사하는 게 죄악으로 느껴져. 차라리 식료품을 안 보내 줬으면 하는 생각도 들고. 하지만 간수들이 이상한 마음을 먹지 않도록, 법과 질서와 정의를 지키도록 하기 위해서 충분하고도 남을 만큼 식료품을 보내 주는 거지. 안 먹으면 되겠지만, 배가 고프고 눈앞에 음식이 있으면 어쩔 수가 없어. 한심한 얘기지만, 그걸 억제할 힘은 인간에게는 없는 것 같아."

"한심하기는 양쪽 다 마찬가지지. 내가 자살을 못 하는 거나 똑같잖아. 생명에 대한 집착, 식욕. 쓸데없는 것만 인간에게 붙어 떨어지질 않으니, 지긋지긋하군."

죄수와 간수는 얼굴을 마주 보며 서글픈 미소를 지었다.

담장 밖의 소란이 차츰 가라앉았다. 죄수가 그것을 알아채고 말했다.

"녀석들이 돌아가는 모양이야."

"으응, 아까 헬리콥터가 왔으니 탄약이 보급된 걸 알고 오늘 침입은 포기한 것 같군."

"그렇다고 해도 이걸로 끝나는 건 아니니까."

"그렇지. 내일이 되면 또다시 떼 지어 몰려올 테고,

몇 명은 또 담장을 넘으려고 시도하겠지."

총성이 그치고, 군중의 외침이 멀어져 갔다. 서쪽 하늘에서는 저물어 가는 태양에 옅은 구름이 드리워지기 시작했다. 간수는 살짝 마음이 놓인 듯 그 모습을 바라보다가 이내 다시 입을 열었다.

"날이 저물기 시작했어. 너도 이제 그만 방으로 돌아가."

"으음."

죄수는 가운을 걸치고, 읽던 책을 품에 안고 일어섰다.

"아, 독방 열쇠 준다는 걸 깜박했네."

"자네가 가져가. 내가 갖고 있어도 어차피 잠그지도 않아. 가능하다면 오늘 밤, 내가 잠든 사이에 들어와서 내 목이라도 졸라 주든가."

"싱거운 녀석이군. 그게 가능했으면 벌써 옛날에 했지."

간수는 열쇠를 주워서 죄수의 가운 주머니에 찔러 넣었다.

평상시와 다름없는 하루가 끝나고, 밤기운이 조용히 퍼져 가기 시작했다.

백주의 습격

자동차가 가벼운 엔진 소리를 남기고 미끄러지듯 지평선으로 사라졌다. 그 뒷모습을 배웅하며 L씨가 중얼거렸다.

"자 그럼, 잠깐 한숨 돌릴까."

항상 오후 이 시간대가 되면, 한동안 손님들 발길이 뚝 끊긴다. 가게로 돌아온 그는 별생각 없이 창문 너머로 밖을 내다봤다. 열기를 띤 애리조나의 태양 아래로 더없이 건조한 사막이 펼쳐지고, 그로부터 조금 떨어진 곳에 울툭불툭한 바위산이 이어졌다. 그것은 최근 십 년 남짓 질리도록 봐 온 낯익은 풍경이었다.

L씨는 사막을 가로지르는 고속도로 옆에서 작은 주유소를 경영했다. 또한 주유소와 함께 술과 간단한 식사가 가능한 가게를 만들어 놓았다. 그 길을 지나는 자동차들 대부분이 이곳에서 잠깐씩 쉬어 가므로, 근심 걱정 없는 확실한 장사였다.

그런데 L씨는 눈에 익은 그 풍경 속에서 아까부터 평소와는 다른 뭔가를 감지했다. 풍경뿐만이 아니라 그 가게 안에서도 그랬다. 몸에 무슨 병이라도 생겼나 싶었다. 그러나 그 뭔가는 그의 몸속이 아니라, 몸 밖에 자욱이 끼어 있는 것 같았다.

그런 묘한 느낌을 떨쳐 내기 위해 옆에 있는 텔레비전 전원을 켜 보았다.

화면에 나오는 뉴스는 도시에서 발생한 최면 가스 강도단과 관련된, 별 색다를 것 없는 사건을 보도하고 있었다. 채널을 돌리자 화장품 회사 광고, 여가수의 나른한 노래 등등 여느 때와 다름없는 영상이 잇달아 나왔다. 그런데도 여전히 그의 주위를 떠도는 듯한, 이상한 공기는 가시지 않았다.

"온도 때문인가? 오늘은 유난히 더위가 심하군. 뭐, 이제 곧 자동차가 멈추고 손님이 들어오겠지. 손님이랑 농담이라도 주고받으면, 기분도 좀 풀릴 거야."

L씨는 그런 기대를 하며 창밖 고속도로를 내다봤지만, 불그죽죽한 사막 위로 하얗게 뻗어 있는 도로에는 자동차가 보이지 않았다.

그리고 별생각 없이 바위산 쪽으로 눈길을 돌린 순간, L씨는 낯선 뭔가를 발견하고 고개를 흔들었다. 연기. 그것은 단속斷續적으로 솟아오르는 연기처럼 보였다. 얼핏 보면 구름처럼 보이기도 했지만, 이 지방에 그런 구름은 없다.

낯설긴 했지만 사실 L씨는 전에 그것과 똑같은 것을 본 적이 있다. 하지만 그건 영화나 텔레비전 속에서였다. 서부극에서 인디언이 피워 올릴 법한 봉화. 그러나 지금 같은 현대사회에 그런 게 있을 리 없었다.

그런 고민도 잠시, 그는 이내 기상학자 일행이라도 와서 기류 조사라도 하겠거니, 결론을 내렸다. 그러고 보니 뉴스에서 이 지방에 인공 비를 내리게 하는 실험에 관해 이야기하는 걸 얼핏 들은 것도 같다. 아 정말, 가끔 비라도 내리면 좋으련만.

그때 L씨를 부르는 소리가 들렸다.

"여기요, 맥주 한 잔 주세요."

L씨가 뒤로 돌아서며 그 청년에게 대답했다.

"아하, 어서 오게. 마침 대화 상대가 필요했던 참이야. 그나저나 선생님은 여전하신가?"

그 가게와 그리 멀지 않은 곳에서 F박사가 연구소를 운영하고 있었고, 청년은 그곳에서 일하는 조수였다. 연구소라고 해도 규모가 작아서 조수도 그 청년 한 명뿐이었다.

"아 네, 요즘에는 계속 연구실에만 틀어박혀 사세요. 선생님은 그걸 좋아하시니까 괜찮지만, 저는 감당이 안 돼요. 오락이라고 해 봤자, 이 가게에 와서 맥주나 마시는 정도죠."

L씨가 청년에게 물어보았다.

"선생님은 대체 뭘 만들고 계시나?"

"공중 보트라고 하시던데요. 여하튼 모든 게 비밀이에요. 저는 명령에 따라 코일을 감고 나사를 돌리죠. 하긴 기계를 잘 모르니까 설계도를 보여 주셔도 뭐가 뭔지 잘 몰라요. 박사님도 그 점이 마음에 드신 것 같아요. 이상한 얘기지만 말이죠."

"그나저나 자네도 이런 따분한 곳에서 잘도 버티는군."

"어쩔 수 없죠. 보수가 좋고, 게다가 이제 곧 완성된다고 하니까…. 완성되면 첫 번째로 태워 달라고 할 거예요. 새로운 발명품에 최초로 동승할 수 있고, 과학 역사에 이름이 남는 것도 나름 매력적이잖아요."

"그야 그렇지만, 태워 주긴 할까?"

"태워 주겠죠. 살짝 잔꾀를 부려 놔서 박사님 혼자는 못 가요."

L씨는 청년과 계속 얘기를 나눴지만, 아까부터 시작된 그 이상한 느낌은 여전히 가시질 않았다. 청년에게 한번 물어볼까. 그렇게 생각한 순간, 가게 밖에서 눈을 의심할 만한 것을 발견하고, 그것부터 먼저 확인하기로 했다.

"잠깐 저걸 좀 보게. 뭐로 보이나?"

뒤를 돌아본 청년이 대답했다.

"말을 타고 권총을 허리에 찬, 조금 지저분한 중년 남자로 보이는데, 아닌가요?"

"그 말이 맞아. 그런데 요즘 세상에 저런 차림을 하고 다니다니, 이상하지 않나?"

"이상하긴 하지만, 세상에는 색다른 걸 좋아하는 유별난 녀석들이 있게 마련이잖아요. 자동차들이 고

속으로 질주하면, 말을 타고 천천히 달리고 싶어 하는 심통 사나운 인간도 있겠죠. 아니면 영화 촬영일지도 모르고."

청년은 대수롭지 않은 듯 태연하게 말하고 다시 맥주를 마셨다. L씨는 고개를 끄덕였다. 야외촬영이면 앞뒤가 맞는 얘기다. 아까는 놀랐던 바위산의 봉화도 영화나 텔레비전 촬영이라면 별다른 의심 없이 지나쳐 버릴 수 있는 일이다.

안심한 L씨는 말에서 내려 가게로 들어온 남자에게 인사를 건넸다. 지독한 땀 냄새가 코를 찔렀다.

"어서 오세요."

그런데 지저분한 옷을 입은 그 남자는 주위를 둘러보며 이렇게 말했다.

"희한한 건물을 지으셨군. 이런 건 난생처음이야."

"그래요? 이 고속도로변에는 똑같은 가게들이 몇 개나 더 있을 텐데요."

"뭐, 그건 됐소. 난 위스키만 있으면 돼. 자, 얼른 한 잔 따라 주게."

L씨는 잔에 술을 따랐고, 남자는 술잔을 비웠다. 청년은 그 남자에게 흥미를 품고 말을 걸어 보기로 했다.

"저는 이 근처에 있는 F박사 연구소에서 조수로 일하는 사람입니다. 당신은 어느 영화사에서 나오셨나요? 실례지만, 별로 뵌 적이 없어서요."

남자는 위스키 잔을 다시 비우고, 고개를 저었다.

"영화라니?"

"아, 그럼 텔레비전 쪽인가요?"

"이봐, 젊은이. 아까부터 뭔 소리를 하는 건가? 텔레비전이니 뭐니 이상한 말이나 쓰면서…. 내가 한동안 산을 돌아다니긴 했지만, 사람을 우습게 보면 안 돼."

"텔레비전 얘기를 하면 왜 안 되죠? 어디에나 있는 거잖아요."

청년이 손으로 텔레비전을 가리키자, 남자가 느닷없이 권총을 빼 들고 마구 쏘아 댔다. 예상치도 못한 돌발 상황에 L씨가 소스라치게 놀랐다.

"손님! 권총을 마구 쏘아 대면 곤란해요. 고가품은 아니지만, 변상하셔야 합니다."

그러나 남자는 사과는커녕 권총을 휘두르며 말했다.

"뭔 소리야, 고작 저런 상자 따위에 쩨쩨하게 굴지 말라고!"

"적당히 하시죠. 계속 그러면 고속도로 순찰대에 연

락할 겁니다."

L씨가 전화기로 손을 뻗었지만, 거기에 손이 닿기도 전에 전화기까지 박살이 났다. L씨와 청년은 공포에 휩싸인 눈빛으로 서로의 얼굴을 바라보았다. 이 남자는 대체 뭐지? 그러나 남자는 권총을 거두고, 호탕하게 웃어 젖혔다.

"뭐, 그런 표정을 지을 건 없어. 망가진 물건은 변상해 주지. 어쨌든 가까스로 금광을 찾아냈으니까. 숱한 산들을 돌아다니며 고생한 끝에 마침내 엄청난 금광을 찾아냈단 말이지. 이거 어때?"

그렇게 말하며 허리에 찬 주머니를 풀더니, 카운터 위에 광석을 펼쳐 놓았다. 금색 가루가 박힌 그것은 반짝반짝 빛났다.

"손님. 이걸 어디서 발견하셨어요?"

"흐음, 그건 말해 줄 수 없어."

L씨는 바위산 위에서 피어오른 연기가 이 남자와 관계가 있을 것 같다는 생각이 들었다. 광맥 조사를 위해 불이라도 피웠던 걸까. 촬영하는 사람이라고 착각한 탓에 도무지 앞뒤 얘기가 맞지 않았던 것이다.

"아하, 역시 광물을 조사하는 분이셨군요. 그런데

그런 복장을 하시다니, 참 독특한 취미시네요."

"뭐라고? 내 옷이 뭐가 이상해? 지저분하긴 하지만, 아주 평범하잖나. 너희가 훨씬 더 이상해."

남자의 말투는 농담처럼 들리지 않았다. L씨는 화제를 바꾸는 게 좋을 것 같아서 위스키를 따라 주며 이렇게 말해 보았다.

"저어, 기분이 상하셨다면 용서하십시오. 그런데 저 연기는 당신이 피운 겁니까?"

"연기라니? 난 모르는 일인데. 어디?"

남자의 얼굴색이 살짝 변했다. L씨가 창밖을 가리켰다.

"봐요, 저 바위 위요. 손님의 동료가 피운 걸까 싶었죠."

"큰일 났군. 발각된 모양이야. 사실 저기는 아파치*의 영토야. 몰래 숨어들어서 간신히 금광을 찾아냈는데, 설마하니 이렇게 빨리 발각될 줄은 몰랐군. 지금 이러고 있을 때가 아니야!"

* 미국 서남부에 사는 아메리칸 인디언의 한 부족. 가장 오랫동안 백인에 저항했던 용맹한 부족으로, 지금은 애리조나주, 뉴멕시코주 등지에 살고 있다.

L씨는 도통 영문을 알 수 없었다.

"아니, 진정하고 좀 조용히 하세요. 아파치가 올 리가 없잖습니까. 손님은 이 무더위를 뚫고 오셨기 때문에 정신적으로 좀 지친 거예요. 진정하시고 잠깐 쉬세요."

남자는 그 말에 귀를 기울이지 않았다.

"무슨 태평한 소릴 하고 있나. 놈들에게 습격당하면 끔찍한 꼴을 당해. 싸우거나 도망치거나 둘 중 하나야. 셋으로는 이길 승산이 없어. 골치 아픈 일에 휘말리게 해서 미안하네만, 빨리 도망치는 게 좋을 거야."

"정말 어이가 없군. 진정제를 드릴 테니, 그것부터 먼저 드시죠."

"머리가 이상한 건 너희들이야. 죽고 싶으면 맘대로 해. 하지만 난 싫어. 가까스로 금광을 찾아냈는데, 여기서 죽을 순 없어."

남자가 힘차게 가게 밖으로 튀어나갔다. 청년은 그제야 L씨에게 말을 건넸다.

"저 녀석은 뭘까요? 아무래도 머리가 좀 이상한 걸까요?"

"흐음, 그렇다고 볼 수밖에 없겠지."

그런데 남자가 말안장에서 총을 빼더니 다시 뛰어 들어왔다.

"도저히 도망은 못 치겠군. 벌써 저렇게 가까이까지 접근했어. 안에서 농성하며 싸우는 게 낫겠어."

"손님, 제발 정신 차리세요! 그런 골동품 총을 가져와서 놀겠다니. 나잇값도 못 하고 너무 우습잖습니까."

L씨는 말은 그렇게 했지만 창밖 상황이 못내 신경 쓰였다. 별안간 멀리서 말 몇 마리가 달려오는 소리와 함께 새된 괴성이 들려왔기 때문이다. 눈을 몇 번씩이나 깜박이며 확인해도 활을 휘두르며 다가오는 그들은 인디언이 틀림없었다.

L씨로서는 이 상황을 도무지 현실로 받아들이기 어려웠다. 그러나 남자가 총부리로 유리창을 깨고 발포하자, 상대편 사람 하나가 말에서 떨어지는 모습을 보고, L씨가 만일을 대비해 카운터 밑에 넣어 둔 권총을 손에 들었다.

"저는 연구실로 가서 고속도로 순찰대에 전화할게요."

청년이 그렇게 말했지만, 이내 그것이 실행 불가능한 일임을 알고 바닥에 엎드렸다. 인디언이 쏜 화살 몇 개가 요란한 소리를 내며 유리창을 깨고 주위에 꽂히기 시작했기 때문이다.

"이봐, 멍청히 가만있지 말고, 너도 좀 쏴!"

남자가 총을 밖으로 조준하며 소리쳤다. L씨는 하는 수 없이 안 보이게 숨어서 권총을 발사했다. 그러나 진지하게 임하지 않았던 탓인지, 권총이라 사정거리가 부족했던 탓인지, 그도 아니면 솜씨가 형편없었던 탓인지, L씨는 아파치를 단 한 명도 쓰러뜨리지 못했다.

한편 남자는 필사적으로 총을 쏴 대며, 아파치들을 일단은 물러나게 했다.

"돌아갔어요. 그런데 이게 대체 무슨 일인지…."

L씨는 말을 하다 말고 바로 멈췄다. 가슴에 화살을 맞은 남자가 바닥에 쓰러져 피를 흘리며 괴로워하고 있었기 때문이다.

"당했군. 난 이제 틀렸어."

"정신 차리세요! 아, 의사를 불러야 하는데, 전화가 고장 났으니."

"아직도 전화니 뭐니 영문 모를 소리를 하는군. 뭐 그건 됐고, 이것도 어쨌든 인연이겠지. 오랜 시간을 들여서 고생고생해 찾아낸 금광이지만, 죽음 앞에서는 아무 소용이 없군. 당신에게 장소를 알려 주지. 물론 녀석들은 바로 다시 돌아와 이 집을 습격할 테니, 당신들도 무사하진 못하겠지만 말이야…."

고통스러운 듯이 입을 연 남자가 L씨의 귀에 대고 띄엄띄엄 말을 마친 후, 고개를 푹 떨어뜨렸다.

"죽었어."

"아무튼 일단 경찰에 신고는 해야겠죠."

L씨도 청년도 언제까지 마주 보고 있을 수만은 없었다. 또다시 들리는 말 달리는 소리와 괴성. 밖을 내다보니 아파치가 수를 늘려서 접근해 왔다. 그러나 곧장 습격하지는 않았다. 가게를 멀찍이 둘러싸고는, 말을 타고 달리며 불화살을 쏘아 댔다.

"어처구니없는 짓을 시작했어."

L씨는 큰맘 먹고 창밖을 내다보며 소리쳐 보았다.

"이봐, 이게 대체 무슨 짓이야! 살인을 저지른 데다 방화까지 하면, 죄가 얼마나 무거운지 모르나?"

그러나 그 말은 상대에게는 통하지 않았고, 인디언들의 드높은 고함 소리의 의미도 이해할 수 없었다. 유일하게 이해되는 것은 불화살의 낙하지점이 차츰 정확해진다는 것이었다. 그러던 중에 불화살 하나가 창을 뚫고 가게 안으로 날아들었다. 청년이 바닥을 기면서 가까스로 그것을 비벼 껐다.

이대로 있다가는 정말로 끔찍한 일이 벌어질지도 몰랐다. 불화살이 가솔린에 닿기라도 하면… 그런 사태가 벌어지면 더는 손쓸 방도가 없다.

잠시 후, 그 불길한 예감이 적중했다. 화살 하나가 가게 앞에 쌓아 둔 석유통에 꽂히며 불길이 무섭게 솟구쳤다. 그 불길이 가게 안으로 번져 들었고, 주위에는 뜨거운 공기가 가득 찼다.

“어떡하죠? 이러다 타 죽겠어요.”

청년이 기침을 하며 소리쳤다. 물론 L씨도 어떻게 해야 할지 알 리 없었다.

“영문을 모르겠군. 이런 현대사회에 아파치의 습격을 받아 죽게 될 줄은 꿈에도 몰랐어.”

자욱이 차오르는 연기 저 너머로 기세를 올리는 외침 소리가 점점 더 가까워졌다. 밖으로 뛰쳐나가면 놈들의 화살에 맞거나 도끼에 머리가 박살나거나… 그러나 이대로 있다가는 타 죽고 만다. 두 사람이 머뭇거리는 사이, 호흡은 점점 더 힘들어졌고, 결국은 정신을 잃고 말았다.

L씨와 청년이 바닥에 쓰러진 채, 눈만 깜박거리며 서로의 얼굴을 바라보았다.

"다행히 죽진 않은 모양이야."

일어서서 주위를 둘러봤지만, 조금 전까지의 소동은 흔적도 남아 있지 않았다. 연기도 없고, 석유통도 멀쩡했다. 텔레비전 브라운관에는 실금 하나 가지 않았고, 전화기도 평소와 다름없이 카운터 가장자리에 놓여 있었다. L씨가 전화기를 집어 들었다.

"고속도로 순찰대인가요?"

"여기는 고속도로 순찰대! 무슨 사고입니까?"

"사실은 수많은 아파치 무리에 습격을 당해서…."

"무슨 잠꼬대 같은 소리예요? 국가기관에 장난치면 처벌받으니 조심하세요!"

전화가 끊겼다. L씨가 중얼거렸다.

"잠꼬대하지 말라는군. 역시 꿈이었을까?"

"꿈이 아니에요. 저도 두 눈으로 똑똑히 봤다고요. 조금 전 남자의 땀 냄새, 아파치들의 외침, 불화살. 모두 똑똑히 보고 느꼈단 말입니다. 꿈이라면 열기까지 느껴지진 않잖아요."

두 사람은 위스키를 마시고, 방금 일어난 현상을 서로 확인했다. 그러나 그 이상은 아무런 결론도 얻을 수 없었다.

바로 그때.

"이보시오, 우리 조수가 여기 왔지? 정말 어처구니없는 일을 저질렀군."

노인 하나가 씩씩대며 가게로 들어왔다. 연구소의 F박사였다.

"아, 선생님. 여긴 어쩐 일이세요?"

조수 청년이 멍하게 대답했다.

"어쩐 일이냐고? 그런 짓을 저질러 놓고, 여기서 태평하게 술이나 퍼마셔?"

"무슨 말씀이세요? 저는 방금 아파치의 습격을 당해서 하마터면 죽을 뻔했어요. 믿진 않으시겠지만, 잠시 마음을 진정시키는 중이었어요."

"너 같은 놈은 차라리 죽는 게 나아. 네놈이 내가 만든 장치를 사슬로 지면에 묶어 뒀지?"

"아, 그것 말인가요? 공중 보트가 완성되면 제일 먼저 동승하려고 혹시 몰라서 그런 겁니다. 나쁘게 생각하진 마세요."

"어처구니가 없군. 비밀에 부치려고 공중 보트라고 둘러댔지만, 그건 실은 타임머신이었어."

L씨가 그 말을 듣고 끼어들었다.

"타임머신이라니…."

"그래. 간신히 완성해서 흥미로운 옛날로 갈 수 있는 상황이었지. 그런데 아무리 동력을 높여도 꿈쩍하지 않는 거야. 결국 부품이 다 타서 엉망이 돼 버렸다고."

"그럼, 그 아파치는?"

"타임머신이 현재에 고정되었기 때문에, 반대로 이 부근의 과거가 이쪽으로 끌려온 거겠지. 그리고 장치가 다 타 버린 순간, 양쪽은 흔적도 없이 갈라져 버린 거야. 내가 타임머신 속에서 낑낑대며 열중할 때, 너희가 과거 구경을 하다니… 정말 기가 찰 노릇이군!"

"자자, 고정하세요. 다시 한번 만들면 되잖습니까."

L씨가 건네는 위로에 F박사가 힘없이 고개를 저었다.

"안 돼, 동력 과열 때문에 설계도가 타 버렸어. 게다가 이젠 다시 할 기력도 없어. 이제 연구소는 폐쇄야. 그리고 넌 해고다!"

박사는 조수 청년에게 해고 통지를 내렸다.

F박사의 연구소가 문을 닫은 후, L씨는 어느 날 진즉부터 생각해 오던 일을 실행에 옮겼다. 모든 것이 과거의 허상 같은 것이었다 해도, 아파치에게 살해당한 남자가 한 말만은 선명하게 귀에 남아 있었다.

L씨는 가게에 임시 휴업 팻말을 걸고, 준비를 마친 후 출발했다. 열기를 머금은 바위산을 넘어 드디어 남자가 알려 준 장소를 찾아낼 수 있었다. 그러나 L씨는 씁쓸하게 웃으며 이렇게 중얼거릴 수밖에 없었다.

"세상사란 게 그리 쉽게 풀리진 않는 모양이야. 한발 늦은 것 같군."

그곳에서는 오래된 폐광이 모래에 파묻힌 채 쓸쓸히 구멍만 드러내고 있었다.

전환기

"휴우, 지난 일 년은 너무 바빴어. 아무리 열심히 일한다고 하지만, 내가 생각하기에도 어지간히 달렸군. 오늘로 일단 올해 일은 끝이야. 새해가 밝고 정월이 지나면 다시 바짝 힘을 내야지."

나는 기지개를 켜면서 혼잣말을 중얼거리고, 밤하늘을 올려다봤다. 요즘에는 정말로 밤낮없이 죽어라 일에만 매달렸기 때문에 느긋하게 하늘을 올려다보는 건 실로 오랜만이었다. 겨울 하늘에서 빛나는 별들을 멍하니 바라보고 있자니, 한 해 동안 쌓인 피로가 말끔히 씻기는 것 같았다.

바로 그때, 그 많은 별들 중에서 딱 하나, 어딘지 좀 색다른 별이 눈에 띄었다. 빛나는 모양새도 이상하고, 게다가 또 희한하게 조금씩 커지는 게 아닌가.

"저건 뭐지?"

나는 고개를 갸웃거렸다. 나중에 돌이켜보니, 그 방심과 호기심이 잘못이었던 것 같다.

눈 깜짝할 사이에 주위로 투명한 벽 같은 게 만들어졌다. 그리고 아무리 발버둥을 쳐도 빠져나갈 수가 없었다. 웬만한 것들은 빠져나갈 수 있는 기술을 익혀 두었건만, 왜 그런지 이 경우에는 통하지 않았다.

정체불명의 투명한 상자에 갇혀 버린 모양이다. 앞으로 어떻게 될지 불안해지기 시작했고, 그 안 좋은 예감은 곧바로 실현되었다. 투명한 상자 같은 게 통째로 공중으로 끌려 올라가기 시작하는 게 아닌가.

"그렇다면 희한한 별이라고 생각했던 게 타 행성인이 탄 우주선이었나? 그리고 이 투명한 상자는 그들이 아래로 던진 올가미가 틀림없군. 날 낚아채 가는 건가? 제발 살려 줘!"

그러나 아무리 아우성을 쳐도 소용없었다. 그러다 보니 어느새 선체 안으로 끌려 들어가고 말았다.

머뭇머뭇 얼굴을 들고 주위를 둘러보았다. 낯선 녀석들이 주위를 에워싸고 있었다. 녀석들의 몸과 얼굴 생김새를 말하자면, 아무리 비위가 좋은 나라도 바로 눈을 내리뜨지 않을 수 없었다. 어떻게 설명해야 좋을지 모르겠지만, 간단히 말하면 탐욕과 잔인함의 전형 같은 모습이었다. 우물쭈물할 상황이 아니었다. 엉겁결에 소리를 질렀다.

"살려 줘! 지상으로 돌려보내 줘!"

그 외침에 대답하는 녀석들의 목소리 역시 겉모습에 뒤지지 않을 만큼 섬뜩한 음색을 띠고 있었다.

"버둥거리지 마. 아무리 발악해도 이젠 소용없어."

그 말을 듣고 물어보았다.

"대체 왜 나를 붙잡았지?"

"우리 행성은 우주를 정복할 계획을 세우고, 이 우주선으로 여러 별들을 조사하고 다니는 중이다. 그리고 조사하는 김에 주민을 한 마리씩 잡아서 돌아가지."

"너희 별로 데려가서 어쩔 속셈이야?"

"일단 당분간은 노예로 혹사시키지. 일하는 모습을 면밀히 연구해서 점령할 가치가 있는 별인지 아닌지

자료로 삼는 거야."

"안 돼. 말도 안 되는 소리야. 지금까지처럼 저 지구에서 일하고 싶어. 제발 부탁이니 돌려보내 줘. 꼭 데려가야 한다면, 다른 놈을 잡아 가면 어때? 너희에게도 그게 더 좋을 텐데."

눈물로 애원해 봤지만, 녀석들은 냉정하게 고개를 저었다.

"안 돼. 우리에게 잡힌 이상, 절대로 돌아갈 수 없다. 그만 투덜거리고 포기해."

우주선은 이미 이동하기 시작한 듯했다. 이젠 두 번 다시 지구로 돌아갈 수 없을 것 같다. 우연이란 녀석은 참으로 무서운 장난을 친다. 광활한 지구 위에서 하필이면 나를 집어 올릴 줄이야.

뭐, 이것도 운명이다. 녀석들의 별에 도착하면, 열심히 일해 주기로 하자. 나는 일하는 걸 아주 좋아하고, 천성적으로 붙임성도 좋다. 녀석들과도 언젠가는 친해지겠지. 하지만 녀석들도 내가 하는 일을 알아차리면 꽤나 놀라겠지. 어쨌거나 나는 가난 신이니까.

창밖으로는 태양이 휙휙 멀어져 갔다. 지금쯤 내가 사라진 지구 사람들은 저 태양을 바라보며 이런 덕담을 주고받겠지.

"저기 봐, 새해 첫날 해돋이야. 새해 복 많이 받아. 올해는 경기가 좋을 것 같네."

우주의 네로

"요즘 텔레비전 프로그램은 통 재미가 없어. 기획도 빈약하고 출연자도 거기서 거기고. 드라마도 매너리즘에 빠졌어. 지혜를 좀 짜내면 좋을 텐데 말이야."

"그러게. 뭐든 눈이 번쩍 뜨일 만한 걸 보고 싶군."

많은 사람들이 하품을 하며 이런 말을 중얼거리는 평화로운 세상이었다. 그런 와중에 눈이 번쩍 뜨이는 정도가 아니라, 눈을 계속 휘둥그레 뜨고 있어야 하는 사태가 벌어졌다.

그것은 지구 밖에서 찾아왔다. 황금색으로 번쩍이는 기묘한 물체가 도심의 한복판, 텔레비전 방송탑 위에 정지한 것이다.

"이상한 물체가 출현했어. 그런데 뭐 하러 온 거지?"

"글쎄요. 그나저나 황금빛으로 번쩍거리고 호화롭기 그지없네요. 행운의 신이라도 타고 있나…."

인류에게는 황금색 물체를 보면 저절로 만면에 웃음이 번지는 습성이 있다. 그런데 모두의 그런 표정이 순식간에 경직된 얼굴로 바뀌었다. 소리가 울려 퍼졌기 때문이다.

"이봐, 지구라는 별의 주민들! 우리의 요구 사항을 잘 들어라. 우리에게는 꼭 필요한 것이 있다. 이것은 그걸 위해 보낸 자동조종 무인 우주선이다. 그러나 무인이라고 엉터리로 대응하면 용서하지 않는다. 우리에게 맞서 대항해도 소용없다. 요구 사항을 들어주지 않을 경우 이렇게 된다!"

이어서 선체의 한쪽에서 현기증이 날 것 같은 붉은 광선이 뿜어져 나왔고, 그것을 맞은 커다란 빌딩은 눈 깜짝할 사이에 소실되었다.

이렇게 된 이상, 누가 보기에도 반항이 무익하다는 게 분명해졌다. 지구 측 대표가 머뭇머뭇 물었다.

"아, 알겠습니다. 원하는 것은 뭐든 드리겠습니다.

우라늄인가요? 식료품, 다이아몬드, 아니면 황금…?"

대표는 그쯤에서 입을 다물었다. 적어도 저들의 별에 황금이 부족할 것 같지는 않았다.

"그런 게 아니다. 우리 별은 문명이 발달해서 생활에는 아무런 부족함도 없다."

"그런 것 같군요. 그럼 뭘 원하십니까? 설마 이곳을 식민지라도 삼을 생각이신지."

"식민지를 만들면 성가시기만 해. 우리가 원하는 건 따로 있어."

"어서 말씀해 보시죠."

"오락이다. 이것만은 기계로 생산할 수가 없으니까. 자, 뭐든 빨리 재미있는 걸 보여 줘."

그 말을 듣고 모두가 가슴을 쓸어내렸다.

"알겠습니다. 어려운 일은 아니군요. 마침 잘됐어요. 그 탑 위에서 전파가 나갑니다. 거기에 주파수를 맞춰 보세요."

그들에게 전파 파장을 알려 주었다. 상대는 그것을 받아 초전파로 바꿔서 고향 별로 중계하기 시작했는지, 한동안 침묵이 이어졌다.

그러나 그 노래와 춤 프로그램이 끝나자, 다시 목소

리가 되살아났다.

"이봐, 다음은 어떻게 됐어? 한시도 쉬지 말고 계속해."

곧바로 다시 준비해서 호화로운 프로그램이 끊이지 않도록 편성했다. 그러다 보니 지구인들 중에는 이 상황을 크게 기뻐하는 경우가 많았다.

"이거 괜찮은데? 저 녀석들 덕분에 당분간은 밤낮없이 재미있는 프로그램을 볼 수 있겠어."

"고마운 일이야. 막상 닥치니까 이렇게 잘 만들면서 지금까지 안 했다는 게 너무 괘씸하군."

그러나 이삼 일이 흐르는 동안, 지구인들은 고맙기는커녕 사태가 예사롭지 않은 방향으로 흘러가는 걸 깨달았다.

매일 밤낮으로 눈에 보이지 않는 상대의 비위를 맞춰야만 했다. 가장 힘든 점은 따로 있었다. 이 우주선을 보낸 녀석들은 기억력이 매우 좋은 주민인지, 대충 비슷하게 만들어 반복 송출하는 일이 불가능했다. 같은 출연자가 다시 나오는 건 상관없지만, 전에 했던 내용과 같거나 또는 수준이 조금이라도 떨어지면, 가차없이 경고를 날렸다.

"이봐. 우릴 바보로 아나?"

그 말을 무시하면 붉은 광선으로 빌딩 몇 개를 날려 버렸다.

결국 이는 전 지구, 전 인류의 문제로 떠오르기 시작했다. 각국에서 도움을 주기 위해 많은 연예인들을 보내 왔지만, 그렇다고 해도 앞일을 생각하면 한없이 불안할 뿐이었다.

예를 들면 어떤 대규모 마술 쇼가 방송되면 그동안은 얌전히 있지만, 한 차례 끝나고 나면 "좋아. 이젠 그 마술의 내막을 밝혀라"라고 명령해서, 그 공연단은 두 번 다시 쓸 수가 없었다.

스포츠 프로그램도 연일 세계 선수권대회를 중계해야 하는 상황으로 내몰려서 도저히 감당할 수가 없었다. 조금이라도 순조롭게 진행되지 않으면 곧바로 경고가 날아들었다.

"어떻게 된 거야? 빨리 다음 걸 내놔! 우물쭈물하면 지상 전체를 불바다로 만들어 버리겠다."

"잠깐만 기다려 주세요. 이래 봬도 모두 최선을 다하고 있는 겁니다."

"주절주절 변명 늘어놓지 마. 최선을 다한다는 건

말이 안 돼. 우리는 단지 재미만 요구할 뿐이야."

"대체 언제까지 계속하면 만족하시겠습니까?"

"너희도 잘 알겠지만, 오락에는 이거면 만족한다는 한계선이 없어. 영원히 하는 거지."

"영원히요?"

"그렇다. 우리는 이렇게 수도 없는 별들을 파괴해 왔다. 파멸의 시간을 연장하고 싶으면, 빨리 재미있는 걸 만들어 내."

절체절명의 위기였다. 하물며 감당이 안 되는 그런 싸움을 지속하는 도구가 무기가 아닌, 끊임없이 새로운 것을 제공하는 아이디어라니.

세계 곳곳에서 전문가, 비전문가를 가리지 않고 모든 탤런트가 징집되었고, 프로듀서의 감독하에 혹독한 훈련을 하며 가까스로 코앞에 닥친 파멸의 위기를 몇 시간씩 늦춰 갔다.

그러나 그들은 가차 없었다.

"이봐, 요즘 좀 저조한데."

"네, 어떤 점이 마음에 안 드십니까?"

"그런 건 그쪽에서 고민해. 우리는 그저 즐기고 싶을 뿐이야."

"뭐라고? 천하에 극악무도한 놈들!"

방송국을 한시도 못 떠나고 일에만 매달렸던 프로듀서 하나가 튀어나와 욕설을 원 없이 퍼붓더니, 옆에 있던 코드를 집어 들어 자기 목을 졸랐다.

모두가 숨을 죽이고 지켜보는 와중에 상대의 목소리가 들려왔다.

"좋았어, 꽤 재치 있는 연출을 하는군. 그런 식으로 하란 말이지."

그런 식으로 하라니, 희생할 자살 지원자를 모으는 게 어디 쉬운 일인가. 또한 가까스로 모은다 한들 잇달아 다른 방식으로 연출된 자살을 계속하는 것은 절망적인 이야기였다.

"뭐야, 또 권총인가? 그건 아까 봤어. 매너리즘에 빠졌군."

"아아, 이것까지 매너리즘이라니."

"좀 더 색다른 취향으로 만들어. 아 그래, 난폭한 놈들에게 무기를 쥐여 주고, 거리에 쫙 풀어 봐. 그리고 그걸 중계하는 거지. 자극적인 영상을 계속 만들란 말이다."

"말도 안 돼요. 그런 짓을 했다간…."

"그런 짓을 안 하면, 어떻게 되는지는 알고 있겠지?"

반항이 가능할 리 없었다. 전 인류의 안전이 걸린 문제였기 때문이다.

한동안 상대는 얌전해졌다. 그 잔혹한 쇼가 어느 정도 마음에 들었던 모양이다. 그러나 안심할 여유는 없었다. 이 여유를 이용해서 다음 프로그램을 준비해야만 했다.

이쯤 되면 어디선가 전쟁이라도 시작해서 그것을 중계하는 수밖에 없다. 그리고 끝내 한계에 다다르면, 핵전쟁을 연출해 보이는 것 외에 다른 방법은 없을 듯싶었다.

그 끝은…. 그러나 지금 선악을 따질 여유는 없었다. 파멸당하느냐, 파멸하느냐. 선택의 길은 단 두 가지뿐이었다.

그렇게 모두가 창백해져 있는 대책 본부로 한 남자가 찾아왔다.

"저를 한번 출연시켜 주십시오."

출연 제안을 받고도 모두가 시큰둥했다.

"의욕은 고맙지만, 이젠 무슨 수를 써도 소용없을 거요."

"아마 그렇겠죠. 잠깐이라도 좋으니, 시험 삼아 한 번 출연시켜 주세요."

"그렇게까지 부탁하니, 전쟁 쇼 준비가 끝날 때까지 막간을 이용해서 잠깐 출연시켜 볼까."

잠시 후, 또다시 재촉하는 소리가 들렸다.

"어이, 이제 질렸어. 빨리 다음 영상을 틀어!"

"네, 바로 틀겠습니다."

"서둘러. 우리 별 주민들 전체가 보고 있다. 실망시키지 마."

"네. 자 그럼, 부탁하네."

그 남자가 스튜디오로 들어갔다.

마침내 고난으로 가득했던 시대가 종말을 고했다. 온몸의 털이 곤두설 것 같은 그 재촉하는 목소리는 두 번 다시 울려 퍼지지 않았다.

"해냈어! 훌륭하게 해냈어! 정말 고맙네. 대체 뭘 보여 준 거지?"

사람들은 저마다 감사 인사를 하며, 동시에 질문을 퍼부었다.

"저는 최면술사입니다. 카메라를 향해 '잔다, 잠든

다, 모든 걸 잊고 두 번 다시 눈을 뜨지 마라'라고 외쳐 봤습니다. 이렇게 효과가 좋을 줄 알았으면, 좀 더 일찍 할걸 그랬습니다."

위기는 사라지고 평화가 되살아났다.

얼마 후 텔레비전 방송국은 살아남은 지친 인원들을 모아 일반 방송을 재개했다. 그것은 재미없는 프로그램이었지만, 아무도 불평하지 않았다. 사람들은 이제 텔레비전 전원을 켜기는커녕 화면에 눈길조차 주지 않는 생활을 시작했으니까.

오아시스

"아아, 물 좀 실컷 마셔 보고 싶다."

"나도."

우주선 안은 한참 전부터 지독한 갈증이 지배하고 있었다. 모두 물을 원했다. 다른 것은 다 갖춰져 있었지만, 물만 없었다.

배출한 수분을 회수하는 장치의 기능이 떨어져서 24시간 동안 한 컵 정도의 물밖에 할당되지 않았다.

"조금만 참아. 이 주변에 분명 물이 있는 별이 있었어."

우주선 선장이 대원들을 달랬다. 거기에 희망을 걸

고, 계속 날아갈 수밖에 없었다. 그리고 마침내 저 너머로 작은 점을 찾아낼 수 있었다.

"저기 봐, 별이 보인다! 틀림없이 저 별이야."

대원 하나가 갈라진 목소리로 외쳤다.

"잠깐. 기뻐하긴 아직 일러. 잘 조사해 봐. 목이 마르면 환각을 보기 쉬워. 가까이까지 가서 환각이란 걸 알면, 손쓸 도리가 없을 정도로 절망하게 돼."

선장은 매우 신중했지만, 잠시 후 관측 대원에게서 보고가 들어왔다.

"괜찮습니다. 물이 풍부한 건 확실합니다. 이걸 보세요. 스펙트럼이 보여 주고 있어요. 관측 장비까지 환각을 볼 리는 없습니다. 물의 존재는 확실합니다."

이제는 환호성을 억누를 수 없었다. 그 환호성 속에서 파랗게 빛나는 행성이 가까워졌다.

"물이다, 물이야!"

"물을 마실 수 있어. 바짝 말라 버린 몸을 적셔 줄 수 있다고."

"이봐, 빨리 착륙시켜. 뭘 그리 꾸물거려. 그렇게 거드름 피울 건 없잖아."

웃음소리가 가득한 와중에 조종사의 목소리만 서

글프게 울려 퍼졌다.

"빨리 착륙하라고요? 하지만 온통 물뿐이고, 섬 하나 없는 곳에 어떻게 착륙하란 말입니까."

현명한 여자들

어디선가 홀연히 나타난 우주선 무리가 상공에서 편대를 풀며 각 지역으로 흩어지더니, 제각각 지구 주위를 유유히 선회하기 시작했다.

"도대체 어디서, 뭐 하러 온 걸까?"

"도통 모르겠군. 지구의 상황을 조사하러 온 것 같은데."

"무슨 목적으로 조사하려는 거지?"

"낸들 아나."

누구도 알 수가 없었다. 감당하기 힘든 불안이 스멀스멀 차올랐다. 언제 무슨 일이 벌어질지 짐작조차

할 수 없었다.

최악의 경우는 퓨웅퓨웅 하는 소리와 함께 눈이 핑핑 돌아가는 광선이 발사되어 주변을 모조리 태워 버리는 것이었다. 그러나 실제로는 상상조차 할 수 없는 훨씬 더 끔찍한 사태가 벌어지지 않으리란 법도 없었다. 막을 방법이 없는 독극물 안개를 뿌리고는 서서히 내려올지도 모르고, 별안간 무지막지하게 큰 음향이 울려 퍼져서 사람들의 고막이 일제히 터져 버릴지도 모른다.

모든 무기를 끌어모아 겨냥은 했지만, 공격을 시작할 수도 없는 노릇이었다. 어떤 대책을 세워야 할지 모른 채, 그저 묵묵히 기다리기만 하는 기분이 좋을 리 없었다. 사람들은 뭐든 좋으니 빨리 시작됐으면 좋겠다며 초조해했다.

"더는 못 참겠어. 녀석들에게 말을 걸어 보자."

"그래, 모든 방법을 시도해 보자고."

지상에서는 여러 가지 문자와 기호를 커다란 천에 적었고, 비행기와 헬리콥터가 그것을 휘날리며 날아올랐다. 파장을 다양하게 바꿔 가며 전파도 발신했다.

그러나 우주선은 아무런 응답도 없었고, 여전히 의

미심장하게 유유히 계속 맴돌기만 할 뿐이었다.

"아무런 응답도 없군."

"지구의 언어가 안 통하는 거겠지. 아, 앞으로 과연 무슨 일이 벌어질까."

암울한 불안이 언제 끝날지도 모른 채, 사람들은 머리를 쥐어뜯었다.

바로 그때. 지상으로 접근한 우주선이 사람들이 지켜보는 가운데, 엄숙한 목소리로 말을 건넸다.

"지구에 계신 여러분. 우리는 우리 별에서 일어난 사태를 해결하기 위해 아득히 먼 곳에서 찾아왔습니다."

그 말을 듣고 모두가 가슴을 쓸어내렸다.

"그들은 지금까지 지구의 말을 연구했던 모양이야."

"그런 것 같군. 그리고 적의도 없어 보여. 일단은 응답해 주자고."

지상에서도 스피커를 사용해 우주선에 말을 건넸다.

"지구에 오신 걸 환영합니다. 무슨 곤란한 일이 있는 것 같군요. 지구에 있는 것 중 도움이 될 만한 게 있으면 드리겠습니다. 그리고 앞으로도 사이좋게 교류를 이어 갑시다."

그러자 우주선에서는 이런 대답이 돌아왔다.

"고마운 말씀입니다. 그럼, 여러분의 호의를 감사히 받기로 하겠습니다. 우리에게 젊은 여성들을 모두 넘겨주십시오."

기꺼이 선심을 쓰고자 했던 사람들의 얼굴이 순식간에 굳어 버렸다.

"어처구니가 없군! 도저히 받아 줄 수 없는 황당한 얘기잖아!"

"저놈들 별에서 무슨 원인으로 여자가 줄어들었겠지. 그래서 지구에서 여자를 데려가려는 꿍꿍이야."

"지구인을 우습게 봐도 유분수지. 녀석들이 더 강할지는 모르지만, 우리도 부녀자를 넘겨주면서까지 목숨을 구걸할 정도로 비겁한 겁쟁이는 아니야. 감당하기 힘들지도 모르지만, 맞서 싸우자!"

곧바로 공격 명령이 떨어졌다. 목표물을 조준하고 있던 미사일 발사 버튼이 눌리고, 대기하고 있던 전투기가 일제히 날아올라 우주선을 향해 돌진하기 시작했다. 그러나 지구인의 염원을 담은 이 공격은 어떤 무기를 사용해도 아무런 효과를 거두지 못했다.

효과 없는 공격에 지쳐 가는 지구인을 향해 우주선에서 또다시 말을 건넸다.

"쓸데없는 저항은 그만 멈추세요. 그런 공격을 아무리 해도 우주선에 흠집 하나 낼 수 없습니다. 우리는 여성만 넘겨받으면 됩니다. 남성분들까지 해칠 생각은 추호도 없습니다. 자, 순순히 내주시죠."

그러나 '자 그럼, 내드리죠'라는 말은 아무도 할 수가 없었다. 그 모습을 보고 우주선에서는 이렇게 말을 이었다.

"내키지 않아도 어쩔 수 없습니다. 우리 쪽에서 그냥 가져갈 수도 있어요. 이렇게…."

그 목소리와 함께 우주선에서 핑크빛 광선을 지상으로 내뿜었다.

"어머나, 살려 줘!"

비명 소리가 울리더니, 한 여성이 빛으로 된 통 속으로 순식간에 빨려 들어갔다. 그것을 계기로 우주선은 여성을 끌어 올리는 작업을 본격적으로 시작했다. 청소기로 실밥을 빨아들이듯 거둬들였다.

도무지 손을 쓸 방법이 없었다. 얼마쯤 지나자 우주선은 그 작업을 멈추고는 어디론가 사라졌지만, 안심한 것도 잠시, 곧바로 다음 작업을 재개했다.

"과학의 수준이 엄청나군. 도저히 막아 낼 방법이

없어."

"어딘가에서 기다리고 있는 모선母船에 실어 두겠지. 여자들은 얼마나 끔찍한 별로 끌려가서 얼마나 끔찍한 일을 당할까. 아, 너무 잔혹한 무리야."

남자들은 망연자실해서 우두커니 서 있었고, 여자들은 정신없이 도망쳤다. 그런데 이리저리 도망치는 와중에 막을 방법이 전혀 없지는 않다는 게 판명되었다. 탄탄한 건물 안이나 지하도 안에 있으면, 핑크빛 광선도 효과를 거두지 못했다.

"이제 알겠다! 여성들은 빨리 건물이나 지하도로 피해!"

북새통의 소동 속에서 여성들은 모두 몸을 숨겼다.

"이제 됐어. 한동안은 밖으로 나오지 마. 녀석들도 설마 건물을 파괴하는 짓은 안 하겠지. 그런 짓을 했다가는 녀석들이 노리는 여성들까지 죽을 테니까. 그러다 보면 언젠가는 포기하고 돌아갈 거야. 자, 힘을 내자고."

우주선은 더 이상 손을 쓰기 어려운 듯했다. 그러나 사람들의 기대와는 반대로 철수할 기미는 전혀 보이지 않았다. 그리고 얼마 후, 또다시 스피커로 호소하기 시작했다.

"지구에 계신 여러분. 우리가 포기할 거라고 생각했을지 모르지만, 그건 오해입니다. 우리는 중대한 결의를 다지고 출발했습니다. 반드시 목적을 이뤄 내겠습니다. 과학도 지능도 당신들보다는 뛰어나니까요."

남자들은 하늘을 올려다봤고, 여자들은 건물이나 지하도 안에서 다음에는 어떤 방법을 쓸까 두려워하며 몸서리를 쳤다. 그들을 향해 우주선에서 잇달아 소리를 내보냈다.

"현명하신 여성 여러분. 뭔가 착각을 하신 것 같군요. 우리와는 전혀 상대도 안 되는 지구 남자에게 붙어 있는 게 좋겠습니까? 한심한 남자에게 붙어 있는 것보다는 모든 점에서 뛰어난 저희 쪽으로 오시는 게 어때요? 그리고 반짝이는 별들 속에서 꿈같은 행복을 찾는 게 훨씬 좋잖아요? 우리는 젊고 아름다운 여성만 원합니다. 못생긴 여성은 필요 없어요. 나중에 '아, 그때 갈걸' 해 봐야 이미 때늦은 후회일 겁니다."

상대를 단번에 사로잡는 멋진 말이었다. 이대로 지하도 생활을 계속하느니 자기 눈으로 확인한, 뛰어난 과학의 힘을 갖춘 우주의 초대에 응하는 게 현명하지 않을까? 그렇게 머리를 굴린 여성, 그리고 스스로 아름답다고 믿는 여성들은 망설임 없이 밖으로 튀어나갔다.

공교롭게도 대부분의 여성이 스스로를 현명하고 젊고 아름답다고 믿었기 때문에 남자들은 매우 당황했다.

"멈춰. 끌려가면 어떤 대우를 받을지 몰라."

"다시 생각해 봐. 조금만 더 참으면, 놈들은 반드시 포기할 거야."

그러나 자기가 현명하고 아름답다고 믿는 여자들의 행렬을 막을 수는 없었다.

"무슨 소릴 하는 거야. 이번 기회를 놓치면 엄청난 손해야. 후회해도 소용없다고."

여자들은 강물을 거슬러 오르는 연어 떼처럼, 황홀한 표정으로 핑크빛 광선 속으로 잇달아 빨려 들어갔다.

그 뒤에 남은 사람은 현명하지 않고, 젊지도 아름답지도 않다고 자인하는 여자들뿐이었다. 다시 말해 여자는 거의 다 사라졌다. 남자들은 넋이 나간 듯이 우두커니 서 있을 뿐이었다.

"젠장. 아, 결국 다 뺏겨 버렸어."

남자들은 모두 하늘을 우러러보며 눈물을 흘렸다. 다만, 그 눈물의 이유는 제각기 달랐다. 이별의 슬픔 때문에 우는 사람. 손도 써 보지 못하고 여자들을 빼앗겨 버린 자기들의 한심함을 한탄하는 울분의 눈물. 또한 여자에게 버림받은 억울함에 우는 사람도 있었다. 아무튼 눈물을 흘린다는 점에서는 모두 똑같았다.

모두가 우주선이 날아가 버린 하늘을 바라보며 하염없이 눈물을 흘렸다. 포기하고 그 자리를 뜨는 사람은 없었다.

바로 그때. 하늘에 또다시 우주선 무리가, 게다가 훨씬 큰 우주선이 그 숫자를 늘려서 나타났다. 기분 탓인지, 비행하는 그 모양새가 어쩐지 신바람이 난 것 같아 보였다.

"이번에는 저렇게 큰 우주선이 왔군. 뭐 하러 왔을까?"

"여자들 성화에 못 이겨서 돌아왔을지도 모르지. 저 안에서 다 같이 우리를 실컷 비웃어 댈 게 틀림없어. 정말 기분 더럽군."

"아니, 그렇게 단순한 이유일 리가 없어. 여자만 손에 넣으면, 이 지구에는 더 이상 용건이 없댔잖아. 나중에 우리가 들고일어나 쫓아올까 걱정돼서 철저하게 파괴하려는 생각이겠지."

어느 쪽이든 결코 좋은 일 같지는 않았다. 어떤 사람은 더 크게 흐느껴 울었고, 어떤 사람은 공포에 전율하며 우주선 무리를 뚫어져라 바라보았다.

우주선 무리는 고도를 낮췄고, 스피커에서 소리가 흘러나왔다.

"남성 여러분. 그렇게 눈물 흘리실 건 없습니다. 우리 별에서 남자들이 원인 불명으로 감소해 버렸기 때문에 이 별로 이주할 계획을 세운 겁니다. 그 계획에 방해가 되는 지구 여자들을 간신히 우주에 다 버렸으니 앞으로 사이좋게 지내요. 지금까지의 상황을 보면 지구의 남성은 머리는 좀 나쁘지만, 모두 순진한 분들인 것 같네요. 우린 분명 행복해질 수 있을 거예요."

잇달아 착륙한 우주선에서는 지구의 여성보다 얼마쯤 더 현명하고 아름다운 우주 여성들이….

우주 지도원

"자 그럼, 출발하겠습니다."

한 젊은 대원이 공항에 준비된 우주선 앞에 서서 나에게 말했다.

"그래. 잘 부탁한다. 지구의 문명을 조금이라도 많은 별에 나눠 주는 것이야말로 우리의 염원이니까."

내가 격려의 말을 건넸다.

타행성에 대한 지도·원조 계획이 세워졌고, 나는 그 실행 부문의 부장이었다. 양성된 대원은 우주선으로 멀리까지 날아가서 문명이 뒤처진 별을 찾아내고, 그곳이 문화와 산업, 평화를 구축할 수 있도록 지도하는 것을 목표로 삼고 있었다.

열의에 불타오르는 많은 젊은이들이 이처럼 우주의 끝을 향해 잇달아 출발했다. 이번 대원은 전갈자리 방향을 향해 떠난다.

"기대에 부응할 수 있도록 반드시 성과를 거두고 오겠습니다. 보고는 송신할 테니, 그에 따라 필요한 물품을 보내 주십시오."

"알았다. 그럼, 열심히 해 주게."

대원은 우주선에 올라 곧바로 공항을 출발했다.

이후 대원들이 보내는 연락으로 상황을 파악할 수 있었다. 전갈자리로 떠난 대원에게서도 순조로운 보고가 이어졌다.

"현재, 목적지 행성을 향해 우주 공간을 운항 중. 이상 없음."

나는 그에 따라 지시를 내렸다.

"알았다. 안전을 기원한다."

"목적지 행성에 상당히 가까이 접근했습니다. 착륙 태세에 들어갑니다."

"알았다. 보고를 계속하도록."

"무사히 착륙 완료. 관찰 결과, 물도 식물도 있는 상당히 좋은 별입니다."

"알았다. 그런데 주민은 있나?"

"으음. 앗, 산 뒤쪽에서 모습을 드러냈습니다. 모피를 두르고, 상당히 원시적인 모습입니다. 아, 숫자가 많습니다. 이쪽으로 오고 있습니다."

"알았다. 어때, 포악해 보이나?"

"아뇨. 모습은 원시적인데, 얼굴 생김새는 영리해 보입니다. 지도만 잘하면 문명도 바로 성장하겠죠. 아, 녀석들이 접근해 옵니다. 우주선을 보고는 눈이 휘둥그레져서 놀라고 있습니다. 지금부터 녀석들과 접촉을 시작하겠습니다. 그럼, 보고는 나중에 다시…."

수신이 중단됐지만, 얼마쯤 지나자 다시 보고가 들어왔다.

"…녀석들은 처음으로 문명을 접하고 놀라움에 휩싸여 있습니다. 이쯤에서 조금만 더 노력하면, 큰 존경을 얻을 수 있고 앞으로 일을 진행하는 데도 상당히 편해질 듯합니다. 그러니 최대한 빨리 화물 우주선에 술을 실어 보내 주십시오."

"알았다. 바로 준비하지."

나는 당장 술을 준비하라는 명령을 내렸다. 화물 우

주선 탱크에 술을 가득 담았다. 그것은 무인 조종으로 목적지까지 날아갈 터였다.

"술을 실은 우주선은 잘 받았습니다. 원주민들은 처음 마시는 술에 매우 감격했습니다. 이렇게 훌륭한 음료가 있었느냐며 크게 기뻐합니다. 저는 조금씩 그들의 말을 익히기 시작했습니다."

"알았다. 그런 분위기로 계속 힘써 주게."

원래 문화 수준을 향상시키기 위해서는 먼저 욕구부터 일으켜야 하는 법이다. 그런 다음 그 욕구를 채우기 위해 일하는 것을 가르치고, 그 능률을 올리기 위한 기술 향상을 궁리하게 만든다. 이렇게 해서 문화와 산업이 발전하기 시작하는 것이다.

사실 욕구를 불러일으키는 그 계기를 찾아내는 게 어렵다. 그 별의 주민들 취향에 맞는 것을 줘야 하니까. 그는 술을 시도해 봤고, 그것으로 그들의 욕구를 불러일으키는 데 성공한 듯했다.

이런 분위기라면 저들을 지도하는 일도 곧 궤도에 오르겠지. 다음에는 뭘 요구할까. 곡식의 씨앗일까 아니면 농기구일까. 그도 아니면 트랙터? 나는 기대하며 다음 소식을 기다렸다.

그러나 그 대원에게서 온 연락은 뜻밖이었다.

"모든 게 순조롭습니다. 녀석들도 제 말을 배우기 시작했어요. 녀석들에게는 문명을 구축할 자질이 충분합니다."

"알았다. 다음에는 뭐가 필요하지? 바로 보내겠다."

"술을 실은 우주선을 부탁합니다."

"이봐, 술은 전에도 보냈잖아. 다른 필요한 물품은 없나?"

"없습니다. 아무튼 일단 술을 좀 보내 주세요."

솔직히 조금 의심스러웠지만, 신뢰하는 부하의 보고였으므로 요청대로 술을 실은 무인 우주선을 보냈다.

그러고 얼마쯤 지나자, 그에게서 다시 연락이 왔다.

"부장님, 부탁합니다. 술을 빨리 보내 주세요."

"뭐라고? 또 술이야? 술 정도는 그쪽에서 만들지 그래. 술을 만드는 설비를 보내 줄까?"

"아뇨. 그냥 술을 보내 주세요. 부탁합니다."

그의 보고를 신용할 수밖에 없었다. 술을 추가로 보냈다. 그건 그렇고, 대체 어떻게 된 일일까. 그곳 생활이 편해서 술만 마시고, 직무를 태만히 하는 건 아닐까. 충분한 훈련을 받은 부하이긴 했지만, 술만 자꾸 보내 달라고 하고, 보고는 확실하게 하지 않는 그에게 살짝 의심이 들었다.

"부장님, 술을 부탁합니다."

또다시 술이다.

"이봐. 적당히 좀 해! 무슨 일이 있나?"

"아니, 괜찮습니다."

"괜찮다는 말만으로는 알 수가 없어. 분명하게 말하지 않으면 조사대를 보내겠네."

"아니, 그건 곤란합니다. 아무튼 술을 좀 보내 주세요."

"하, 알았네."

대답은 알았다고 했지만, 나는 더 이상 참을 수가 없었다. 이런 상태로는 곤란하다. 그는 원주민들에게 신으로 추앙받으며 술에 빠져 여자들과 즐기고 있을 게 뻔했다. 근무 상황을 조사하러 갈 필요가 있었다. 나는 술을 보내는 화물 우주선 속에 숨어서 그곳으로 출발했다.

우주여행을 마치고, 목적지인 별에 도착했다. 대체 어떻게 된 상황일까.

화물 우주선의 문이 열렸다. 나는 물건 뒤에 숨어서 상황을 지켜봤다. 원주민들이 들어와 술을 연달아 밖으로 옮겼다. 그것은 꽤 숙달된 모습이었다.

"도무지 영문을 모르겠군. 그 친구는 뭘 하는 거지?"

그렇게 중얼거리며 밖을 내다보니, 원주민들이 술잔치를 벌이고 있었다. 그런데 그 쾌활하고 흥겨운 광경 속에 부하 직원의 모습이 보이지 않았다. 어두워질 때까지 기다렸다 그를 찾으러 나가 보기로 했다.

밤이 다가올수록 주민들의 소란은 점점 더 열기를 더했다. 개중에는 술에 취해 곯아떨어지는 자도 나왔다.

기회는 이때다 싶어서, 나는 살그머니 우주선 밖으로 나갔다. 어둠에 몸을 숨기고 나무 사이를 누비며 걸어가다 보니, 저 멀리 뭔가 이상한 게 어른거렸다. 가까이 다가가서 확인해 보았다. 그것은 나뭇가지로 튼튼하게 만든 우리였다. 그런데 이게 대체 어찌 된 일인가. 그 속에 부하 직원이 갇혀 있는 게 아닌가.

조용히 그를 불러 보았다.

"이봐, 이게 대체 어떻게 된 거야?"

그가 깜짝 놀라며 뒤를 돌아보았다.

"아, 부장님 아니십니까. 오지 말라고 부탁드렸잖

아요."

"하지만 이게 대체 무슨 꼴이야? 전혀 순조롭질 않잖아. 어서 자네 우주선으로 같이 돌아가자고! 그리고 지구로 돌아가면, 자네는 그 즉시 해고야."

"여기에서 벗어날 수만 있다면… 지구로 돌아가서 해고당할 수만 있다면, 그보다 기쁜 일은 없을 겁니다."

"내 눈에도 그래 보이네. 자네를 해고하고 후임자를 바로 이리로 보내야겠어."

"아뇨, 이 별은 이미 지도할 필요가 없습니다. 여하튼 이곳 주민들은 능력과 자질을 충분히 갖췄고, 이곳은 이미 훌륭한 문명을 가진 별입니다."

"그건 무슨 소리지?"

"아, 빨리 숨으세요. 들키면 큰일 납니다."

허둥지둥 몸을 숨기자, 취해서 갈지자걸음으로 휘청거리는 주민 한 명이 다가왔다. 그리고 혀가 꼬부라진 소리로 우리 속에 있는 부하에게 말을 건넸다.

"이봐, 이제 곧 술이 바닥날 거야. 지금 미리 다음 주문을 넣어 둬."

우리 속의 대원이 흠칫흠칫 떨면서 대답했다.

"하지만 술은 방금 받지 않았습니까, 너무 빠릅니다."

"시끄러워! 우리는 점점 술이 세지고 있어. 말대꾸 하지 말고 빨리 주문이나 해."

"제발 이젠 그만하고, 절 좀 보내 주세요."

"터무니없는 소리. 이렇게 편리한 너를 돌려보내다니, 그건 말도 안 돼. 우리는 그런 걸 허락할 정도로 바보가 아니야. 자, 빨리 해!"

우리 옆으로 통신 장치를 끌어왔다.

"잔말 말고 빨리 해! 쓸데없는 소리를 하면 죽인다. 우리는 너희 말을 다 익혔으니까."

굵은 곤봉으로 협박을 당한 부하 직원은 하는 수 없이 통신 장치 앞에 마주 섰다.

"지구 본부, 부탁합니다. 술을 실은 화물 우주선을 급히 보내 주십시오. 아니, 어쨌든 반드시 필요합니다. 제발 보내 주세요. 부탁합니다…."

상류계급

"기다리고 있었어요. 그런데 당신, 별로 강해 보이진 않네."

R부인이 아름다운 눈썹을 찡그리며 집으로 찾아온 청년을 실망스럽다는 듯 맞아들였다. 청년은 그런 반응에 익숙한 듯했다.

"다들 그렇게 말씀하십니다."

"뭐, 그건 됐어요. 의논을 잘 해 보죠. 어서 들어와요."

부인이 청년을 응접실로 안내했다.

그곳은 조용한 교외에 자리 잡은 호화로운 저택이

었다. 창밖으로는 오후 햇살을 받으며 펼쳐진 드넓은 정원이 보이고, 그 옆에는 숲이 있었다. 유화 몇 점이 벽에 걸려 있는 그 방에는 값비싼 가죽 의자들이 놓여 있었고, 그녀가 그중 하나를 청년에게 권했다.

"앉으세요. 그리고 뭐 마실 거라도…?"

청년은 의자에 앉았지만, 음료 권유에는 장갑 낀 손을 흔들며 사양했다.

"괜찮습니다. 저는 어떤 장소에서도 지문이나 타액을 남기지 않는 습관이 몸에 배어 있어서요."

"그렇겠네요."

부인이 고개를 끄덕였고, 청년은 몸을 조금 내밀었다.

"그런데 어떤 용건이신지?"

"어머나, 당신 조금 전에 나랑 통화했잖아요."

부인이 고개를 살짝 갸웃거리며 수상쩍어하는 표정을 지었다.

"그렇긴 합니다만, 방침상 본인에게 다시 한번 직접 얘기를 들어야 해서…."

청년은 모든 면에서 지극히 신중한 태도를 보였다. R부인도 이내 의심을 거둬들이고 용건을 말하기 시작했다.

“실은 아까도 말했듯이, 어떤 사람을 죽여 줬으면 해요.”

“알겠습니다. 저는 그 의뢰를 맡아 드리려고 찾아뵌 겁니다.”

“그런데 그게 가능하겠어요? 별로 강해 보이진 않는데.”

부인에게는 여전히 약간의 불안감이 남아 있는 듯했다.

“실례되는 말씀이지만, 부인은 지금 이 일을 무슨 권투나 레슬링과 혼동하시는 것 같습니다. 살인 행위는 근육의 강도와는 상관없는 일입니다. 그것과는 다른, 심리적인 문제겠지요. 상식적인 양심을 억누르고, 그 일에 임해서도 이성을 잃지 않고 한 치의 흐트러짐도 없이 행동할 수 있는지에 관한 문제랄까요.”

“듣고 보니 그러네요. 당신은 그게 가능하다는….”

“네. 제가 세상에 대해 품고 있는 감정은 절망뿐입니다. 마음속은 밤의 폐광처럼 오로지 공허만이 자리잡고 있습니다. 메마른 운하에 물결이 일지 않듯, 제 마음은 어떤 행동에도 흔들림이 없습니다.”

"어머, 당신은 의외로 진지하군요. 게다가 웬만한 시인 저리 가라 할 정도로 표현도 풍부하고. 재미있는 살인 청부업자네."

부인이 웃음소리를 높이며 몸을 꼬았다. 그러나 교육을 잘 받고 커서 그런지, 그 몸짓에서 외설스러운 분위기가 느껴지거나 하지는 않았다. 청년은 아주 살짝 얼굴이 붉어졌다.

"저는 평소에 폭력단의 세력 다툼과 관련된 일을 하기 때문에 이런 상류층 가정 일은 처음입니다. 그런데 어떤 사람을 죽이는 의뢰인가요? 부인의 고민을 반드시 해결해 드리겠습니다."

부인이 의자에서 일어서서 청년의 귓가로 다가왔다. 그리고 고상한 향수 향기를 풍기며 목소리를 낮추고 속삭였다.

"내 남편이에요. 남편을 죽여 줬으면 해요."

중대한 내용임에도 불구하고, 그녀의 목소리 톤은 안정적이었다. 외려 청년 쪽이 놀랍다는 표정을 짓고 있었다. 그도 그럴 게, 평상시 그에게 찾아오는 의뢰인과는 너무나 차이가 컸기 때문이다. 그들은 눈에 쌍심지를 켜고 책상을 부서져라 내리치며 명령을 내린다.

"엇, 남편분을요? 아니 왜…."

"이런 의뢰는 받아 줄 수 없나요?"

"아뇨, 그런 건 아니지만… 이렇게 멋지게 사시는데, 남편분에게 불만이 있으실 줄은 몰랐습니다. 상상도 안 돼서요."

"인간의 욕망이란 원래 끝이 없어요. 이 세상에 태어난 이상, 마음 가는 대로 실컷 즐기지 못하면 따분하잖아요."

"그건 맞는 말씀입니다만…."

의문을 품는 청년에게 R부인이 설명을 이어 갔다.

"좀 더 자세히 말하자면, 난 지금의 남편에게 싫증이 났어요. 그리고 달리 좋아하는 사람도 생겼고."

"그런데 남편분이 이혼에 응해 주지 않는다…."

"바보네. 이혼만 원하면 받아 줄 테고, 여차하면 도망치는 방법도 있다는 것 정도는 알아요. 하지만 난 지금의 생활을 놓치고 싶지 않아요. 그런 손해는 싫으니까. 이 생활을 바꾸지 않고, 남편만 교체하고 싶은 거죠. 그러려면 지금의 남편이 사라져 주는 것 말고는 다른 방법이 없잖아요."

"과연…."

청년이 깊은 한숨을 내쉬었다.

"왜 그래요?"

"아뇨, 지금까지 접해 온 사회의 사람들과는 생각이 너무나 달라서 좀 얼떨떨했을 뿐입니다. 그런데 특별히 희망하시는 살해 방법이라도…."

청년의 말투가 사무적인 분위기로 되돌아갔다.

"방법을 지정할 수 있어요?"

"네. 방법에 따라서는 비용이 오를 수도 있습니다."

"비용은 상관없어요. 꼭 칼로 찔러 줘요. 깊숙이 푹 찔러서 숨통을 확실하게 끊어 놓는 거죠."

부인은 아름다운 손가락을 앞으로 쑥 내밀며, 잔혹함을 즐기듯 미소를 머금었다.

"알겠습니다. 칼은 제가 가장 자신 있는 분야입니다."

"그런데 정말 괜찮을까? 그게 가장 걱정이에요. 남편은 만만한 상대가 아니에요. 일을 그르쳐서 당신이 당하는 경우를 생각해 봐요. 내 미래는 완전히 엉망이 돼요. 가장 평온한 결말이 무일푼으로 쫓겨나는 거겠죠. 그런 상상을 하면 불안해서 견딜 수가 없어요."

"그 점은 걱정하지 마세요. 처음 하는 일도 아니고,

또한 의뢰인에게만은 절대 피해를 끼치지 않습니다. 그것이 바로 저 같은 사람들이 지키는 단 하나의 신용이자, 또한 삶의 보람이기도 하니까요."

"꼭 성공시켜 줘요. 반드시 숨통을 끊어 놔야 해요. 그러지 못하면 곤란해요."

"잘 알겠습니다."

부인이 조각 장식이 된 작은 나무 상자에서 약속한 액수의 돈다발을 꺼내 건네주었다.

"그럼, 비용을 지불할게요. 성공하면 나중에 더 드릴 수도 있어요. 원하신다면 돈 외에 다른 것도 드릴게요. 어머, 이런 약속을 해도… 반대로 당신이 당하면 아무 소용없겠죠."

의미심장한 눈길과 함께 부인이 또다시 웃음소리를 높였다. 그래서일까, 돈다발을 건네받는 청년의 손이 살짝 떨렸다.

"감사합니다. 반드시 기대에 부응하겠습니다. 바로 일 얘기로 들어가죠. 저는 남편분의 얼굴을 아직 모르니, 가능하다면 사진이라도 보여 주시죠. 그리고 근무처나 희망하시는 날짜도요."

"그렇게 느긋하게 기다릴 순 없어요. 가능하면 오늘

부탁하고 싶은데."

"지금부터요?"

"그래요. 저녁 무렵이 되면 남편이 저 숲속의 오솔길을 걸어서 돌아와요. 저기도 우리 땅이거든. 내가 엿보고 있다가 신호를 보낼게요. 그러면 다가가서 스쳐 지나는 순간에 찔러 줘요."

"네. 그렇게 하겠습니다."

청년은 주머니에서 칼을 꺼냈고, 그 칼날 부분을 손가락으로 살며시 매만진 후, 다시 제자리에 꽂았다.

"이제 곧 올 거예요. 정말 확실하게 끝내 줘야 해요."

R부인은 보석으로 장식된 손목시계를 들여다보며 청년의 어깨를 가볍게 두드렸다.

"어서 오게. 자넨가? 살인 청부업자가?"

널찍한 사장실에서 R씨가 '살인 청부업자'라는 부분에서만 목소리를 낮추며 방문객을 맞아들였다.

"네, 그렇습니다."

그 남자도 나지막한 목소리로 속삭이듯 대답했다. 다부진 근육질 체격을 가진 남자는 R씨가 권하는 대로 넓고 두툼한 카펫 위를 걸어서 부드러운 소파에 앉았다.

"흐음, 아주 강해 보이는군. 자네 같은 남자가 와 줘서 아주 기뻐."

R씨가 믿음직해 보이는 남자를 바라보며 만족스러운 듯 웃음소리를 흘렸다.

"믿어 주셔서 감사합니다. 자랑은 아니지만, 완력 면에서는 누구에게도 져 본 적이 없습니다. 그리고 사람을 죽이는 일에는 남다른 흥미를 갖고 있습니다."

남자가 병적으로도 보이는 눈빛으로 히죽 웃었다. 마치 폭발 직전의 다이너마이트를 연상시키는 듯한 눈빛이었다.

"호오, 점점 더 믿음직스럽군. 자네는 취미와 실익이 일치하네그려. 게다가 밑천도 필요 없어. 나도 그런 일을 해 보고 싶군."

R씨가 기뻐서 목소리를 높였지만, 남자는 표정을 바꾸지 않았다.

"그러나 실익이 동반될지 어떨지는 사장님에게 돈을 받기 전까지는 뭐라 말씀드릴 수가 없습니다."

"알고 있네. 돈이야 물론 지불하지."

"비용만 지불해 주시면 어떤 상대든 상관없습니다.

원하시는 인물은?"

"사실은 내 아내 말인데…."

R씨가 목소리를 낮추며 책상 위에 올려 둔 부인의 사진을 가리켰다. 남자도 그리로 시선을 돌렸다.

"아름다운 분이시네요. 그런데 설마 이분을 죽이시려는 건 아니겠죠?"

"물론이지, 그 무엇과도 바꿀 수 없을 정도로 사랑하는 아내야. 그런 아내를 죽이다니, 상상조차 한 적이 없어. 다만, 좀 곤란한 일이 생겼지."

"무슨 일입니까?"

"요즘에 나 말고 다른 남자를 좋아하게 된 것 같아. 증오할 대상은 바로 그 남자야. 그놈만 없으면 아내의 마음이 돌아오겠지."

"허어, 저런. 사장님처럼 무엇 하나 부족할 게 없는 분에게 그런 고민이 있을 줄은 몰랐습니다. 저라면 가만 놔두진 않을 겁니다."

"자네라면 당장 그렇게 하겠지. 아니, 실은 나도 내 손으로 직접 그놈의 숨통을 끊어 놓고 싶어. 하지만 이왕 할 거면 실패만은 절대 하고 싶지 않아. 그래서 자네 힘을 꼭 빌리고 싶은 거지."

"잘 알겠습니다. 사장님과 저는 생활은 다르지만, 남자로서의 고민은 다를 바 없겠죠. 동정을 금할 수 없습니다. 맡겨 주신다면 확실하게 처리해 드리죠. 이런 경우는 돈 같은 건 필요 없다고 말씀드리고 싶지만…."

"말만이라도 고맙군. 하지만 모든 일에는 정당한 보수를 지불해야 한다는 게 내 방침이야. 그리고 기대 이상으로 해내면 보너스도 줄 수 있어."

"기대 이상이라는 말씀은…?"

"놈에 대한 나의 증오는 잘 알겠지? 그 증오를 담아서 죽여 주길 바라는 거지. 그리고 굳이 말할 필요도 없겠지만, 절대로 실패하면 안 돼. 완벽하게 끝내 주면, 나중에 보너스를 건네기로 약속하지."

"안심하십시오. 의뢰를 맡은 이상, 저도 신출내기 청부업자는 아니니까요."

"부탁하네."

그렇게 말하며 R씨가 주머니에서 돈다발을 꺼내 남자에게 건넸다.

"그런데 그 상대의 주소와 인상착의를 알아야…."

"아니, 그럴 필요는 없어. 지금 바로 안내하지."

"지금 바로요?"

"어어, 평소에는 내 귀가 시간이 지금보단 좀 늦어. 지금쯤이면 녀석도 안심하고 내가 없는 집에서 아내와 얘기를 나누고 있겠지. 그때를 노리는 거야. 지금 집으로 돌아가서 근처에서 전화를 하자고. 그럼, 녀석이 허둥지둥 도망치겠지. 그때를 노리는 거야."

"알겠습니다."

"그런데 자네는 무슨 무기라도 갖고 있나?"

"칼이 있지만, 저는 목 졸라 죽이는 쪽을 선호합니다. 이 팔로 목을 졸라 드리죠."

"그렇지만 상대도 만만치 않을지 몰라. 만일을 대비해서 바로 칼을 꺼낼 수 있도록 준비해 두는 게 좋을지도 모르지. 자, 이제 슬슬 출발할까…."

R씨가 시계를 올려다보며 재촉했다.

어스름한 숲속에서 끔찍한 결투가 전개되었고, 그것은 한동안 이어졌다.

두 명의 살인 청부업자는 상대가 상상 이상으로 강하다는 사실에 놀라면서도 각자의 의뢰인을 위해, 또한 보수를 위해 필사적으로 혼신의 힘을 다 짜냈다. 나지막한 신음소리가 땅거미 속으로 퍼져 나갔다.

마침내 뒤얽히던 두 사람의 신음소리가 하나로 줄어들었다.

"잘 끝냈나요?"

그곳으로 찾아온 R부인이 웅크려 앉으며 물었다. 그러자 금방이라도 숨이 끊어질 듯한 목소리로 청년이 대답했다.

"끄, 끝냈습니다. 남편분이 이렇게 강하실 줄은 몰랐습니다. 빨리 의사를 불러 주세요. 붙잡히긴 싫지만, 지금 여기서 죽고 싶진 않아요. 부탁합니다."

그때 R부인이 청년에게가 아니라, 어느새 옆으로 다가온 R씨를 향해 기쁜 듯이 말했다.

"여보, 어때? 이번에는 내가 이겼지?"

"으음, 아무래도 그런 것 같군. 겉보기에는 내 쪽이 강한 녀석이었는데… 이렇게 당하다니 한심한 노릇이군."

"투덜거리는 건 남자답지 못해. 자, 약속대로 다이아몬드나 사 줘요. 원래대로면 당신이 이렇게 되는 거였어."

부인이 하얀 손가락으로 남자의 사체를 가리켰다.

"알았어, 알았다고. 사 주지. 그런데 이 젊은 남자는 어떻게 하지? 뒷일을 생각해서 숨통을 끊어 놓을까?"

"그럴 필요는 없어 보이는데. 이제 곧 죽을 것 같아."

그 대화를 듣고, 분하다는 듯이 발버둥을 치던 청년도 잠시 후 고개를 푹 떨어뜨렸다.

"봐요. 자, 빨리 두 사람의 주머니에서 돈다발을 꺼내고, 경찰에 전화해서 사체를 치우게 하자. 서두르지 않으면 보석상 문 닫을 거야. 그리고 모피 가게도 잠깐 들러야겠어."

"이봐, 다이아몬드는 알겠지만, 모피 약속은 한 적 없어."

"뭐 어때, 이왕 나가는 김에 같이 사 주면 좋잖아."

"안 돼."

"구두쇠. 안 사 주면 죽여 버릴 거야."

"당신이야말로 죽여 버린다."

"좋아. 그 승부는 다음으로 미루고, 오늘은 다이아몬드로 참아 줄게."

밤의 침입자

"계세요…."

밤 아홉 시를 조금 넘긴 무렵. 여자는 그런 목소리와 함께 현관 초인종 소리를 들었다. 그녀는 혼잣말을 중얼거리며 일어섰다.

"이 시간에 뭐지? 일 때문인가…."

그녀는 그 집에 혼자 살고 있었고 영화 스튜디오에 근무하지만, 배우는 아니었다. 방 벽에 커다랗게 붙은 사진 중 그녀 자신의 사진은 한 장도 없었다.

"계십니까?"

젊은 남자의 목소리가 이어졌다.

"네, 지금 나가요."

그녀가 자물쇠를 풀고 손잡이를 안쪽으로 당겼다. 한 남자가 흘러들듯 급하게 안으로 들어왔다.

"그렇게 떠밀고 들어올 건 없잖아요. 어머, 모르는 분이네."

그렇게 말하며 침입자를 찬찬히 살펴보았다. 지저분한 옷을 입은 젊은 남자였다. 그가 숨을 헐떡이며 낮은 목소리로 말했다.

"아무래도 상관없어. 빨리 문이나 닫아!"

낮지만 압력이 느껴지는 목소리였다. 그녀는 시키는 대로 했다.

"대체 뭐예요? 용건이…."

그녀로서도 이런 경험은 난생처음이었기 때문에 묻지 않을 수 없었다.

"당신, 영화사에서 일하지? 이 근처를 지나가다 문득 그 생각이 나서 들른 거야."

"그건 그렇지만…."

"당신이 그런 일을 하니까 부탁을 하나 하려고."

"아, 그건 착각이에요. 영화배우가 되고 싶다면, 번지수를 잘못 찾아왔어요. 난 물론 영화사에서 일하지만, 여배우도 아니고 감독도 아니라고요. 게다가 캐스팅 담당자도, 기획 담당자도 아니라서 그런 쪽으로는 도움이 전혀 안 돼요. 그런 목적이라면 다른 사람한테 부탁하세요. 자, 이제 그만 돌아가 주세요."

여성이 가벼운 웃음소리를 흘렸다. 분명 그 청년은 다정하고 스마트하게 생겼다. 제대로 된 절차를 밟으면, 데뷔할 수 있을지도 모른다. 최근에는 그 청년보다 이상한 외모를 가진 남자가 스크린에서 활동의 폭을 넓혀 가고 있었으니까. 어쨌든 우리 집으로 찾아온 건 번지수가 틀렸다.

그녀는 그런 생각을 하며 문을 열어 주려고 손을 뻗었다. 그러나 청년이 그 손을 가로막았다. 평범해 보이는 체격인데, 보기보다 힘이 제법 센 듯했다.

"알고 있어. 난 영화배우가 되고 싶어서 여길 찾아온 게 아니야."

"그럼, 왜…?"

"원하는 게 있어."

청년이 주머니에서 칼 같은 것을 꺼냈다 도로 넣었다. 그 불온한 기색을 본 그녀는 가능한 한 그를 거스르지 않는 게 좋겠다고 판단했다.

"너무 난폭한 짓은 하지 말아 줘요. 원하는 게 있으면 줄 테니까."

"얌전히만 있으면 해칠 생각은 없어."

"그런데 그것도 착각 같네요. 우리 집에는 돈이나 보석 같은 건 없어요. 영화사에서 일한다고 해서 사람들이 다 일류 스타처럼 호화롭게 사는 건 아니니까."

"알아. 나도 그 정도 상식은 있어. 내가 원하는 건 물건이 아니야. 뭔가를 해 줬으면 한다는 의미지."

"뭘 하라는 거죠?"

"당신의 손재주를 조금만 발휘해 주면 돼. 당신의 평판은 어디선가 읽은 적이 있어. 쓴다고 해서 줄어드는 것도 아니잖아? 잠자코 해 주면 돼. 섣불리 소란을 피우면, 정말로 손가락이 잘릴 수도 있어."

청년이 손을 다시 주머니에 넣었다.

"알았어요. 뭐든 다 할 테니까 이상한 짓만은 참아 주세요. 그런데 누굴 어떻게 하면 되죠?"

여자는 청년이 시키는 대로 하기로 했다. 그녀는 영화사에서 분장을 담당하는 아티스트였다. 이 분야에서는 꽤 알려진 뛰어난 재능의 소유자로, 벽에 걸려 있는 스타의 사진은 모두 그녀가 만든 예술품이었다.

저 초로의 남자는 그녀의 손길에 의해 아직 20대인 배우가 변모한 결과물이었고, 그 옆에 있는 순수하고 풋풋한 딸은 마흔이 넘은 여배우에게 메이크업 솜씨를 발휘한 결과였다. 또한 아무리 봐도 여자로 보이는 남자 배우 사진도 있었다.

그녀의 손가락은 흡사 마법의 지팡이와도 같았다. 그 소중한 지팡이의 길이가 줄어들기라도 하면, 앞으로는 먹고살 길이 막막해진다.

"나는 도망치는 중이야. 도주를 시작한 이상, 도중에 그만둘 순 없어."

"당신 얼굴을 바꿔 달라는 말이네."

"그래. 나는 반년 동안이나 미결수로 복역해서 자유가 없었지. 구치소는 별로 즐거운 곳이 아니야. 그래서 오늘 법정으로 끌려가는 도중에 빈틈을 노려 도망쳤지. 이젠 두 번 다시 그런 곳으로 돌아가고 싶지 않아."

"아하. 그런 거였구나. 하지만 거절할 수도 없네. 알았어요. 해 줄 테니, 저기에 앉아요. 여기는 도구가 다 갖춰지질 않아서 완벽하게 안 될지도 몰라요."

그녀가 청년을 삼면거울 앞에 앉힌 후, 집에 있는 도구들을 꺼내고 조명 밝기를 조금 높였다.

"빨리 끝내."

"저기, 근데 생각을 바꾸는 게 어때요? 메이크업은 성형수술과는 달라서 언제까지고 지속되진 않아요. 얼마쯤 지나면 지워지잖아요."

"나도 알아. 하룻밤이면 충분해. 경계망만 빠져나가면 된다고."

"그럼, 어떤 얼굴을 만들면 되죠? 그래, 차라리 여자 얼굴로 하면 어때요?"

그녀가 눈빛을 반짝이며 거울 속 청년의 얼굴을 향해 말했다. 이런 경우에도 역시나 직업인으로서의 흥미는 솟구쳤다. 여기를 이렇게 바꾸고, 저기를 저렇게 바꾸면 여자로도 통용될 수 있는 얼굴이었다. 청년이 고개를 저었다.

"그건 안 돼. 그러면 옷이고 뭐고 다 바꿔야 하니까. 그럴 여유도 없고. 게다가 여장이 발각되면 오히려 더 의심받아. 가능하면 지금의 얼굴과 많이 다른 쪽으로 바꿔 주면 좋겠군."

"그럼 나이가 좀 있는, 험악한 얼굴로 할까요?"

"그건 괜찮겠지. 험악한 남자가 험악한 얼굴로 변신해 유유히 도망칠 수 있었다, 괜찮은 화젯거리가 되겠군."

"알았어요. 자, 크림부터 바를 테니, 잠깐 눈을 감아요."

청년은 눈을 감으면서 이렇게 말했다.

"미리 말해 두지만, 섣부른 짓은 꿈도 꾸지 마. 난 강도로 잡혔던 몸이니까."

"당신 같은 사람이 강도라니, 사람은 역시 겉모습만 보고는 모르겠네요."

밤의 정적 속에서 그녀의 작업이 진행되었다.

"어때요, 이 정도 느낌이면…?"

청년이 거울 속의 자기를 뚫어져라 바라보았다.

"오호 과연. 이렇게까지 바뀌다니, 대단하군. 정말 불쾌한 얼굴이야. 몸서리가 쳐질 정도야. 그런데 아주 잘됐어. 나 자신도 그런 생각이 드니, 다른 사람은 도저히 분간할 수 없겠지."

거울 속에는 검게 그을린, 눈빛이 사나운 중년 남자가 있었다.

"자, 이젠 빨리 나가세요."

"좋아, 나가지. 그런데 나가기 전에 할 일이 있어."

청년이 그녀의 팔을 비틀더니, 옆에 있던 전기스탠

드 전선으로 손발을 묶었다.

"무슨 짓이에요. 약속이랑 다르잖아."

"당신도 약속은 안 지켰어. 아무래도 등 뒤에서 뭔가 이상한 짓을 하는 것 같더니만, 이런 짓을 벌였군."

청년이 옷 뒤쪽을 삼면거울에 비췄다. 거기에는 하얀 가루로 물음표가 그려져 있었다. 그녀가 손끝으로 살며시 그려 둔 것으로, 만약 누가 보기라도 하면 수상하게 여길 게 분명했다.

"그래서 날 어떻게 하겠다는 거죠?"

자기 작품이긴 했지만, 그녀는 흉악한 청년의 얼굴이 무서워졌다.

"그렇다고 해서 죽이거나 상처를 입혀서 죄를 무겁게 할 정도로 나도 바보는 아니야. 경찰에 신고하지 말고, 잠시만 가만있으면 돼. 그동안 나는 멀리 도망갈 테니."

청년이 옆에 있던 수건으로 그녀의 입을 틀어막았다. 이젠 소리도 낼 수 없었다.

"문은 안 잠그고 놔두지. 그럼 내일 아침쯤엔 누군가가 와서 구해 주지 않겠어? 그 후에 얼굴 몽타주가 만들어진대도 이미 한발 늦은 거고. 그럼, 잘 있어."

청년은 그렇게 말하고, 딴사람이 된 얼굴로 문밖으

로 나갔다.

"덕분에 그놈을 잡을 수 있었습니다. 힘드셨죠?"

잠시 후 들어온 경찰이 바닥에 누워 있는 그녀를 일으켜 세우고, 전선을 풀어 주었다.

"저도 빨리 잡히게 해 달라고 기도했어요. 그런데 그 남자도 붙잡혔을 때 의아해했겠죠?"

"우리도 놀랐어요. 수배 사진에 실린 살인범인 줄 알고 잡았는데, 그 녀석이라서."

그녀는 길모퉁이에 붙어 있던 흉악범의 얼굴을 청년의 얼굴 위에 작업했던 것이다. 청년도 살인범보다는 단순한 탈옥수로 잡히는 쪽이 낫겠다 싶었는지 모든 걸 자백했다.

"그나저나 시민 여러분이 그 수배 사진을 그렇게 열심히 보고 수사에 협조해 주실 줄은 몰랐습니다. 저희도 마음이 든든해졌어요."

경찰이 기쁜 듯이 말했지만, 그녀가 고개를 저었다.

"열심히 보는 사람은 저 정도일 거예요. 제 일에 참고 자료가 되거든요."

눈빛이 날카로운 남자

그곳은 뭔가 섬뜩하고, 어딘지 모르게 이질적인 공기가 가득한 바였다. 변두리의 작은 건물 지하에 자리 잡은 그곳은 좁고 지저분한 데다 어스름했다.

자기 돈 내고 술잔을 기울이며 한때의 여유를 즐기려는 손님이라면, 이런 가게에 올 리가 없었다. 게다가 입구에는 네온사인 하나 붙여 놓지 않았다. 가게 쪽에서도 적극적으로 손님을 불러들일 마음은 없다는 의향을 드러내고 있었다.

가게 안에는 나를 포함해 세 명의 남자가 있었다. 한 사람은 카운터 안의 바텐더. 다른 한 사람은 조금 떨어진 의자에 앉아 있는 손님. 양쪽 다 눈빛이 좋지 않은, 방심할 수 없는 표정이라 무슨 생각을 하는지 알 수 없는 자들이었다.

하긴 그걸 굳이 따진다면 나 역시 인상이 별로 좋은 편은 아니다. 그렇기 때문에 위험천만한 이 일에 나서기에는 적임자였다.

"여기. 괜찮은 술 좀 내놔 봐."

나는 빈 잔을 손가락으로 슬쩍 밀며 턱 끝으로 양주가 늘어선 선반을 가리켰다. 바텐더가 선반에서 고급 상표가 붙어 있는 위스키 병을 꺼내더니, 입을 다문 채로 술잔에 따랐다.

그것을 입으로 가져갔다. 액체가 혀 위로 퍼져 갈수록 나의 민감한 혀는 그 속에 함유되어 있는 이질적인 뭔가를 감지했다.

명백한 가짜 양주다. 한동안 잠잠했던 가짜 양주가 최근에 다시 나돌기 시작했다. 이쯤에서 내 정체를 밝히자면, 나는 국세 관계 분야의 담당 공무원으로, 가짜 양주를 적발하기 위해 비밀리에 수색을 진행해 왔다. 가짜 양주는 술값의 몇 퍼센트를 세금으로 책정해야 적정한지와는 또 다른 문제다. 선량한 사람들은 성실하게 세금을 내는데, 한편에서 가짜 양주를 취급하고 세금을 피해 부당한 이익을 올리는 것은 사회정의 차원에서도 용서받을 수 없는 일이다.

나는 자진해서 함정수사의 미끼로 나섰다. 함정수사의 선악 여부도 별개의 문제다. 지금은 그런 얘기를 할 때가 아니다. 여하튼 가까스로 이 작은 바가 가짜 양주 거래의 연락처임을 알아내고, 잠입해서 대기하기로 한 것이다.

손목시계를 힐끗 봤다.

"늦는군. 어떻게 된 거지?"

그렇게 중얼거리자, 바텐더가 눈빛을 번득이며 무뚝뚝하게 대답했다.

"이제 곧 오겠죠."

한참 전에, 나는 신분을 속이고 밀조 양주를 대량으로 팔고 싶다는 소문을 퍼뜨렸다. 그 그물망에 걸려드는 놈이 나타나면, 가짜 술이 어느 방면으로 흘러가고 어떤 무리가 부당한 이익을 챙기는지 밝혀낼 수 있다.

오랜 시간 인내한 보람이 있어서, 오늘 여기서 거래 상대와 만나는 단계까지는 도달했다. 어떤 상대일까?

바로 그때, 차가운 콘크리트 계단에서 발소리가 들

렸다. 시선을 돌리자 한 인물이 눈에 띄었다. 역시나 눈빛이 좋지 않은 남자였다. 약속 상대가 이 남자일까. 꽤 만만치 않은 녀석 같았다.

나는 오른손 새끼손가락으로 내 코를 눌렀다. 그것이 신호다. 상대가 그 모습을 힐끗 보더니, 왼손으로 자기 귓불을 잡았다. 신호는 일치했다.

그 녀석은 경계심이 가득한 표정으로 옆 의자에 앉았다. 긴장된 분위기가 주위를 맴돌았다.

상대로 나온 이 자가 다루기 쉬운 녀석일 리 없었다. 게다가 또 한 명의 손님과 바텐더도 한패일 가능성이 높았다. 두 사람이 이쪽에 온 신경을 집중하고 있는 듯한 분위기도 단순히 기분 탓만은 아닌 듯했다.

조심스럽게 알고 싶은 내용을 모두 캐낸 다음, 이곳을 탈출해야 했다.

"그런데…."

티 나지 않게 말문을 열었다. 상대가 그 말에 바로 응했다.

"바로 본론으로 들어갑시다."

상대의 옷 일부분이 이상하게 부풀어 있었다. 그 크기로 봐서 권총임에 틀림없었다. 나는 목소리에 동요가 묻어나지 않도록 조심하며 말했다.

"얼마나 필요하십니까? 일단 움직일 수 있는 수량은 100박스입니다만."

"그럼, 바로 받도록 하죠."

상대가 몸을 내밀었다.

"좋아요. 그럼, 대금 먼저 지불해 주시죠."

"그건 안 됩니다. 물건을 확인하지 않고는 지불할 수 없어요. 내 단골 거래처는 일류 가게뿐이에요. 맛이 조금이라도 이상하면 단번에 거래가 중지됩니다."

"그럼, 그 가게 이름을 알려 주시죠. 그런 의심이 드신다면, 신용을 위해 물건을 먼저 건네드리죠."

"말도 안 돼요. 그건 밝힐 수 없습니다. 그랬다가는 당신이 직접 가서 팔려고 하지 않겠어요? 물건을 받는 게 먼저예요."

"아니죠. 물건을 넘겼는데 돈을 못 받으면, 제가 동료들에게 할 말이 없어요. 어디까지나 돈이 먼접니다."

상대의 단골 거래처는 도저히 캐낼 수 없을 것 같아서 돈을 내게 하는 쪽으로 목표를 바꿨다. 돈을 내면 그것을 증거 삼아 경찰에 협조를 요청하고 자백을 받아 내는 것이다.

우리는 의심 가득한 시선을 주고받으며, 결말이 안 나는 논쟁만 집요하게 이어 갔다. 나는 가공의 가짜 술을 미끼로 어떻게든 상대에게 돈을 내놓게 해야 했다.

무심코 목소리가 높아지는 바람에 다른 손님 한 명과 바텐더까지 이쪽으로 슬며시 의혹의 눈길을 돌렸다. 이제는 빼도 박도 못하는 상황이 되어 버렸다. 모든 게 막다른 벽에 부딪쳤고 형세는 점점 험악해졌다.

위험한 상황임을 알지만, 각오를 다지고 상대에게 달려들어 제압하기로 마음먹었다.

바로 그때, 상대가 말했다.

"끝이 안 나는군. 장소를 바꿔서 얘기합시다."

"좋아. 하지만 돈을 못 받으면 물건은 넘길 수 없어."

"술 얘기가 아니야. 지금까지의 대화를 전부 소형 테이프에 녹음했어. 사실 나는 이런 사람이야."

그러면서 상대가 검은 수첩을 내보였다.

"경찰이었나?"

"으음, 사복 경찰이지. 다음 얘기는 경찰서에서 천천히 듣도록 하지."

"잠깐."

나는 허둥지둥 나의 신분증명서를 꺼냈다. 우리는

서로 씁쓸한 웃음을 흘렸지만, 둘 다 그대로 돌아갈 수는 없었다. 바로 다음 행동에 관해 의논했다.

"할 수 없지. 하지만 저 두 사람을 쥐어짜면 무슨 얘기가 나오겠지. 도와주게. 나는 손님 쪽을 맡겠네."

"좋아. 그럼 난 바텐더 쪽을 맡지."

그런데 두 사람은 별다른 저항도 없이 순순히 붙잡혔다. 그 이유는 곧바로 밝혀졌다. 다른 한 명의 손님은 사립 탐정이었다. 위생 관련 관청에서 의뢰를 받아 그곳에 수사망을 펼쳤던 것이다. 불순물이 함유된 가짜 술을 밀조하는 곳을 밝혀내기 위해서.

마지막으로 기대를 걸었던 바텐더 역시 어느 신문사의 사회부 기자였다. 가짜 술의 전모를 파헤치기 위해 바텐더로 위장해서 이곳에 잠입했던 것이다.

우리 네 사람은 서로 날카로운 눈빛을 주고받으며 한동안 큰 소리로 허탈하게 웃었다.

재인식

"이봐, 잠깐 와 봐!"

사장이 출근했는지, 사장실에서 고함 소리가 울려 퍼졌다. 나는 이 회사에 35년째 근속 중인 직원이다. 그래서인지 사장은 나를 부를 때, 유난히 큰 소리를 지른다.

"아 네, 지금 바로…."

나는 그렇게 대답하면서 구부정한 자세로 느릿느릿 사장실로 들어갔다.

"왜 이리 꾸물거려! 부르면 바로바로 와야지. 도대체 자네는 모든 면에서 아둔해. 게다가 멍청하기까지

하고. 그걸 못 고치면 해고야."

또 그 소리다. 지금까지 수도 없이 들어 온 말이다. 이것만큼은 아무리 세월이 흘러도 면역이 생기지 않는다.

"아 네. 저는 아둔하고 멍청해서 이대로는 해고라는 말씀인가요?"

내가 주뼛거리는 목소리로 되물었다.

"그래. 하지만 지금 부른 건 그것 때문이 아니야."

"무슨 일이신가요?"

"이 방 상태를 좀 보라고!"

사장이 일어선 채로 턱을 옆으로 흔들며 방 안을 가리켰다.

"무슨 일이 있었나요?"

"무슨 일이 있었냐고? 내가 사장실로 들어와 보니 내부가 이렇게 엉망진창인데."

사장이 보폭이 큰 느릿한 걸음으로 카펫 위를 이리저리 걸어 다니며 곳곳을 가리켰다.

책상 서랍, 로커 문 등이 반쯤 열려 있었다.

"과연. 예삿일이 아니군요."

"책상 서랍에 넣어 뒀던 돈뭉치. 선반에 올려 뒀던

고가 미술품. 로커에 넣어 둔 수입 골프채. 그런 값나가는 물건들만 사라졌어. 도둑이 든 게 확실해. 당장 경찰에 신고해!"

사장이 명령했지만, 나는 주위를 둘러보며 이렇게 말했다.

"아 네. 그런데 너무 서두를 일은 아닌 것 같습니다. 어쩌면 이건 내부 사정에 밝은 자의 범행일지도 모릅니다. 사내에서 범인이 나오면, 회사 신용에도 영향이 있을 겁니다. 신고하기 전에 일단은 내부 조사부터 해 보는 게 좋겠죠."

"그건 그렇지만…."

사장은 일단 고개를 끄덕였지만, 곧바로 나에게 되물었다.

"…자네 치고는 웬일로 제법 그럴듯한 소릴 하는군. 내부 사정에 밝은 자의 소행이라고 생각한 이유가 뭐지?"

"다른 사무실은 전혀 뒤지지 않았어요. 평범한 도둑이라면, 닥치는 대로 엉망을 만들 거 아닙니까. 그러니 이 방이 사장실인 걸 아는 자의 소행임이 틀림없습니다."

"흐음. 자네 말에도 일리가 있군."

"어떻습니까? 그걸 바로 알아챘으니, 앞으로는 저에게 아둔하다는 말은 하지 말아 주셨으면 하는데요."

"알았네. 앞으로는 자네한테 아둔하다고 하지 않겠네."

"고맙습니다."

"하지만 그렇다고 해서 범인이 내부자라고 단정 지을 순 없어. 몰래 숨어들었는데, 우연히 이 방이었을 가능성도 있지 않나."

그래서 내가 창문을 가리켰다.

"사장님은 창문으로 침입했다고 생각하시는 것 같군요. 하지만 잘 생각해 보십시오. 창문에는 이렇게 잠금장치가 채워져 있습니다."

사장이 창문으로 다가가 잠금장치가 채워져 있는 것을 확인했다.

"분명 그렇군."

"범인은 이 창문으로 드나든 게 아닙니다. 그것도 알아챘으니 멍청하다는 표현도 취소해 주시겠습니까?"

"흐음. 취소하지."

"고맙습니다."

나는 환호성을 질렀다. 사장은 고개를 갸웃거리며 또다시 이리저리 걷기 시작했는데, 별안간 큰소리를 쳤다.

"아니, 역시 취소 못 해! 넌 역시 아둔하고 멍청해. 그리고 해고야!"

"왜죠? 제 의견에 무슨 잘못이라도…."

"나는 아까 내 열쇠로 문을 열고 들어왔어. 그렇다면 이 방 열쇠를 가지고 있는 자가 범인이라는 뜻이지."

"그렇겠군요."

"나 말고 이 방 열쇠를 갖고 있는 사람은 자네뿐이잖아."

"네? 하지만 열쇠는 저 말고도…."

"과연, 그 사실을 몰랐던 모양이군. 크게 나쁜 짓은 못할 것 같아서 단 하나뿐인 예비 열쇠를 자네에게 맡겼던 거야. 정말 어처구니없는 녀석이군. 도둑질을 해 놓고, 그 죄까지 남에게 덮어씌우려고 하다니."

"네?"

"이번 일은 그냥 넘어갈 수 없어! 네놈은 자기 존재를 재인식시키려고 이런 짓을 꾸몄겠지? 그리고 아까부터 추리 흉내까지 냈어. 하지만 그게 완전히 얼간이 짓이라 스스로 범행을 자백하는 꼴이 되고 말았지."

"아아…."

"세상에 너처럼 아둔하고 멍청한 녀석은 없어. 이번에는 진짜 해고다! 자, 빨리 훔쳐 간 돈과 물건을 가져와. 뭐, 네 심정을 전혀 이해 못하는 것도 아니고, 오랜 세월 일했으니 훔친 물건만 돌려주면 신고만은 눈감아 주지. 그나저나 정말 끔찍한 악행을 생각해 냈군."

"아니, 하지만 저에게도 한마디만…."

"뭐야? 이렇게 엄청난 짓을 저질러 놓고도 변명할 말이 있다는 건가?"

"저에게 아둔하다, 멍청하다, 그리고 해고라는 세 가지 표현을 사용하지 말아 달라고 사장님께 부탁드립니다."

"무슨 소리야? 내 말이 아직도 이해가 안 되나? 아니면 또 뭐가 있는 거야?"

"이유를 말씀드리죠. 제 머리는 지금 웬일로 매우 명료합니다."

"뭔 소릴 지껄이는 거야. 이쯤에서 그만두지 않으면, 정말로 경찰에 신고할 수밖에 없어."

사장이 책상 위 전화기로 손을 내밀려는 것을 내가 가로막았다.

“제가 여기에서 꺼내 감춘 물건 중에는 저 서랍 속에 들어 있던 서류도 포함되어 있어요.”

나는 책상의 맨 아래 서랍을 가리키며 말했다. 그 말을 들은 사장은 전화기에서 손을 뗐고, 얼굴이 파랗게 질렸다.

지금까지 오랫동안 나를 괴롭혀 온 그 지긋지긋한 세 마디 ‘아둔하다, 멍청하다, 해고다’라고 외치는 고함 소리를 앞으로는 두 번 다시 듣지 않을 것 같다. 이거야말로 진짜 행운이라고 불러야겠지.

어젯밤, 이 계획을 세우고 사장실을 뒤지던 중, 그 서랍 속에서 탈세와 관련된 상세한 장부가 나왔던 것이다.

목격자

S씨는 마음속에 큰 고민을 안고 해질녘 거리를 멍하니 걷고 있었다. 쉰 살을 조금 넘긴 나이, 회사에서 맡고 있는 부장이라는 지위. S씨는 그런대로 비교적 안정적이고 여유로운 생활을 누리고 있었다.

또한 몸도 건강하고 겉보기에는 곤란한 문제 같은 건 전혀 없을 것 같았다. 그러나 주의 깊게 찬찬히 살펴보면, 동작이나 표정에서 고민의 기색이 드러났을지도 모른다.

"이보시오, 선생…."

두세 번이나 그런 소리를 들은 그가 걸음을 멈추고

뒤를 돌아보았다. 길가에 가게를 차린 점쟁이가 손짓하며 S씨를 부르고 있었다.

"어…?"

S씨가 중얼거리며 주위를 둘러봤지만, 근처에 다른 인기척은 없었다. S씨는 그제야 그게 자기를 부르는 소리라는 걸 알아차렸다. 점쟁이가 목소리를 조금 높였다.

"맞아요. 어떻습니까? 선생은 뭔가 큰 고민이 있는 것처럼 보이는데요."

S씨의 얼굴이 놀란 표정으로 바뀌었다.

"아, 그래요. 그나저나 용케 알아보는군요."

"그게 일이잖습니까. 하긴, 현대사회에는 고민 없는 사람이 없으니, 이렇게 말을 걸면 대부분의 사람들이 걸음을 멈추긴 합니다."

"과연. 제대로 걸려들었다는 얘기군. 뭐 어쨌든, 재미있는 말씀을 하시네요."

S씨는 씁쓸하게 웃으며 가까이 다가가 보았다.

"그런데 선생의 고민은 보통 수준을 넘어서는 것 같군요. 뭔가 중대한 사안에 결심을 못 굳히는 것 같은데… 아닙니까?"

"아 네, 제대로 맞혔어요."

S씨가 한숨을 몰아쉬며 고개를 끄덕였다.

"제가 잠깐 상담해 드릴까요? 이 일을 하다 보니 인생의 속사정도 많이 접해 왔거든요. 아마 도움이 될 겁니다."

"제안은 고맙지만, 내가 생각하고 있는 건 엉뚱한 문제예요. 도무지 남에게 도움을 받을 만한 고민이 아닙니다."

"무슨 일인데요? 한번 말씀해 보시죠. 성함까지는 묻지 않을 테니, 그 점은 안심하셔도 됩니다."

S씨는 잠시 생각에 잠기며 망설이다 이윽고 말문을 열었다.

"그건 그렇군요. 그럼, 털어놔 볼까. 사실 나는 회사에서 비교적 좋은 지위에 있어요."

"그건 다행입니다."

"가족은 아내와 대학생 아들이 있고."

"그것도 좋은 일 아닙니까."

"그런데 지금까지 가족에게 너무 오냐오냐만 했어요. 두 사람 다 돈을 너무 펑펑 써서 큰일입니다."

"그러면 안 되죠. 조금은 엄격해지셔야죠."

"하지만 나는 처자식을 진심으로 사랑하고, 이제 와서 지출을 줄일 수도 없어요. 하긴, 수입이 그만큼 충족되면 문제가 없겠죠. 하지만 그 균형이 깨져서 빚이 조금씩 쌓이는 바람에 지금은 옴짝달싹도 할 수 없는 상황입니다."

"아하, 결국은 금전 문제군요."

"그래요. 그 손실을 메워야 합니다."

"그런데 해결할 대책은…."

"없어요. 아니, 아예 없는 건 아니죠. 회사 금고에 돈이 있으니까. 하지만 그걸 몰래 빼내면, 의심은 당연히 나에게 쏠리겠죠. 무슨 좋은 방법이 있으면 또 모르지만."

"흐음. 어려운 문제군요. 하지만 방법이 전혀 없는 건 아니에요."

"무슨 좋은 생각이라도…?"

S씨가 몸을 내밀었다.

"네. 알리바이를 만들어 드리죠. 제가 다른 장소에 있으면서 그곳에서 일어난 일을 전부 메모해 두겠습니다. 그걸 암기하면, 선생은 그 시각에 거기 있었다고 주장할 수 있겠죠."

"꽤 괜찮은 방법이군요."

"저렴하게 처리해 드리겠습니다. 그럼, 언제로 할까요?"

"좋아요, 지금 당장 시작합시다. 장소는 어디든 상관없어요. 그래, 여기로 합시다. 30분 정도 여기 서 있었던 걸로 하죠. 그동안 일어난 일을 전부 메모해 줘요."

"알겠습니다."

S씨는 돈을 지불하고, 회사로 다시 돌아가 미리 짜 둔 계획을 실행에 옮겼다.

그는 회사 내부 사정에 밝았던지라 어디로 숨어들면 좋은지도 훤히 꿰뚫고 있었다. 그리고 금고를 열기 시작했다. 전에 소형 망원경으로 회계 담당자가 다이얼을 돌리는 장면을 몰래 관찰해 둔 덕분에 그 번호도 알고 있었다.

S씨는 돈다발을 주머니로 옮겼다. 물론 의심은 내부자에게 쏠리겠지. 그러나 점쟁이의 도움으로 알리바이만 만들어 두면, 당장의 의심은 피할 수 있다.

S씨는 지문이 남지 않도록 조심스럽게 일을 마치고 다시 점쟁이가 있는 곳으로 돌아갔다.

"덕분에 잘 풀렸습니다. 감사 인사로 돈을 좀 더 드

리죠."

이제 S씨에게 그 정도 지출은 별문제가 되지 않았다.

"고맙습니다. 그럼 메모를 드리죠. 30분 동안 일어난 일을 모두 적어 놨습니다. 아 참, 조금 떨어진 곳에서 작은 사건이 발생했어요."

"뭐죠, 그게?"

"뺑소니였어요. 그 차가 이 앞을 맹렬한 속도로 도망쳤는데, 제가 마침 메모를 하고 있어서 바로 번호를 받아 적었죠."

"그래요? 마침 잘됐군요. 좋아요, 내가 바로 경찰에 신고하러 가죠. 그러면 경찰이 알리바이를 보장해 주는 꼴이 되니, 상황이 더욱 유리해지겠죠."

S씨는 곧바로 근처 경찰서로 갔다.

"방금 뺑소니를 목격해서 신고하러 왔습니다."

경찰은 예상했던 대로 정중하게 S씨를 맞았다.

"어이쿠, 일부러 신고하러 와 주시다니 정말 감사합니다. 시민 여러분이 이렇게 협조해 주시면, 얼마나 도움이 되는지 모릅니다. 그래서 장소와 시각은…."

"지금으로부터 20분 전쯤, 이 앞에 사람들 발길이 뜸한 도로에서였어요."

"이렇게 고마울 수가. 조금 전에 사고 신고가 들어왔는데, 단서가 없어서 곤란하던 참이었습니다. 그런데 그 자동차의 특징은…."

S씨는 메모를 꺼내서 재빨리 훑어보며 대답했다.

"잊어버릴까 봐 바로 메모해 뒀습니다. 빨간색 차였습니다."

"혹시 번호는 보셨습니까? 그걸 알면 좋을 텐데."

"물론 알죠. 으음…."

자동차 번호를 읽으려던 S씨는 갑자기 말문이 막혔다. 그 숫자는 아들이 하도 졸라서 사 준 자동차 번호였기 때문이다.

보고

현관 초인종이 울렸다.

소파에 기대앉아 혼자 멍하니 텔레비전을 보고 있던 그 집 부인이 나른한 듯 일어나 스위치를 끄고, 손님을 맞으러 나갔다.

"누구세요?"

"조금 전에 전화를 받은 흥신소에서 왔습니다."

가방을 손에 든 성실해 보이는 청년이 예의 바르게 대답했다.

"바로 와 주셨네요. 어서 들어오세요."

청년은 부인이 안내하는 응접실로 들어와 주위를

둘러보며 감탄의 말을 흘렸다.

"댁이 정말 훌륭하군요."

아름다운 추상화가 장식된 벽, 두툼한 카펫이 깔린 바닥, 그 한 귀퉁이에 누워 있는 샴고양이까지…. 널찍한 그 방에는 온갖 것들이 다 갖춰져 있었다.

"아 네, 남편이 벌어다 줘서 그럭저럭…."

그녀가 샴고양이 같은 세련된 몸짓으로 청년에게 소파를 권했다. 그가 자리에 앉으면서 말했다.

"댁의 남편분이 부럽네요. 부인처럼 젊고 아름다운 분과 결혼해서 이렇게 안락한 생활을 하시다니. 저 같은 사람은 언제쯤 그런 신분이 될 수 있을지…."

청년이 한동안 선망의 표정을 드러냈다. 그러다 곧 정신을 차린 듯 이렇게 물었다.

"그런데 의뢰하실 조사는 어떤 사건인가요?"

"사실은 남편 뒷조사를 좀 해 줬으면 해요."

그 말을 들은 청년은 뜻밖이라는 듯이 소리를 높였다.

"네? 남편분은 부인을 사랑하시잖아요?"

"물론 사랑하죠. 원하는 건 뭐든 다 사 주고, 돈을 원하면 어디에 쓸 건지 묻지도 않고 그냥 줘요. 날 진심으로 사랑하는 건 잘 알아요."

"그럼, 굳이 조사하실 이유가…."

"하지만 여자란 존재는 사랑받는 사람이 자기 혼자가 아니면 만족을 못 하거든요."

"그 말씀은 뭔가 짚이는 거라도…?"

"네. 가끔 귀가가 늦어요."

"그거야 업무 때문에 어쩔 수 없는 경우도 있잖습니까."

"그런데 설명을 안 해 줘요. 물어보면 중요한 일이라고만 대답하고 말을 얼버무려요. 아무래도 뭔가 켕기는 게 있는 것 같아요. 신경이 쓰여서 견딜 수가 없어요."

"과연."

"틀림없이 다른 여자가 생긴 것 같아요. 우리 남편처럼 경제적인 여유가 있으면, 그런 일도 있을 수 있잖아요?"

"하지만 부인 같은 분이 계시는데, 바람은 도저히 상상이 안 됩니다."

"그래도 난 신경이 쓰여요. 남편 마음속에 내가 모르는 어둠이 남아 있는 게 싫어요. 그걸 밝혀내서 깨

끗하게 털어 버리고 싶어요. 조사 좀 해 주시겠어요?"

"그게 제 일이니까 의뢰를 하시면 맡아 드리겠습니다."

"꼭 부탁드려요."

이 주쯤 지난 어느 날. 흥신소 청년이 부인에게 보고하러 왔다.

"오래 기다리셨습니다, 이제야 조사가 끝났습니다."

"시간이 꽤 걸렸네요. 그래서, 남편의 외도 상대는 어떤 여자였어요?"

그가 가방에서 서류를 꺼냈다.

"이 보고서를 보면 아시겠지만, 불륜이 아닙니다."

"그럼, 뭐죠? 빨리 보여 줘요. 아 참, 그 전에 비용부터 지불해 드려야겠네."

"아니, 보시고 난 다음에 하셔도 됩니다."

부인이 그 서류를 건네받았다. 그리고 그것을 읽어 갈수록 아름다운 얼굴이 복잡한 표정으로 변했다.

"남편분은 역시 중요한 일을 하고 계셨습니다."

청년의 말이 맞았다. 그러나 그것은 그리 훌륭하다고는 할 수 없는 일이었다. 남의 약점을 잡아 매달 얼마씩 줄기차게 협박을 가하는 일이었다.

"이런 거였으면, 차라리 모르는 게 약이었는데."

나지막이 중얼거리는 부인에게 청년이 말했다.

"부인의 애정을 붙잡아 두기 위해 남편분이 이런 일을 하셨던 것 같습니다."

"그랬군요. 의심한 게 미안하네요. 나를 위해 이런 일까지 하는 줄은 정말 몰랐어요."

"그건 그렇고, 비용에 관한 얘긴데…."

"그건 지불할게요."

"어떠신가요? 앞으로는 매달 정기적으로."

청년의 제안에 그녀가 놀라서 소리를 높였다.

"뭐라고요?"

"지금까지 세상에 이렇게 편한 일이 있는 줄 몰랐습니다. 저도 한번 해 보고 싶어졌어요. 그래서 일단 첫 시작은 이 댁에서 해 볼까 합니다."

"말도 안 돼."

"하지만 남편분의 일이 세상에 알려지면, 체면이 말이 아니겠죠. 경찰뿐만 아니라, 세무서도 가만있진 않을 테고요. 그걸 비밀로 덮어 두시려면, 얼마쯤은 지불하셔도 괜찮지 않을까요?"

"아무리 그래도…."

"아니, 무리한 액수는 부르지 않겠습니다. 금액은 이미 다 조사해 놨어요. 부인은 남편분에게 얼마든지 돈을 요구할 수 있으니, 그중에 일부만 나눠 주시면 됩니다. 그러면 모든 일이 순조롭게 풀릴 겁니다. 아니면 혹시 지금의 생활이 무너져도 좋다고 생각하시는지…."

부인이 의자에 앉은 채로 실내를 둘러보았다. 그 대답은 생각할 여지도 없었다. 풍족한 지금의 생활에 이별을 고할 수는 없었다. 게다가 자기만 사랑해 주는 남편에게도.

"어쩔 수 없네요. 원하는 대로 하죠."

힘없이 고개를 끄덕이는 부인을 보고, 청년이 기쁜 듯이 소리를 높였다.

"덕분에 저도 간신히 결혼할 수 있을 것 같습니다. 부인에게 필적할 만한 아름다운 여성과 말이죠."

공기 통조림

"바쁘실 텐데 실례합니다만…."

내가 경영하는 작은 무역 회사에 갑자기 웬 남자가 나타나 주위를 어슬렁거리며 둘러보기 시작했다.

"누구신지?"

"경찰서에서 나왔어요. 잠깐 조사할 게 있어서."

남자가 검은 수첩 같은 것을 꺼내 들었다. 제복을 입지는 않았지만, 검은 수첩이 그가 틀림없는 경찰 관계자임을 증명했다.

"무, 무슨 일인가요? 경찰서에서 나오시다니…?"

짚이는 데가 있든 없든, 이런 경우에는 누구나 당황

해서 횡설수설할 수밖에 없다.

"사실은 이상한 소문을 들었어요. 이 회사에서 무슨 부정한 물품을 수입하는 것 같다는 얘기였죠. 만일을 대비해 조사를 좀 해야겠습니다. 창고에 있는 수입품들을 잠깐 보여 주시죠."

"아, 알겠습니다."

나는 그를 창고로 안내했다. 억지를 쓰거나 영장부터 내놓으라며 거절하면, 오히려 일이 더 꼬이기 때문이다.

불을 켜고, 창고 문을 열었다. 안에는 도착한 지 얼마 안 된 상자들이 정리되지 않은 채 대량으로 쌓여 있었다. 그는 그쪽으로 시선을 돌리며 손으로 상자들을 가리켰다.

"저 상자는…?"

"여기서 취급하는 상품입니다. 하지만 무슨 수상한 물건이 들어 있진 않아요. 우리처럼 성실한 무역 회사에서는 마약 같은 품목에는 아예 눈길도 안 줍니다."

"그런 변명은 됐으니까, 저 상자를 열어서 내용물을 보여 주시죠."

"네. 그런데 전부 열 수는 없습니다. 어느 상자나 내용물은 똑같은데, 어느 걸 열까요? 원하는 걸 지목해 주시죠. 그걸 열어 드릴 테니까."

"흠, 그렇군. 자 그럼, 이 위에서 세 번째 상자로 할까?"

그가 나에게 상자 하나를 가리켰다.

"알겠습니다. 지금 바로 내리죠."

"도와줄까요?"

"아니, 혼자 할 수 있습니다."

디딤대를 들고 와서 지정한 상자의 포장을 풀고, 골판지 상자의 뚜껑을 열었다.

"봐요, 수상한 물건은 없잖습니까. 평범한 통조림이에요."

상자 안에는 둥그런 통조림 윗부분이 가지런하게 늘어서 있었다.

"하지만 아무래도 좀 수상한데…."

"뭐, 뭐가 수상하다는 겁니까?"

"방금 옮기는 모습을 보니, 아주 가벼워 보였어요. 그렇게 가벼운 통조림은 본 적이 없는데… 안에 뭐가 들었죠?"

"아무것도 안 들었어요."

"뭐야? 사람을 바보로 아나? 그런 물건을 수입해 봤자, 팔릴 리가 없잖아요. 점점 더 수상쩍군."

"아니, 정말로 비어 있어요. 하지만 팔립니다."

나는 그에게 통조림을 들어 보라고 권했다. 그는 그중 하나를 꺼내 손바닥에 올리더니, 공기놀이를 하듯 살짝 튕겨 보았다. 그리고 의아한 표정을 지으며 고개를 끄덕였다.

"정말이군. 그런데 이런 걸 대체 누가 사죠?"

내가 그에게 천천히 설명해 주었다.

"이게 바로 지금 외국에서 유행하는 공기 통조림입니다. 들어 본 적은 있으시죠? 주로 여행객이 선물용으로 구매하곤 하는데, 저는 그런 회사와 제휴해서 이를 대량으로 수입하기 시작했습니다. 명소 제품은 일단락됐죠. 요즘은 유령이 나오는 장소나 저주받은 토지의 공기가 유행입니다."

"과연. 들어 본 적은 있지만, 이게 정말 그거란 말이죠?"

상대가 감탄하는 모습에 기세를 얻은 나는 살짝 허세를 부렸다.

"그렇습니다. 조만간 엑토플라즘ectoplasm(영매의 몸에서 발산된다는 물질-옮긴이)이 만들어진다고 합니다. 열어 볼 마음이 생기셨을까요?"

연막을 쳐서 적당히 빠져나갈 생각이었는데, 상대는 역시나 신중했다.

"그럼, 이건 어디 공기죠? 상표에는 여자 얼굴 사진이 있는데. 어디서 본 것 같은…."

"요즘 제일 인기가 높은 여배우입니다. 이건 그녀의 침실 공기이고요. 이런 종류의 상품은 여전히 인기가 좋죠."

그런데도 상대는 표정을 누그러뜨리지 않았다.

"도무지 믿기질 않는군. 마약 같은 걸 깡통 안쪽에 테이프로 붙여 둔 거 아니에요?"

"정말 난처하네. 그럼, 열어 보죠. 그녀의 향기를 한 번 맡아 보세요. 가능하면 불을 끄고 어둡게 해야 느낌이 더 살아납니다."

주머니에서 깡통 따개를 꺼냈다. 그러나 그는 불을 끄지 못하게 했다.

"불을 켠 채로 열어 보세요. 으음, 설마하니 독가스 같은 게 나오진 않겠죠?"

"의심이 정말 많군요. 그럼, 저도 같이 냄새를 맡겠

습니다.”

두 사람의 얼굴 사이에서 깡통이 열렸다. 희미한 향수 냄새가 흘러나왔다. 내가 그에게 미소를 지었다.

“보증은 할 수 없지만, 꿈으로서의 가치라고 해야겠죠. 눈을 감아 보세요.”

그러나 그는 눈을 감기는커녕 눈빛을 더욱 빛내며 안을 들여다보았다.

“안은 분명 비었군. 그렇다면 이 깡통 자체가 수상쩍다는 건데.”

“의심이 정말 대단하시네.”

“직업이니까요. 이 깡통에 뭔가 함유됐을지도 모른다는 생각도 드는데…. 요즘에는 희소금속 밀수입도 있으니 말이죠. 이걸 분석실로 보내서 조사해 보고 싶군요.”

나는 살짝 발끈했다. 그래서 상표를 뜯어내고, 그 깡통을 상대에게 들이밀었다.

“자, 가져가서 철저하게 조사해 보시죠. 그냥 강철이에요. 산출량이 적은 물질은 함유되지 않았단 말입니다. 괜한 의심까지 사면서 사업을 계속하고 싶진 않습니다. 저로서도 기분 좋은 일은 아니니까.”

상대는 그것을 주머니 속에 넣었다.

"아니, 너무 그렇게 화내진 마세요. 이게 내 일이라 어쩔 수가 없어요. 그럼, 일단 분석은 해 보죠. 일반적인 철이라면 의혹은 모두 풀리겠죠. 실례가 많았습니다."

"아무튼 잘 부탁드립니다."

나는 그를 배웅하고 가슴을 쓸어내리며 식은땀을 훔쳤다. 그리고 방금 구겨서 버린 상표를 주워 들고, 정성스럽게 주름을 펼쳤다. 그것이 가장 중요하기 때문이다. 그 상표를 어떤 용액에 담그면, 문자와 숫자 몇 개가 나타난다. 언뜻 보면 제조 넘버 같지만, 어느 나라 암호통신의 극비 목록이다. 전부 갖춰지면, 해독용 매뉴얼이 나온다. 비밀 기관 지부에 매우 고가로 팔 수 있는 매뉴얼이.

전문가

누구든 살인을 저질렀을 때, 혹은 앞으로 살인을 하게 될 때, 가장 큰 골칫거리는 사체 처리와 관련된 문제일 것이다. 그런 경우는 질병과 마찬가지다. 아마추어가 섣불리 만지지 않는 게 좋다. 사태만 악화시킬 뿐이니까.

아마추어분들은 익숙하지도 않으면서, 어떻게든 자기 혼자 처리하려고 애를 쓴다. 땀을 줄줄 흘리고, 마음을 졸이고, 아무 소리도 안 들리는데 주위를 자꾸 두리번거리고, 한숨을 몰아쉰다.

우물쭈물할 시간이 없기 때문에 버리기 쉽게 식칼

로 토막을 내려 한다. 그리고 토막을 내기 시작한 후에야 흘러나오는 피의 양이 너무 많다는 사실을 깨닫고는 당황해서 쩔쩔맨다. 칼로 자르면 으레 피가 나온다는 상식마저도 너무 흥분한 상태에서는 잊어버리는 것이다. 점점 더 수습이 곤란해진다. 나 같은 베테랑이 볼 때는 너무 딱하고 조마조마하다.

그렇다, 나는 이쪽 방면의 전문가다. 그럴 때는 망설이지 말고 바로 연락하시길. 절대 당신에게 해가 되게 일 처리를 하진 않으니까. 그뿐인가, 이 분야에서는 그 누구도 내게 필적할 사람이 없다. 예술적이라고도 할 수 있는 숙련된 기술. 철저히 비밀리에 처리한다는, 오랫동안 축적해 온 굳건한 신용. 게다가 최신 과학 설비까지 갖췄고, 속도 면에서도 누구에게도 뒤지지 않는다. 이용하신 분들에게는 오래도록 감사 인사를 받는다. 실패한 적은 단 한 번도 없었다.

그러나 그런 간판을 당당히 내걸지 못하는 상황은 굳이 말할 필요도 없다. 이건 어디까지나 부업이다. 본업은 보시는 바 대로 R장의사. 사체를 다루면서도 침착함을 잃지 않는 이유는 이것으로 이해되시리라 믿는다. 그리고 영구차도 있다. 사체를 유유히 운반하기에 이것만 한 것이 없다.

그리고 사체를 묻기에 안성맞춤인 공간도 소유하고 있다. 바로 사찰과 인접해 있는 내 소유의 토지다. 물론 바다에 빠뜨려 달라거나 돼지 먹이로 만들어 달라거나 하는 특별한 요청을 할 때는 그 요구에 응해 드린다.

물론 여러분은 영구차를 대기 힘든 장소일 때는 어떻게 하느냐는 의문을 품을지도 모르겠다. 그에 대한 준비도 철저하게 되어 있다. 이 상자에는 각종 도구들이 갖춰져 있다.

예를 들면 빌딩 옥상에서 아가씨를 살해해 버린 경우. 황급히 달려간 나는 일단 그녀의 사체를 알몸으로 만든다. 그리고 도구 상자 속에서 이 분무기를 꺼낸다. 이것은 하얀 페인트가 함유된 액체 플라스틱으로, 이걸 뿌리면 사체는 희고 매끈매끈하게 건조된다. 그 얼굴 위에 다시 이목구비를 그려 넣는다. 마네킹과 똑같은 표정으로.

그 과정을 모두 마친 후 어깨에 메면, 거리에서도 의심을 사지 않고 옮길 수 있다. 때로는 경찰이 "그러면 곤란합니다. 최소한 천이라도 덮어 주세요"라고 주의를 주기 때문에, 그에 대비해서 천도 준비해 둔다.

하지만 뚱뚱한 남자는 그럴 수도 없다. 그런 경우에는 플라스틱에 회색 페인트를 섞어서 석상으로 만들거나, 거무스름하게 칠해서 동상으로 바꾸기도 한다. 그렇게 해서 트럭에 실으면 끝난다. 수상한 시선으로 쳐다볼 때를 대비한 준비도 물론 해 둔다. 도구상자 속에 있는 이 망치로 두드리면 된다. 석상일 때는 둔탁한 소리가 울리고, 동상일 때는 높고 날카로운 소리가 난다.

물론 망치에 달린 버튼을 눌러서 내는 기계음이기 때문에 실수하면 큰일 난다. 그러나 나는 이 방면에서는 전문가이니 그런 실수를 할 리가 없다.

실내의 사체인 경우는 작업이 더 수월해진다. 방에는 대체로 콘센트가 달려 있기 때문이다. 코드를 꽂고, 이 무음 전기톱을 사용한다. 이것은 팔을 절단하는 데는 5초, 몸통은 10초면 끝나는 고속 전기톱이다. 피가 나온다는 점에서는 다를 바 없지만, 그것을 막아 주는 장치도 달려 있다. 완벽한 계산하에 설계된 튐 방지기가 바로 이것이다. 이 기계가 핏방울이 튀는 걸 막아 준다.

또 동시에 톱의 양쪽 날에서 액체 플라스틱이 흘러나온다. 이것은 사체를 자르기 쉽게 해 주는 윤활유가 아니다. 잘라 낸 단면을 순식간에 굳게 만들어 출혈을 막아 주는 작용을 한다. 이 액체 플라스틱이 절단면에 맞닿으면, 순식간에 말라서 피가 전혀 나오지 않는다.

이렇게 해서 사체를 적당한 크기로 나누면, 어디든 운송할 수 있다. 남은 작업은 분무기로 모든 냄새를 없애 주는 약품만 뿌리면 된다.

매우 다급한 상황인 경우를 대비해서 도구 상자 속에는 버너도 넣어 두었다. 단시간에 사체를 재로 만들어 버리는 초고열 버너다. 그러나 섣불리 사용하면, 화재가 발생할 수도 있다. 조만간 그런 결점을 개량해서 여러분의 하명에 도움이 되고자 한다.

어떤가? 전문가는 역시 다르지 않은가. 아, 전화벨이 울린다. 또 손님인 것 같다. 수화기를 들자, 역시나 손님이다.

"전에 얘기했던 일을 부탁하고 싶은데."

"네, 알겠습니다. 물건은 어디 있습니까?"

"아니, 아직이야. 오늘 밤 열두 시에 공원 숲에서 죽일 테니, 뒷일을 부탁하네."

"네. 끝나자마자 즉시 정리하겠습니다. 그런데 어떻게 처리해 드릴까요?"

"편할 대로 해 주게. 내가 한 짓이라는 것만 모르면 돼."

"네. 그 점은 염려 마십시오."

나는 돈을 은행으로 송금하라고 지시하고, 살해 장소를 머릿속에 잘 넣어 두었다. 그러고는 밤이 오길 기다렸다.

그런데 밤 공원이라는 이 상황이 의외로 어렵다. 자동차가 들어갈 수 없기 때문에 영구차를 사용할 수 없다. 동상으로 바꾸는 방법도 마찬가지다. 가지고 들어갈 때는 괜찮지만, 가지고 나오는 경우는 도둑으로 오해받을 수 있다. 콘센트가 있을 리도 없고, 버너도 불빛이 너무 두드러져서 눈에 띄기 쉽다. 하지만 바로 이런 경우야말로 전문가가 빛을 발할 때다.

나는 작은 가방을 들고 공원으로 갔다. 역시나 그 장소에는 목이 졸려 죽은 한 남자의 사체가 있었다. 먼저 분무기를 사용해 사체에 새카만 페인트를 빈틈없이 뿌렸다. 이어서 휴대용 수소 통으로 작은 검정색 기구氣球를 부풀렸다. 거기에 검은 사체를 매달자, 별이 없는 밤하늘로 두둥실 떠올랐다. 나는 그 끈의 끝자락을 잡고 공원을 걸어 나왔다.

큰길로 나왔어도 거리가 어둑해서 눈에 띌 염려는 없었다. 술주정뱅이 같은 사람이 두세 명 스쳐 지나갔지만, 설마하니 위에 사체가 떠 있으리라고는 상상도 못 하는 것 같았다.

가볍게 노래를 흥얼거리며 걸어가는데, 별안간 기구가 움직이지 않았다.

"어, 이상하네."

원인을 확인하기 위해 고개를 들고 뚫어져라 쳐다보니, 기구의 끈이 호텔로 보이는 빌딩 2층 발코니에 걸려 있었다. 나는 끈을 풀기 위해 발코니로 올라갔다.

끈을 풀면서 별생각 없이 방을 들여다봤는데, 누군가가 방 안에서 깊이 잠들어 있었다. 그쯤에서 살짝 장난기가 발동했다. 기구에 묶은 사체를 풀어서 창을 살며시 열고 안으로 넣었다. 이렇게 하면 누군가가 죄를 뒤집어쓰게 되겠지. 너무 심한 짓이겠지만, 단골손님이 우선이다.

그건 그렇고, 설마 그 방에 의뢰인이 묵고 있었을

줄이야. 그는 눈을 뜨자마자 발작을 일으키며 미쳐 버렸고, 지금은 병원 정신과에 입원해 있다.

그렇지만 나는 어디까지나 전문가다. 아마추어인 여러분보다 솜씨가 좋다는 사실에는 변함이 없다. 안심하고 하명을 내려 주시길. 지금까지 일하면서 실수한 적은 이번 한 번뿐이다.

일 년 중 최악의 날

—고객님께. 저희 회사 제품을 늘 애용해 주셔서 감사합니다. 다름이 아니라, 이번 고객 참여 공모전에서 고객님이 특등으로 당선되셨습니다. 먼저 그 소식부터 알려 드립니다….

그는 속달우편으로 도착한 그 편지의 문구를 읽는 동안, 자기 표정이 소프트아이스크림처럼 녹아내리는 듯한 느낌을 받았다.

그러다 불현듯 무슨 생각이 떠올랐는지 돌연 웃음을 멈췄다. 그러고는 벽에 걸린 달력을 봤고, 이어서 옆에 있던 신문으로 손을 뻗으며 중얼거렸다.

"흐음. 오늘이 4월 1일이 아닌 건 분명하지."

해마다 만우절이 되면, 그는 어김없이 못된 친구들에게 보기 좋게 당하고 말았다.

작년에는 밤이 돼서 겨우 마음을 놓고 있던 참에 친구 하나가 전화로 잠을 깨우더니, "밖을 좀 봐. 집단 최면 실험으로 수많은 사람들이 줄지어 걷고 있어"라고 알려 주었다. 허둥지둥 밤길로 튀어나가 주위를 두리번거리다 지나가던 사람들에게 웃음거리가 된 적이 있었다.

재작년에는 "네가 '잘 속는 남자'라는 제목의 소설 속 모델이 됐어"라는 말을 듣고, 서점을 몇 개나 뛰어다니기도 했다.

그 전 해에는 "살인 청부업자 같은 사람이 널 노리고 있다"는 말에 속아서 하루 종일 벌벌 떨며 꽁꽁 숨어 지냈다.

그리고 또 그 전 해에는 "예쁜 아가씨가 너한테 말 좀 전해 달라고 부탁하던데"라는 단순한 수법에 걸려들었다.

그가 기억하는 한, 4월 1일은 일 년 중 최악의 날이었다. 올해만은 절대 속지 않겠다고 조심을 해도 못

된 친구들은 잇달아 새로운 수법을 고안해 냈다. 하긴, 스스로 생각하기에도 어딘가 조금 모자라다 싶을 정도라, 그것을 막을 재간이 없었다. 그렇다 보니 초봄이 되면, 흠칫흠칫 떨게 되고 노이로제 기미까지 살짝 나타난다.

그래서 달력과 신문만으로는 마음 놓고 기뻐할 수가 없었다. 그는 전화기를 집어 들고 기상청으로 연락했다. 상대가 전화를 받았다.

"날씨에 관한 문의 사항이 있으신가요?"

"아뇨, 오늘이 몇 월 며칠인지 알고 싶습니다. 날짜를 다루는 기관이 그쪽인가요? 오늘이 4월 1일은 아닌가 해서요."

"그런 거라면 여기서도 알 수 있어요."

여자가 웃음을 흘리면서도 대답은 해 줘서 오늘이 4월 1일이 아니라는 게 밝혀졌다.

그런데도 그는 왠지 믿기지가 않았다. 어딘지 모르게 거짓의 냄새가 풍겼다. 그래서 그는 아무 번호나 대충 눌러서 전화를 걸었다. 그리고 전화를 받은, 누구인지도 모르는 사람에게 물어보았다.

"여보세요? 오늘이 몇 월 며칠이죠?"

"지금 장난해? 여긴 바빠! 퀴즈 따윌 상대해 줄 여유가 없다고! 사람 놀리는 거야, 아니면 그쪽 머리가 이상한 거야?"

그는 부랴부랴 전화를 끊고 한동안 생각에 잠겼다. 잠시 후 고개를 끄덕이며 다시 한번 전화를 걸었다. 이번에는 메모를 뒤적여서 평소 다니는 병원으로 전화를 걸었다.

"선생님이세요? 접니다…."

그가 곧이어 자기 이름을 밝혔다.

"무슨 일이십니까? 급작스러운 병이라도 났나요?"

"뭐, 그런 셈이겠죠. 아무래도 오늘이 4월 1일 같은 기분이 들어서 견딜 수가 없어요. 어떻게 된 걸까요?"

"흐음, 글쎄요. 초봄이고 하니 조금 피곤하신 거겠죠. 보나마나 해마다 자꾸 속다 보니, 지나치게 신경을 써서 그럴 겁니다. 진찰해 드릴 테니, 한번 들르세요. 그대로 놔두면 좋지 않아요."

그는 흥분한 나머지 이렇게 물었다.

"그렇다면 선생님. 이상한 건 제 머리 쪽이라는 말씀인가요?"

"아아 뭐… 단도직입적으로 말씀드리긴 좀 뭣하지

만, 아무래도 그렇죠. 오늘은 4월 1일이 아니니까."

"그래요? 그 말씀을 들으니 마음이 놓이는군요."

전화를 끊은 그는 안심하고 아까부터 꾹꾹 눌러 온 웃음을 터뜨리며 크게 소리쳤다.

"만세! 당연히 그래야지!"

그러나 그 기쁨의 함성이 너무 커서 그는 잠에서 깨고 말았다. 꿈을 지우듯이 눈을 비빈 그는 벽에 걸린 달력을 보았고, 그리고 알았다. 오늘이 4월 1일 아침이라는 것을.

모형과 실물

시계 몇 개가 밤 열두 시를 가리키고 있었다. 이곳은 R보석상. 나는 그 가게의 점원이며, 오늘 밤은 숙직이라 혼자 가게에 남았다.

평소 같으면 지금쯤 숙직실에서 라디오 음악에 귀를 기울이고 있었을 테지만, 오늘은 달랐다.

열린 금고 앞쪽 바닥에 한심스럽게 엎어져 있던 나는 숨죽인 대화와 발자국 소리가 멀어져 가는 것에 귀를 기울이고 있었다. 주위에는 탁상시계, 양은으로 만든 우승컵 등이 어지럽게 널브러져 있었다. 녀석들은 그런 물건에는 눈길조차 주지 않았다. 놈들이 노리는 것은 금고 속에 넣어 둔 18K 비행기 모형이었다.

그것은 어느 항공 회사의 의뢰를 받아 만든 것이다. 그 회사는 이번에 새롭게 취항하는 기종을 홍보하기 위해 우리 가게에 그것과 똑같이 생긴 모형을 제작해 줄 것을 주문했다. 그래서 한동안은 항공 회사에 양해를 구하고, 낮 동안 쇼윈도에 장식해 눈부신 빛을 발산하게 했다.

그게 잘못이었을까. 우리 가게도 항공 회사도 홍보 효과는 톡톡히 봤지만, 개중에는 이렇듯 수단과 방법을 안 가리고 모형을 손에 넣으려고 시도하는 자가 나오게 마련이었다. 물론 밤이 되면 지배인이 모형을 금고로 옮기고, 자기 손으로 자물쇠를 잠갔다. 하지만 악행 전문가의 손에 걸려들면, 그 정도로는 막아 낼 수가 없다.

"이제 그만 일어나도 되겠지."

발자국 소리가 완전히 사라진 것을 확인한 나는 그렇게 중얼거리며 일어났다. 사실은 좀 더 오랫동안 쓰러져 있기로 약속했다. 밖을 지나가는 사람 발소리가 들리면, 신음 소리를 크게 내서 발견되어야 했다.

그러나 그런 바보 같은 짓을 어떻게 하겠는가. 그래

서 나는 전화를 걸었다.

"네, 경찰서입니다. 무슨 사건이라도 생겼습니까?"

믿음직스러운 목소리가 들려왔다. 거기다 대고 나는 매우 다급한 말투로 대답했다.

"크, 큰일 났습니다! 강도가 들었어요. 지금 바로 와 주세요. 여기는 R보석상입니다."

전화를 끊고 얼마쯤 지나자, 경찰차 사이렌 소리가 들렸다. 그 신속함에 나의 신뢰감은 더욱 깊어졌다. 황급히 달려온 경찰이 바로 질문을 던졌다.

"어떻게 된 일입니까?"

"금고 속에 있던 금 비행기 모형을 도둑맞았어요."

여전히 문이 열려 있는 금고를 가리켰다.

"아아, 요즘 한창 화제였던 모형 비행기 말이군요."

경찰도 그것을 알고 있었다. 홍보 효과는 확실했던 모양이다. 내가 고개를 끄덕이자, 경찰이 말했다.

"자, 진정하시고 사건 정황을 말씀해 주시죠."

"어떻게 진정을 합니까. 대처가 늦어지면 큰일 나요. 그러면 다 제 책임이라고요!"

그 말에 경찰이 되물었다.

"당신은…."

"저는 점원입니다. 오늘은 숙직이었고요."

"그래서, 강도는 몇 명이었고 어디로 침입했습니까?"

"두 명이었어요. 저쪽 뒷문으로 들어왔어요."

"하지만 문은 잠겨 있었을 텐데요?"

"아, 네. 낯선 상대는 조심했어야 하는데, 문을 부서져라 두드리며 불이 났다고 외쳐 대는 바람에 그만 열어 주고 말았어요. 이대로 가면 모두 제 책임이에요. 뿐만 아니라, 놈들과 한패라고 오해받을 거라고요."

경찰이 고개를 끄덕이며, 의심에 찬 표정을 지었다. 하긴, 의심을 받아도 어쩔 수 없다. 실제로 내가 안내해 준 덕분에 놈들이 침입할 수 있었으니까.

"흐음. 비상벨은 왜 안 눌렀죠?"

"물론 주위 물건들을 닥치는 대로 집어 던지며 빈틈을 노려 벨을 누르려고 했죠. 하지만 상대는 두 명에다 칼까지 들고 있었어요. 저는 결국 놈들에게 붙잡혔고, 칼로 위협하니까 모형이 들어 있는 금고가 어느 것인지 알려 줄 수밖에…."

"으음. 그리고…?"

"한 명이 저를 감시했고, 다른 한 명이 금고를 맡았어요. 그 녀석은 금고털이 고수처럼 보였고요. 준비해 온 드릴로 구멍을 뚫더니, 철사 같은 걸 꽂아서 쉽게 열어 버렸어요. 금고가 그렇게 쉽게 열릴 줄은 꿈에도 몰랐어요."

정말이지 녀석의 솜씨는 살짝 부러운 마음이 생길 정도였다. 나로서는 도저히 그렇게 잘 해낼 자신이 없으니.

"당신은 말없이 보고만 있었던 거군요."

"칼을 들이댔단 말입니다. 녀석들은 모형을 찾자마자, 더는 볼일이 없다는 듯이 내 배에 펀치를 먹였어요. 저는 바닥에 푹 고꾸라졌고요."

"흐음."

고통스러운 듯이 배를 문지르자, 경찰이 나를 노골적인 의혹의 눈길로 쳐다보았다. 기분이 별로 좋진 않았다. 그 떨떠름한 기분을 떨쳐 내기 위해 큰 소리로 외쳤다.

"빨리 녀석들을 잡아서 물건을 찾아 주세요! 이렇게 우물쭈물하면 비행기를 녹여 버릴 테고, 그럼 손쓸 방법도 없다고요."

"하지만 어디로 도망쳤는지, 아직 단서를 못 잡았습니다."

"도망친 곳은 제가 알아요."

"안다고…? 어떻게 그걸?"

"저는 정신을 잃은 척하고 바닥에 쓰러졌어요. 그 모습을 보고 안심했는지, 녀석들이 방심하고 대화를 나누더라고요. 조금이라도 움직였다가는 살해당한다 생각하니, 두려움과 통증 때문에 식은땀이 흥건했죠."

녀석들의 은신처는 나도 몇 번인가 가 본 적이 있어서 잘 안다.

"어딥니까? 거기가…."

경찰의 질문에 정확하게 대답해 주었다. 동료를 배신한다는 사실에 마음 깊은 곳에서 아주 살짝 양심의 가책 같은 게 느껴졌다.

그러나 지금은 그런 데 신경 쓸 상황이 아니다.

녀석들은 그렇게 값비싼 물건을 훔쳐 갔으면서 내 몫은 아주 조금밖에 떼 주지 않았다. 그런 놈들에게 양심의 가책 따윌 느낄 필요는 없다.

지도까지 그려 주자, 경찰이 의심을 아주 조금 푼 것 같았다.

"서둘러 쫓아가서 그걸 찾아 주세요."

"좋습니다. 지금 바로 가죠."

경찰차가 밤거리를 달렸다.

사이렌을 울리지 않는 건 상대가 눈치채지 못 하게 하려는 의도겠지.

"제발 잘돼야 할 텐데…."

한동안 혼잣말을 중얼거리며 불안한 마음으로 기다렸다. 만에 하나 실패하면 어처구니없는 일이 벌어진다. 나는 운명의 갈림길에 서 있는 상태였다.

역시 경찰의 활약은 훌륭했다. 잠시 후 아까 그 경찰이 포장된 물건을 한 손에 들고 돌아왔다.

"어떻게 됐어요? 범인은요? 물건은…?"

몹시 흥분해서 조급하게 묻는 내 질문에 그가 대답했다.

"범인은 둘 다 체포했고, 물건은 보시는 대로 무사히 되찾았습니다. 녀석들이 매우 거칠게 저항했지만, 우리가 더 강했죠. 둘 다 정신을 잃은 상태로, 아직도 차 안에 축 늘어져 있어요."

녀석들은 신이 나서 조심성 없이 문을 열었을 테고, 경찰이라는 걸 알고 몹시 당황했을 게 틀림없다. 보나마나 이 모형만은 절대 넘겨줄 수 없다며 필사적으로 저항했겠지. 어리석은 녀석들이다.

"고맙습니다. 덕분에 저도 살았습니다. 물건을 되찾지 못했으면, 큰일 날 뻔했어요."

진심으로 감사 인사를 했다. 내 표정에는 기쁨의 미소가 흘러넘쳤다.

경찰의 눈빛에는 이제 일말의 의혹도 남아 있지 않았다. 그뿐인가, 경찰은 이렇게 덧붙였다.

"이게 다 당신이 협조해 준 덕분입니다. 위험한 상황에 놓였음에도 불구하고, 침착하게 녀석들의 대화를 듣고 우리에게 알려 줬잖아요. 조만간 감사의 표시로 표창장이 나올 겁니다."

그러고는 포장을 풀더니, 18K 모형을 나에게 내밀었다.

"자, 도둑맞았던 물건입니다. 금고가 고장 났으니 문단속을 엄중히 하고, 아침까지는 절대 아무도 들이면 안 됩니다."

"물론이죠. 이제는 아무도 못 들어옵니다."

나는 그것을 받아 들고, 멀어져 가는 경찰을 배웅했다. 굳이 다짐을 둘 필요도 없이, 아침까지는 그 누구도 들이지 않을 것이다. 내가 여기에서 나갈 거니까.

자, 서둘러야지. 이걸 빨리 녹여서 팔아넘기고, 아

침까지는 공항에 도착해야 한다.

모형도 좋지만, 실물 비행기를 타고 떠나는 외국 여행은 얼마나 좋을까. 아마 별장도 살 수 있겠지. 황금의 매력과 뛰어난 홍보는 사람에게 그런 마음을 품게 만든다.

노후의 일

지정받은 약속 장소는 큰 빌딩 1층에 위치한 찻집이었다. 나는 지팡이를 한 손에 들고 입구에 잠시 멈춰 서서 안을 들여다보았지만, 상대로 보이는 인물은 눈에 띄지 않았다. 손목시계를 보니 약속 시간까지는 아직 조금 여유가 있었다. 안으로 들어가 한쪽 구석에 있는 테이블 의자에 앉아 기다리기로 했다.

"음료는 뭐로 하시겠습니까?"

"따뜻한 우유로 부탁합니다."

웨이트리스가 주문을 받으러 와서 우유를 시켰다. 사실은 커피가 더 좋았지만, 혈압과 심장에 좋지 않다고 해서 요즘에는 절제하는 편이다. 테이블로 내온 하얗고 달콤한 우유를 느긋하게 음미하며 마셨다. 지금까지 우유를 이토록 느긋하게 음미해 본 적이 있었던가.

사흘 전쯤 나는 하던 일에서 물러났다. 평범한 회사였다면 정년퇴직이라고 하겠지. 옆에 붙어 있는 커다란 거울에 비친 모습에서 알 수 있듯이, 그렇게 폭삭 늙지는 않았다. 나이는 쉰다섯 살. 아직은 한창 일할 때라고도 할 수 있는 연령이다.

그러나 가까이서 보면, 부쩍 늘어난 흰머리와 깊게 패인 얼굴 주름이 훤히 보인다. 지금까지 해 온 일은 남들보다 몇 배는 더 기력과 체력이 필요한 일이었고, 그러다 보니 매일매일이 끊임없는 긴장의 연속이었다. 그래서 얼마 전에 별생각 없이 의사에게 진찰을 받아 봤는데, 혈압도 높고 심장도 평균 이상으로 노화가 진행된 상태라는 말을 들었다. 그래서 주저 없이 과감하게 은퇴하기로 결심했다.

"아직 건강하세요. 저희는 늘 형님의 기량에 감탄하고 있습니다. 제발 조금만 더 일해 주십시오."

부하들이 입을 모아 말렸지만, 나의 결심은 바뀌

지 않았다.

"그렇게 말해 주니 기쁘군. 하지만 인간인 이상, 언젠가는 물러나야 하고, 물러나야 할 시기도 있는 법이야. 구실을 만들어서 하루하루 미루기 시작하면 끝도 없어. 앞으로는 젊은 자네들끼리 열심히 해 주게. 나는 지쳤고, 이제는 느긋하게 인간다운 삶을 누려 보고 싶군."

분명 나는 한시도 손에서 일을 놓지 않았다. 이십 년이 넘도록 밀수 일을 지휘해 온 것이다. 지금까지 벌어들인 수입이야 말할 필요도 없이 컸지만, 비합법적인 일이었기 때문에 한시도 긴장을 늦출 수 없었다. 지금 와서 돌이켜 보면, 발각 직전까지 갔던 위험한 상황도 헤아릴 수 없을 정도로 많았다. 용케도 지금까지 무사히 빠져나왔다. 운이 어지간히 좋았던 거겠지.

그런 까닭에 아내와 아들과 함께 즐거운 시간을 보낸 날이 거의 없었다. 일적인 면에서는 좋은 지휘자였지만, 좋은 남편이나 좋은 아버지라고는 할 수 없었다. 아내에게는 쓰고도 남을 만큼 충분한 생활비를 줘어도, 그것만으로는 다 충족되지 않는 법이다.

아들도 내년에는 대학을 졸업한다. 지금까지는 잘

숨겨 왔지만, 우연히 내가 하는 일이 밝혀질 가능성도 있지 않은가. 아들에게만은 제대로 된 직장에 다니게 하고 싶다.

생각하면 할수록 은퇴를 결정하길 잘한 것 같다. 앞으로는 모든 걸 바꾸고, 가정생활을 느긋하게 만끽하고 싶다. 일단 아내와 아들을 데리고 여행이라도 떠나보자. 어디로 갈까….

눈을 감고 그런 생각에 잠겨 있는데, 갑자기 뒤에서 누군가가 내 어깨를 두드렸다. 돌아보니 중년 남자가 서 있었고, 내 지팡이를 가리키며 말을 건넸다.

"좋은 물건을 갖고 계시네요."

약속한 사람인 듯했다. 나도 물어보기로 했다.

"아 네, 사실은 권리를 사고 싶어서요. 당신인가요?"

"네. 그렇습니다. 자 그럼, 자세한 얘기는 사무실에서…."

그가 나를 재촉하며 안내했다. 사무실이 그 빌딩 안에 있는지, 그가 나를 엘리베이터로 데리고 갔다. 우리 둘은 엘리베이터를 타고 그의 작은 사무실로 향했다.

"장소가 협소해서 죄송합니다. 저 혼자 운영하는 곳이라, 이 정도면 충분해서…."

그가 창가에 있는 의자를 권했다. 창에서는 도로를 내려다볼 수 있었다. 나는 서류 선반이 늘어서 있는 사무실 벽 쪽으로 시선을 돌리며 용건을 꺼냈다.

"제가 들은 바로는 여기에서 어떤 종류의 권리를 매매하신다고 하던데요. 그래서 그와 관련해서 상담을 좀 받으려고…."

상대도 일단은 신중했다.

"아, 그러시군요. 그런데 왜 그런 권리를 사려고 하시죠? 저희 사무실에서 권리 매매를 중개하는 건 맞습니다만, 그것이 특별한 종류의 권리라는 건 아시죠?"

"그건 잘 압니다. 사실은 제가 최근에 은퇴를 했어요. 이제부터는 느긋하게 인생을 즐길 생각입니다. 하지만 정말로 아무 일도 안 하면, 노화 속도도 빨라지겠죠. 그래서 저축해 둔 돈으로 몸을 별로 안 써도 되는 일을 해 보려고 합니다. 예의 그 권리를 살 수 있다면, 딱 좋을 것 같습니다."

"아하, 은퇴 후의 생활에서 취미와 실익을 겸비하실 생각이군요."

"뭐, 그렇다고 해야겠죠."

"그런데 그 권리라는 게 실은 협박 권리이기 때문

에 어렵게 매입하셔도 익숙하지 않으면 충분히 이용하실 수 없습니다."

"잘 알고 있어요. 그 정도는 할 수 있을 겁니다. 아니, 내가 앞으로 할 수 있는 일로는 그야말로 제격일 겁니다."

나는 자조 섞인 웃음을 흘렸다.

"그럼 괜찮겠죠. 사실 저희야 매매 수수료만 챙기면 그만이라서요. 손님의 과거에 관해서는 더 이상 여쭙지 않겠습니다."

그는 안심이 됐는지, 종이 한 장을 꺼냈다. 거기에는 작은 숫자들이 가지런하게 적혀 있었다. 그것을 손가락으로 가리키며 설명했다.

"여기에 세로로 늘어선 숫자가 협박을 해서 정기적으로 받을 수 있는 금액입니다. 이쪽 줄이 현재 시가 금액입니다. 그리고 각 줄의 끝에 있는 숫자가 이율이고요."

"이율이 상당히 차이 나네요. 이유가 뭐죠?"

먼저 머릿속에 떠오른 의문을 물어보았다.

"아 네, 시가는 여러 가지 요소로 정해지니까요. 예를 들면 근거가 빈약한 대상이라면, 돈을 뜯어내기가 상당히 힘듭니다. 또한 상대의 재정 상태가 나빠도 돈을 받아 내기 어렵죠. 그런 일은 이율이 좋아도 시가가 낮아요."

"주식 상장이나 마찬가지군요."

"그렇죠. 하지만 주식보다는 훨씬 재미있을 겁니다. 이 시가라는 게, 인생의 온갖 조건들이 집약돼서 정해지니까요. 저는 이걸 혼자 가만히 들여다보고 있으면, 정말이지 너무 재미있어서…."

그는 다시 여러 가지 예를 들었다. 확실한 상대라도 나이를 먹고 수명이 얼마 남지 않을수록 시가가 내려간다는 것, 인플레이션과 디플레이션의 영향 등등. 나는 난생처음 들여다보는 세계의 이야기를 흥미진진하게 들었다. 그는 절대 대상의 이름은 밝히지 않았는데, 그건 당연한 거겠지. 섣불리 흘렸다가 돈도 안 낸 손님에게 협박 대상을 가로채이기라도 하면 곤란할 테니까.

나는 어떤 것을 고를까 고민하며 고개를 갸웃거렸다.

"어떤 게 좋을까요? 아까도 말했듯이, 노후의 일로 해 보고 싶은 겁니다. 시가가 높더라도 확실한 일을 선택하고 싶군요. 그리고 만일의 경우에는 팔기도 쉬운 일로. 아하 이런, 제가 너무 과한 주문을 하는 걸까요?"

"그렇죠. 그러시다면 이런 게 이득이 되는 거래일 겁니다. 기존의 소유주가 갑자기 목돈이 필요해서 급히 내놓은 권리입니다. 그래서 시가는 좀 내려갔지만, 상대는 확실하고 돈도 쉽게 받아 낼 수 있습니다. 지금 손님이 희망하시는 조건에는 딱이지요."

"정말 괜찮을까요?"

"그야 물론이죠. 엉터리 권리를 팔면 우리 신용에도 문제가 생기니까요."

그래서 나는 대금을 지불했다.

"그럼, 그걸 사기로 하죠."

그는 돈을 받고, 서류 선반에서 커다란 봉투를 꺼내 나에게 건네주었다.

"이 안에 협박에 필요한 모든 서류와 돈 받는 방법을 써 놓은 내용이 들어 있습니다. 읽어 보시면 모든 걸 아실 겁니다. 구입해 주셔서 감사합니다. 앞으로도 다양하게 새로운 상품들을 갖춰 놓을 테니, 언제든 다시 찾아 주십시오."

그가 쏟아 놓는 장황한 말을 등 뒤로 흘려들으며 서

둘러 그 방을 나왔다. 앞으로 할 새로운 일의 대상을 빨리 알고 싶었기 때문이다.

인기척이 드문 복도에 멈춰 서서 살며시 봉투를 열고, 안에 들어 있는 서류를 살펴보았다. 만약 누군가가 옆에 있었다면, 별안간 내 낯빛이 바뀌며 심장발작을 일으키는 장면을 목격할 수 있었을 것이다. 그 협박 대상은 다름 아닌 나의 아내였다. 그리고 협박 내용은 그동안 나에게 쭉 숨겨 온, 우리 부부의 아들이 외도의 결과물이라는 사실이었다.

악마의 속삭임

—이봐, 당신은 의심을 품고 이 편지를 읽기 시작했겠지. 그리고 읽어 갈수록 얼굴색이 변했을 테고. 하지만 도중에 던져 버리면 안 돼. 하긴, 이런 편지를 중간까지만 읽다 중단하는 녀석은 없겠지만….

그 청년은 악마와도 같은 표정을 머금고 편지지에 그렇게 써 내려가기 시작했다.

그는 지방에서 올라와 도시의 작은 회사에 근무하며, 일이 끝나면 혼자 이 하숙집으로 돌아온다. 이런 청년에게 도시라는 악마는 가공할 만한 영향을 끼쳤다.

하숙집 방의 한 귀퉁이에는 텔레비전이 놓여 있었

는데, 그 화면에서는 끊임없이 살인 사건이 발생했다.

신문 사회면을 펼쳐도 또다시 살인. 주간지도 마찬가지였다. 소설도 다를 바 없어서 꼬리에 꼬리를 무는 살인, 꼬리에 꼬리를 무는 범죄…. 거리에 걸린 큼지막한 영화관 포스터에도 살인, 권총, 고문, 전쟁… 사방이 온통 범죄뿐이었다.

물론 어린 시절부터 그런 환경에서 순조롭게 성장해 온 청년이라면 이렇게 생각할 것이다.

"저런 건 모두 새빨간 거짓말이야. 옛날 동화나 마찬가지로 일종의 오락이지. 생각해 보면 옛날에 읽은 동화가 더 심했어. 딱딱산* 토끼의 잔혹성은 정말 끔찍했잖아. 화상을 입힌 곳에 고춧가루를 바르고, 정말 피도 눈물도 없었지. 그에 비하면 현대가 그나마 나을 정도야."

이런 식으로 지극히 건전한 사고방식을 갖게 마련인데, 이 시골 청년처럼 매사에 진지한 성향인 사람에

* 일본의 유명한 민화. 밭농사를 하며 살아가는 할머니와 할아버지 부부가 있었는데, 어느 날 너구리가 할머니를 잔혹하게 살해한다. 할아버지가 어찌할 바를 모르고 구슬피 울자, 토끼가 지극히 잔인한 방법으로 할머니의 복수를 대신 갚아 준다.

게는 그렇지 못한 경우도 생긴다.

도시란 범죄로 들끓는 소굴이 아닌가. 이렇게 생각하기 시작하면 끝. 망상은 머릿속에서 점점 커져 갈 뿐이었다. 거리를 지나가는 사람들이 모두 범죄자로 보였고, 아무 범죄도 저지르지 않은 자기 혼자만 따돌림을 당하는 것 같았다.

옷을 잘 차려입은 신사는 '사기는 이제 질렸어'라며 코웃음을 치는 것 같고, 또 다른 남자는 '비리를 안 저지르는 사람이 어디 있어'라고 속으로 중얼거리는 것 같다. 어깨를 으쓱거리며 위압적인 태도를 취하는 청년은 '사람을 죽였다고 걱정만 하고 살 순 없잖아'라며 의기양양해하는 것 같고, 아이의 손을 잡은 고상한 부인조차도 '당신, 도둑질의 스릴을 맛본 적 있어?'라며 오만한 미소를 건네는 것 같다.

빌어먹을. 다들 나를 우습게 본다. 그는 참을 수 없는 열등감을 맛보고 있었다.

"무슨 소리야, 내가 이래 봬도…."

일단 반발은 해 보지만, 그럼 뭘 해 봤냐고 물으면 무엇 하나 머릿속에 떠오르지 않는 자신이 더더욱 비참하게 느껴졌다. 노상 방뇨조차 해 본 적이 없었기 때문이다.

'도시인의 일원으로 녹아들기 위해서는 뭐든 저질러야 한다.' 악마의 손에 의해 이런 강박관념이 그의 마음속에서 서서히 자라났고, 결국에는 편지지에 다음과 같은 문구까지 쓰게 만들었다.

—잘 들어. 1000만 엔이 급히 필요하다. 당장 마련하라고 하면 무리일 테니, 이틀간 유예를 주지. 그동안 준비해 둬. 굳이 말할 필요도 없겠지만, 경찰에는 알리지 마. 만약 경찰에 신고하면, 네 자식의 생명은 무사하지 못할 테니까. 내 말 명심해. 돈을 건네는 방법은 조만간 다시 연락하겠다.

별로 잘 쓰지도 못하는 글씨로 그렇게 마무리를 짓고, 편지지를 접어 봉투에 넣은 후 풀로 붙였다. 그의 얼굴에는 어느 정도 만족스러운 표정이 떠올랐다. 그러나 이내 고개를 살짝 갸웃거렸다. 여기까지는 해 봤는데, 봉투에 쓸 수신인이 떠오르지 않았던 것이다.

그러나 도심에 도사리고 있는 눈에 보이지 않는 악마가 이렇게 만만한 단골손님을 그냥 놔줄 리가 없다. 악마가 그의 마음속에 이런 목소리를 불어넣었다.

"그래서 이대로 포기할 거야? 그런 걸 써 본들 쓰기

만 한 걸로는 범죄자의 일원이 될 수 없어. 그걸 보내야지! 우표 요금 정도로 쩨쩨하게 굴지 마, 그걸 보내야 어엿한 남자야. 훌륭한 범죄자가 되는 거라고. 그걸 버리면, 다시 제자리걸음이야. 또다시 눈을 내리뜨고 길을 걸어 다녀야 해. 그게 좋아? 보내. 보내라고! 어디든 상관없으니까 보내. 자, 얼른 우표를 붙여!"

결국 그는 우표를 붙였다. 이제 찢어 버릴 마음은 들지 않았다. 그러나 여전히 수신인을 떠올리지 못한 채 주위를 둘러보았다.

어디든 보낼 곳이 없을까? 그런 생각을 하며 둘러보는 시선 앞에, 악마가 슬쩍 전화번호부를 놔두었다. 그는 그것을 보고 손뼉을 쳤다.

바로 이거야! 이 안에는 헤아릴 수 없을 정도로 많은 수신인이 들어 있다. 고르기가 힘들 정도다. 그래, 이걸 휙 펼쳐서 맨 처음 눈에 들어오는 이름을 쓰자. 그러면 나도 만족스러울 테고, 게다가 아무에게도 피해가 가지 않으니까.

그는 히죽 웃으며 비논리적인 생각의 늪에 빠져 버렸다. 점점 더 악마 같은 표정을 짓게 된 그가 한 남자의 이름을 봉투 위에 베껴 썼다.

악마는 그런 그를 응원했다.

"그렇지. 좋아, 좋았어! 이제 그걸 우체통에 넣어 버려. 간단하잖아. 이제 곧 어엿한 남자가 될 거야. 게다가 범죄 중에서도 특히 죄가 무거운, 아이를 빌미로 돈을 뜯어내는 범죄자가 될 수 있다고. 절대 들킬 리가 없지. 너의 필적 같은 건 조사할 방법이 없어. 게다가 상대와 너는 아무런 연결고리도 없으니까, 그런 면에서도 들통날 염려가 없어. 완벽하게 안전해. 안전이 보장되는 악인데도 못 저지르겠다는 건가?"

결국 그는 악마의 권유에 동의하고 말았다. 그리고 그것을 우체통으로 던져 넣었다. 지금까지 집요하게 부채질을 해 대던 악마는 볼일이 끝나자, 다른 인간에게 옮겨 붙었는지 그에게는 더 이상 속삭이지 않았다.

기분은 분명 개운해졌다. 드디어 범죄자의 일원이 될 수 있다. 수신인의 이름은 전화번호부를 덮고 우체통에 넣어 버리면 더 이상 찾을 방법이 없지만, 그럼에도 범죄를 저지른 사실에는 변함이 없다.

길을 걸어도 기분이 상쾌했고, 지금까지 그토록 압박을 가하던 열등감도 사라졌다. 모든 사람들이 친한 친구처럼 보였다.

"나도 이제 너희랑 같아. 너희는 무슨 짓을 저질렀지? 전철 부정 승차 수준의 허접한 속임수였던 거 아냐? 난 그런 거랑은 비교도 안 될 엄청난 짓을 시도했단 말이다!"

그는 옆에 있는 사람의 등이라도 두드리고 싶은 심정이었다. 아니, 푸른 하늘 아래를 맘껏 내달려 보고 싶은 기분이었다.

그리고 그는 며칠 후, 문자 그대로 이를 실행했다. 이웃에 사는 지인에게 오토바이를 빌려서 휴일 거리를 내달린 것이다.

어때, 나를 아나? 그렇게 중얼거리며 온 도시를 달리고 싶은 기분이었지만, 속도위반을 할 정도로 도를 넘어서지는 않았다. 그런 시시한 범죄는 저지를 생각은 없으니 말이다.

"이봐, 조심해야지."

하마터면 부딪칠 뻔한 중년 남자에게 그가 가볍게 핀잔을 날리고 계속 달렸다.

잠시 후, 뒤에서 경찰차 사이렌 소리가 들렸다. 저 소리가 나를 쫓아오는 사이렌이고, 내가 필사적으로 도망친다면 웬만한 영화 장면은 나오겠지. 청년은 혼자 그런 생각을 하며 오토바이를 몰았다.

딱히 그가 속도를 낸 건 아니다. 외려 브레이크를 밟고, 길가에 잠시 멈춰 서서 경찰차가 앞질러 가게 길을 내주려 했다.

사이렌 소리가 바짝 다가오며 그의 옆에서 멈춰 섰다.

"무슨 일이죠? 저는 아무것도 안 떨어뜨렸는데."

그는 경찰이 떨어진 물건을 주워서 쫓아왔을 거라 생각하고 물었다.

"시간을 많이 빼앗진 않겠습니다. 잠깐 경찰서까지 같이 가 주시죠."

"무슨 소리예요? 난 아무 짓도 안 했어요."

"아니, 방금 중년 남자랑 부딪칠 뻔했잖아요."

"하지만 아무 일도 없었잖습니까. 그런 걸로 경찰서까지 가야 하다니, 금시초문이에요. 혹시 그 사람이 무슨 특별한 사람이라도 됩니까? 딱히 높은 사람 같진 않던데."

"글쎄요, 어떤 점에서는 특별한 사람이죠. 실은 저 남자의 부친이 벌써 여든 살 노인인데, 그리로 협박장이 왔어요. 돈을 안 주면 자식을 노리겠다는 내용이었죠. 그래서 몰래 감시하는 중이었습니다. 보나마나 장난일 테지만 만일의 경우라는 게 있으니까요. 조금 전 당신의 경우도 우연이겠지만, 일단 조사는 해야 합니다. 미안하지만, 정말 형식적인 조사일 뿐이니 협조해 주시죠."

"무슨 조사를 하죠?"

"당신의 집을 잠깐 보여 주면 끝나요. 협박에 쓰인 편지지와 봉투가 있는지, 그리고 당신 필적을 받게 되겠죠. 감정용으로요. 미안하지만, 이게 우리가 하는 일이에요. 걱정할 건 없어요. 우리는 딱 보면 알아요. 당신은 그런 나쁜 짓을 저지를 사람이 아니에요."

조직

조용히 술을 마실 거라면, 이렇게 호텔 바를 찾는 게 최고다. 무언가 고민이 있고, 그 해결책을 찾기 위해 골몰하며 술을 마실 거라면, 여기보다 적당한 곳은 없다.

나는 카운터 앞 스툴에 앉아, 이미 술잔을 몇 번이나 비웠다. 그러나 남모를 고민은 전혀 해결되지 않았고, 외려 마음속에서 점점 더 커져서 결국에는 입 밖으로 흘러나오고야 말았다.

"으음, 자네…."

기어이 나는 바텐더에게 말을 걸고야 말았다. 지금

까지 조용히 입을 다물고 있던 젊고 청결하고 영리해 보이는 바텐더는 내가 말을 건네자 그제야 처음으로 예의 바르게 대답했다.

"네, 말씀하시죠."

"잠깐 말 상대가 좀 되어 줄 수 있겠나?"

"네."

"나는 추리소설 쓰는 일을 하는데…."

술을 좀 마시긴 했지만, 그렇다고 내 고민을 있는 그대로 털어놓을 수는 없다. 줄곧 어느 남자를 죽일 궁리를 하고 있었기 때문이다. 그 남자는 내가 과거에 저지른 사소한 행위를 약점으로 잡고, 끝도 없이 협박을 해 오고 있었다. 그것을 끊어 내기 위해서는 녀석이 죽어 주는 수밖에 없다.

그런데 그를 죽이고 난 후, 어떻게 하면 붙잡히지 않을 수 있을까. 바로 그게 내 고민이었다. 물론 나름대로 방법을 생각해 두긴 했다. 그러나 100퍼센트 완벽하지 않으면 곤란하다. 그러다 내 신분을 모르는 바텐더를 상대로 대화를 나눠 보면서 그 방법을 점검해야겠다는 생각이 들었다. 물론 추리소설 이야기를 빙자해서 말이다.

“추리소설이라니, 대단한 일을 하시네요. 저도 몇 권씩 읽습니다. 사기나 위조를 다룬 소설도 좋지만, 역시 살인이 나와야 재밌죠. 살인은 죄가 무겁고, 그런 만큼 만반의 대책이 필요하니까요. 어떻게든 속이려는 자, 그것을 입증하려는 자. 죄가 무거우면 무거울수록 그들의 관계에는 열기가 깃들게 마련이니까요.”

“그런데 무슨 좋은 소재가 없을까? 마감이 코앞에 닥쳐서 곤란한 상황이란 말이지.”

하루라도 빨리 녀석을 죽이고 싶었다. 바텐더가 눈을 힐끗 움직였다. 뭔가를 확인했는지, 시치미를 뗀 표정으로 대답했다.

“그런데 얘기가 너무 막연해서 취향이 어느 쪽이신지 짐작이 안 가는데요.”

“역시 살인을 다루는 게 좋겠지. 자네가 지금까지 읽은 책 중에서 이 부분을 이렇게 고치면 좋겠다는 의견 같은 게 있으면 들려주면 좋겠군. 이렇게 고치면 완전범죄가 되겠다, 싶은 이야기 말이야.”

“글쎄요. 추리소설에 대한 의견이 있긴 하지만….”

“그 얘기를 해 주면 돼. 보답은 하겠네.”

“보답 같은 건 됐습니다. 그런데 읽다 보면 바보스

럽게 느껴지는 부분이 있긴 하죠. 왜 좀 더 영리한 방법을 쓰지 않는지…."

"어어 그래, 그 얘길 자세히 좀 들려주게."

내가 몸을 내밀었다.

"이를테면 말이죠, 범인에게 중요한 건 알리바이잖아요. 범행 시간에 그곳에 없었다는 사실만 증명할 수 있다면, 나머지는 별로 걱정할 게 없어요. 그 알리바이를 신경 쓰지 않고, 쓸데없는 데서 우왕좌왕해요. 그건 본말이 전도된 거죠. 고장 난 브레이크는 고치지도 않고, 죽어라 페달만 밟아 대는 거나 다를 바 없어요. 결국 파국으로 치달을 게 뻔하죠."

"뭔가 알고 있는 것 같군. 그 멋진 방법을 좀 가르쳐 주게."

"아니, 뭐 딱히 멋진 방법은 아니에요. 지극히 상식적인 거죠. 그래도 소설보다는 얼마간 현대적이라고 말할 순 있겠죠."

나는 바텐더의 이야기에 더욱더 빠져들었다.

"현대적이라니, 그 말은 무슨 뜻이지?"

"현대는 조직의 시대잖아요. 무슨 일을 하든 개인의 힘은 그 한계가 뻔하죠. 제아무리 애를 써도 조직의 힘에는 맞설 수가 없어요. 바로 그 점이죠."

"그게 알리바이와 무슨 관계가 있지?"

나는 술을 한 잔 더 시켜서 마셨다.

"조직의 힘을 빌려서 알리바이를 만든다. 완전한 통제하에 알리바이를 만들어 두면, 어지간한 실수를 저지르지 않는 한, 무죄가 나옵니다."

"흐음. 듣고 보니 그렇군. 알리바이를 만드는 조직이란 말이지. 그런데 과연 그렇게 순조롭게 풀릴까?"

"그야 뭐…."

바텐더가 말끝을 애매하게 흐렸다. 나는 흥미를 품고 좀 더 깊이 추궁해 보았다.

"조직이라고 해도 어차피 인간의 집합체야. 인간에게는 양심이란 게 있으니까 거기서부터 무너지지 않는다고 장담할 순 없어. 조직에서 알리바이를 만드는 건 좋은 생각이지만, 그렇게 쉽지는…."

"그렇게 생각하시는군요. 물론 19세기 무렵에는 그랬을지도 모르죠. 하지만 현재는 어떨까요. 조직의 일원이 되면, 양심 따윈 어디론가 사라져 버려요. 잘 아시겠지만, 회사, 관청, 군대 같은 조직에 일단 합류하면, 제아무리 고민해도 혼자 힘으로는 어쩔 수가 없잖습니까. 조직 속에 들어가서 조직의 이익보다 자기의 양심을 우선한다고 단언할 수 있는 사람이 있습니까? 거의 들어 본 적이 없어요. 기껏해야 이따금 반성 비슷한 말을 하는 것뿐이죠. 하지만 그것도 자기에게는 양심이 남아 있다는 걸 드러내는 제스처에 불과해요. 양심이란 건 갖고 있어도 쓰지 않으면 없는 거나 마찬가지입니다."

"알았네, 알았어. 그런데 나는 지금 개인의 양심 대 조직을 운운하는 논쟁에는 별 흥미가 없어."

그런 이야기가 한동안 더 이어질 것 같아, 나는 손바닥을 보이며 그의 말을 제지시켰다. 그러자 그가 히죽 웃더니 은근슬쩍, 그러나 매우 중대한 말을 입에 올렸다.

"그런 편리한 조직이 있으면, 꼭 소개시켜 달라는 말씀이 아니신지…?"

"아, 뭐…."

이번에는 내가 말끝을 흐렸다. 그런데 그가 다그치듯 물었다.

"사실 손님은 소설가가 아니라 살인이 됐든 뭐가 됐든, 앞으로 뭔가 큰일을 하고 싶으신 거죠?"

"아니, 꼭 그런 건 아니고…."

"그게 아니면, 이렇게 열심히 파고들 이유가 없어요. 아까부터 눈빛이 달라졌어요."

"아니, 사실은 그게…."

"숨기셔도 표정으로 알 수 있어요. 저는 많은 손님들을 상대해서 그런 눈치 하나는 끝내줍니다. 하지만 안심하세요. 절대 입 밖에 내진 않으니까요. 하긴, 발설하려고 해도 저는 손님의 성함조차 모릅니다. 게다가 범행 의도를 품고 있는 것만으로는 아무 문제도 안 되잖습니까."

"그건 그렇지. 그래서 그 조직 얘기 말인데… 나도 한번 신세를 지고 싶은데, 어떨까? 아무래도 비용이 꽤 많이 들겠지?"

설령 제아무리 완전한 알리바이를 만들어 주는 조직이라도 돈이 너무 많이 들면 감당할 수가 없다.

"아뇨. 그런 걱정은 필요 없습니다. 이 사업은 일반적인 일들과는 달라서 계산된 원가가 있는 게 아닙니다. 게다가 손님이 붙지 않을 정도로 고가면 사업이 유지되질 않겠죠. 각 손님의 경제 능력에 맞춰서 지불해 주시면 됩니다."

"흐음, 과연. 그건 참 고마운 일이군. 딱 하룻밤만 그 조직의 힘이란 걸 꼭 빌리고 싶군. 그런데 그건 대체 어디에 있지?"

"여깁니다."

"여기라고…?"

"네. 이 호텔입니다. 지배인의 지시에 따라 모든 종업원이 완전히 똑같은 증언을 하도록 철저하게 통제되어 있습니다. 손님이 의뢰하신 시간 동안, 숙박하신 그 방에서 한 발자국도 외출하지 않으셨다고 증언하는 겁니다."

"하지만 종업원 중 한 사람이라도 양심을 가책을 누르지 못하고…."

"또다시 양심과 조직의 논쟁인가요?"

"만일의 경우란 게 있잖은가."

"걱정하시는 건 당연합니다. 그 점에 관해서는 손님이 요구하시는 대로, 만족하실 수 있게 조치해 드립니다. 손님들 대부분은 사전에 종업원 전원에게 증언 내용을 쓴 서류를 받아 두는 것 같습니다. 개중에는 만약을 대비해 서명 외에 지장까지 받아 두는 분도 계시고요. 그렇게 해 두면 만일의 경우에 증언을 뒤집을 염려도 없으니까요. 물론 그런 걸 굳이 안 하셔도 문제는 없겠지만."

나는 마침내 결심을 굳혔다. 그러고는 바텐더에게 독한 칵테일을 만들어 달라고 해서 단숨에 들이켠 후, 고개를 끄덕였다.

"흐음 과연. 얘기를 들어 보니, 분명 고객 위주인 것 같군. 그럼, 좀 빠르긴 하지만 시험 삼아 오늘 밤에 이곳에 묵어 볼까 하는데, 어떨까? 신청하자마자 바로 묵는 건 너무 빠른가?"

"그렇진 않습니다. 얼마든지 가능합니다. 그런데 단 한 가지는 조심하셔야…."

"그게 뭔가?"

"굳이 말할 필요도 없겠지만, 현행범으로 붙잡히면 곤란합니다. 손님이 그 시간 동안 바람을 피우든 사기를 치든 수십 명을 죽이든 얼마든지 자유지만, 현행범으로 붙잡히면 도저히 손쓸 방법이 없습니다. 부디 조심해 주십시오."

"그야 물론 알지."

"현행범이 아닌 한, 목격자가 한두 사람 있어도 신경 쓰실 건 없습니다. 인원수 면에서는 이쪽이 압도적으로 많으니까 목격자 쪽에서 생각을 바꿀 겁니다. 조직의 힘은 위대하니까요."

"흐음. 분명 그 말이 맞는군. 그럼, 지배인을 만나게 해 주게."

"네. 그럼 이쪽으로 오시죠."

바텐더가 나를 호텔 지배인에게 안내해 주었다. 그곳에서 조금 전에 들었던 대로 수속을 밟았다. 먼저 호텔 도장이 찍힌 숙박 증명서를 받았고, 이어서 종업원들에게 증언 내용을 쓴 서류를 받았다. 그 서류에는 한 사람 한 사람에게 내가 보는 앞에서 서명하게 하고, 내 친김에 지장까지 받았다.

"그건 그렇고, 비용에 관한 얘기를…."

그 말을 꺼내는 지배인에게 나는 지불 능력이 별로 없다는 점을 역설했다. 그는 얼굴을 살짝 찡그렸지만, 곧바로 미소 띤 표정을 되찾으며 말했다.

"알겠습니다. 편안히 쉬십시오. 그럼, 일단 방부터 안내해 드리겠습니다."

"그러지."

안내받은 방은 4층이었다. 창밖을 내려다보니 도저히 빠져나갈 수 있는 곳이 아니었다. 이런 조건이라면,

종업원들의 증언만 뒷받침되면 알리바이는 완벽해지겠지. 실내 곳곳에 지문을 남겼다. 그곳에 묵는 이상, 지문이 없으면 이상하니까.

그렇게 해서 나는 그날 밤, 그 방에 묵었다. 아니, 대외적으로는 그 방에 숙박한 것으로 되어 있지만, 밤이 이슥해질 때까지 기다렸다 전부터 세워 둔 계획을 실행에 옮겼다.

그 계획은 순조롭게 풀렸다. 물론 나도 그 알리바이에만 의지할 정도로 바보는 아니다. 범행 장소에 증거는 단 하나도 남기지 않았다. 호텔에서 제공할 작위적인 알리바이는 만일의 사태를 대비한 보험인 셈이다. 얼마 안 되는 비용으로 예상치도 못한 목격자를 압도할 수 있기 때문이다.

"이거야말로 그 바텐더가 말했던 '현대적'이란 의미겠군."

나는 혼잣말을 중얼거리며 환하게 번지는 안도의 미소를 감출 수가 없었다.

그런 까닭에 이틀 후에 경찰에 불려 가서도 침착할 수 있었다. 형사가 이렇게 물었다.

"이틀 전 밤에 어디에 계셨습니까?"

녀석의 사체가 발견된 게 틀림없다. 녀석의 교우 관계를 조사하다 내가 용의자로 떠올랐겠지. 그러나 현장에는 아무런 증거도 남지 않았을 게 분명하다.

"호텔에 묵었습니다."

"그건 확실하죠?"

이 순간만큼 알리바이 보험을 들어 두길 잘했다고 생각한 적은 없다. 현장에 증거가 없다는 점은 소극적이지만, 알리바이는 적극적이다. 그 소소한 비용이 여기에서 가치를 발휘해 주었다.

"물론입니다. 호텔 종업들에게 물어보세요. 그날 밤, 제가 4층 방에서 한 발자국도 안 나갔다고 증언해 줄 겁니다."

"그건 이미 확인했어요. 당신 말대로인 듯하더군요."

"그것 봐요."

거대한 배에 타고 있는 기분이었다. 그런데 실은 그 배가 어처구니없는, 엉터리 배였다는 사실을 깨닫게 되었다. 나에게는 분명 더없이 유리한 상황을 제공하는 데 반해, 비용이 지나치게 저렴하지 않은가.

형사가 눈을 휘둥그레 뜨고 의아해하는 표정으로

말했다.

"형사 생활을 오래했지만, 당신 같은 용의자는 정말 드물어요. 당신이 왜 조사를 받는지는 알고 있는 거죠? 다음 날 밤, 그 방에 묵었던 손님이 침대 밑에서 시체를 발견했어요. 목이 졸려 죽은 지 20시간 정도 지난, 다시 말해 당신이 호텔 방에 있었다고 주장하는 바로 그 시각에 살해당한 시체를요."

나는 더할 나위 없이 만만한 호구가 되었던 모양이다. 이렇게 된 이상, 누군지도 모르는 녀석에 의해 뒤집어쓴 죄를 모면하기는 어렵겠지.

조직의 힘에는 개인이 저항해 봐야 아무 소용이 없을 테니까.

보수

"어서 오게. 이젠 자네 말고는 의지할 사람이 없어. 제발 날 좀 구해 줘."

유치장 안에 처박혀 있던 L씨는 자기를 찾아온 변호사를 보고 애타게 기다렸다는 듯 말을 건넸다. 변호사가 고개를 끄덕이며 그 말에 대답했다.

"그렇게 의지해 주시니, 정말 감사합니다. 물론 의뢰를 맡은 이상, 최선을 다하겠습니다만, 재판이라는 건 판결이 내려질 때까지는 절대적인 장담을 드릴 수가 없습니다. 게다가 당신은 살인을 저질렀으니까요."

이번에는 L씨가 고개를 끄덕였다.

"바로 그거야. 그렇기 때문에 자네를 부른 거지. 다른 사건이라면 다른 변호사라도 상관없어. 하지만 이번에는 문제가 달라. 자네는 실력이 뛰어나기로 소문이 자자하지 않은가. 자네가 옛날에도 존재했더라면, 잭 더 리퍼*도 자수하고 나왔을 테고, 어떤 범죄 왕이라도 무죄를 받았을 거라는 평판이 자자해."

"그 정도는 아닙니다. 어떤 범죄 왕이든 무죄를 받을 순 없죠. 역시 의뢰인에 따라 다르니까요."

"알고 있네. 수임료 얘기겠지. 자네는 어떤 사람이든 무죄로 만들어 주는 대신, 상상을 초월하는 액수를 수임료로 요구한다는 것도 알고 있네. 그 점은 걱정 말게. 업계에서 내 재산을 모르는 놈은 없을 거야. 자네 같은 능력자와 내가 인연을 맺으면, 모든 일이 순조롭게 풀리지 않겠나. 여기 유치장 생활은 이제 지긋지긋해."

L씨가 한숨을 내쉬며 턱을 문질렀다. 그 표정에는 수척해진 심신이 여실히 드러났다. 지금까지 호화로

* 매춘부 최소 5명을 갈기갈기 찢어 살해한 연쇄살인범으로, 일명 살인마 잭. 그가 저지른 화이트채플가의 연쇄살인은 오랫동안 연구 대상이 된 유명한 미제 사건이다.

운 생활을 영위해 온 L씨에게는 이곳이 분명 견디기 힘든 장소일 것이다. 하긴, 유치장이라면 그나마 견딜 수 있겠지만, 유죄판결과 그 뒤를 잇는 사형, 혹은 여생이 모두 사라질 정도의 긴긴 수감 생활을 생각하면 절박한 심정에 사로잡히는 것도 당연했다.

변호사가 침착한 어조로 말했다.

"무슨 말씀인지는 잘 알겠지만, 사태가 그리 간단하진 않습니다. 제가 조사한 바에 따르면, 당신이 사업 경쟁 상대 남성을 죽인 거죠?"

"어어, 얘기를 나누다 발끈하는 바람에 충동적으로 옆에 있던 과도로 찔렀지. 그런데 운 나쁘게 심장을 찔러서 바로 죽어 버렸어. 인간이 그렇게 쉽게 죽을 줄은 몰랐는데."

"지금 그렇게 태평한 말씀을 하실 때가 아니에요. 당신은 당신을 찾아온 손님인 그와 무슨 언쟁을 벌이다가 결국 칼로 찔러 버렸어요. 게다가 목격자까지 있고요. 실은 이렇게 되면, 손을 쓸 방법이 없어요. 검사는 사업 경쟁 상대라는 점을 들면서 살의를 추궁하려 하겠죠. 그러면 제가 죽일 의도는 없었다고 변호할 겁니다. 뭐, 사형선고가 내려질 걱정은 없으니, 안심하셔도 됩니다."

"자네야말로 태평한 소리를 하는군. 오랜 수감 생활도 질색이야. 어떻게든 무죄로 만들어 주게."

변호사는 얼굴 앞으로 올린 손을 가로저었다.

"말도 안 됩니다. 이걸 무죄로 만드는 건 거의 불가능에 가깝습니다."

"그러니까 자네한테 부탁하는 거 아닌가. 돈은 얼마든지 주겠네. 무슨 수를 써서든 무죄를 만들어 주게. 자네는 지금 불가능에 가깝다고 했지, 완전히 불가능하다고 말하진 않았어. 안 그래? 무슨 방법이 있겠지. 징역 선고를 받으면, 죽어라 돈을 모아 온 지금까지의 인생이 아무 의미도 없게 돼. 어떻게 좀 안 되겠나?"

L씨가 몸을 내밀며 애원했고, 변호사는 한층 더 냉정해졌다.

"아무래도 제가 말꼬리를 잡힌 것 같군요. 그럼, 제 쪽에서도 말꼬리를 잡아 보죠. 돈은 얼마든지 주겠다고 말씀하셨죠?"

뭔가 확신이 있는 듯한 그 말투에, L씨는 조금 안심이 되었다.

"무, 무슨 방법이 있다는 말인가? 제발 그렇게 해

주게. 돈이야 얼마든지… 자네가 요구하는 만큼 주겠네. 그렇다고 설마 내 전 재산을 달라고 하진 않겠지?"

"바로 그겁니다, 제가 걱정하는 점이. 아무래도 부자들은 처음에는 그럴듯한 말을 해 놓고, 막상 줄 때가 되면 돈을 내놓기 아까워하죠. 하지만 저에게는 통용되지 않습니다. 그 부분을 확실하게 해 주시지 않으면, 이 일에서 빠지겠습니다. 싼값에 끝내실 생각이면, 다른 변호사에게 부탁해서 유죄를 받으시든지요."

L씨가 두 손을 앞으로 뻗으며 매달리는 듯한 자세로 말했다.

"이봐, 기다려. 비용을 아까워하진 않아. 자네 말고는 부탁할 사람이 없어."

"그렇고말고요. 그럼, 확실하게 약속해 주시죠."

변호사는 예상대로 거액의 수임료를 요구했고, 제아무리 L씨라도 잠깐 망설이긴 했으나, 결국은 받아들일 수밖에 없었다.

"자, 이젠 됐지. 그래서, 날 어떻게 무죄로 빼낼 건가?"

"무죄라고 해도 살인은 분명하니까요. 게다가 목격자 숫자가 너무 많아요. 목격자가 한 사람 정도면 환각으로 몰아가는 방법도 있겠지만, 그렇게 여러 명이나 있으니 말이죠. 현대가 아무리 광기의 시대라고 해도 목격자 전체를 머리가 이상한 사람으로 만드는 건 어렵죠. 그렇다면 당신이 정신이상자가 되는 편이 쉬워요. 그걸 입증할 수만 있다면 무죄가 될 겁니다."

L씨가 얼굴을 찡그렸다.

"머리가 이상한 사람이 되란 말인가? 유죄를 받는 것도 싫지만, 진단서가 붙는 환자가 되기도 싫네. 교도소도 싫지만, 병원도 싫다고! 설마 자네 같은 사람이 그토록 거액의 수임료를 받아 가면서 그런 방법을 쓰진 않겠지?"

"아 네, 저도 이 방면에서는 이름이 통하는 사람입니다. 게다가 수임료가 정해지면 기대를 저버리는 짓은 하지 않습니다. 비장의 방법이 있죠. 원래 사람을 죽이고도 무죄를 받는 데는 정신이상 말고 한 가지 경우가 더 있습니다."

원래의 표정으로 돌아온 L씨가 눈빛을 반짝였다.

"어떤 경우지 그게…?"

"정당방위입니다. 그 점을 역설해야죠."

"그렇게만 된다면 더할 나위 없겠지만, 쉽게 풀리진

않을 텐데. 상대가 흉기를 준비해 온 것도 아니고, 가라테 유단자였다는 증거도 없어. 게다가 체력만 봐도 녀석이 나보다 훨씬 강하다고 할 수도 없고. 사업 경쟁자라는 점 때문에 녀석이 나에게 살의를 품을 가능성이 있다 해도, 판사에게 날 죽이러 왔다는 걸 납득시키기는 어려울 거야."

"그 말씀은 맞지만, 달리 방법이 없습니다. 조사해 본 바로는 다행히 당신과 그의 대화를 또렷하게 기억하는 사람은 없었습니다. 거기에 농간을 부릴 여지가 남아 있을 것 같습니다."

"무슨 소린지 통 모르겠네만, 어떻게든 억지를 갖다 붙일 여지가 있다는 말인가?"

L씨가 선뜻 믿음이 안 간다는 표정을 지었다.

"문제없을 겁니다. 당신을 특이체질로 만드는 거니까요. 이를테면, 당신은 몇 년 전부터 담배 연기를 맡으면 천식 발작을 일으키는 체질을 가진 사람이다. 의사에게도 엄중한 주의를 들었다. 그런데도 상대방은 담배 연기를 뿜어 댔고, 당신이 눈물로 호소했지만 멈추지 않았다. 그래서 생명의 위협을 느낀 당신은 하는 수 없이… 뭐, 이런 식이죠. 의사 진단서는 제가 어떻게든 마련하겠습니다. 이렇게 되면 최악의 경우라고 해도 집행유예 정도로 끝나겠죠."

"흐음. 그렇게 되면 좋겠군. 하지만 녀석은 담배를 피우지 않았어."

"그럼, 이렇게 하죠. 당신은 한참 전부터 누가 어깨를 두드리면 경련을 일으키는 병에 걸린 상태다. 그 발작이 점점 심해져서, 다음에 발작이 일어나면 생명에 지장이 있다는 말을 들었다. 그래서 그에게 그 말을 했는데도, 믿어 주지 않았다. 외려 농담이라고 여기고 강제로 어깨를 두드리려 했다. 아무리 부탁해도 그만둘 것 같지 않았다…."

"흐음, 과연."

"진단서와 이전에 당신의 발작을 목격한 증인은 제 쪽에서 준비하겠습니다. 반면에 몇 월 며칠, 어디어디에서 당신의 어깨를 두드렸는데 아무 일도 없었다고 주장할 만큼 기억력이 좋은 사람은 나타나지 않을 겁니다. '그러고 보니 그 사람은 어깨를 두드리지 못하게 했다' 정도로 기억하는 쪽이 많아지겠죠."

"흐음, 그렇군. 잘 풀리면 좋겠네만…."

"그렇게 남의 일처럼 말씀하시면 안 됩니다. 모든

계획과 준비는 제 쪽에서 하겠지만, 당신도 진지하게 마음을 먹어야 합니다."

"그럼, 나더러 어쩌란 말인가?"

"스스로도 그런 체질을 가진 사람이라고 굳게 믿어야 합니다. 재판에서는 검사가 틀림없이 그 점을 추궁하고 들 겁니다. 그때 당신이 우왕좌왕 흔들리면 아무것도 안 돼요. 앞으로 한동안 유치장 생활을 해야 할 테니, 딱히 할 일도 없을 거예요. 그러니까 매일 스스로에게 새겨 넣으셔야 합니다. 나는 예전부터 누가 어깨를 두드리면 발작을 했다. 다음번에 누가 두드리면, 구제할 수 없는 발작을 일으킨다. 마치 어깨에 폭탄이 설치돼 있는 거나 다름없다…. 이런 식으로 말이죠."

"좋아, 그렇게 노력하지. 하지만 법정에서 시험 삼아 어깨를 두드려 보라고 하면, 금세 들통이 나 버릴 텐데."

"아니, 잠깐만요. 본인 입으로 그런 말을 하시면 곤란합니다. 우리 측 의사들이 입을 모아 어깨를 두드리면 죽는다는 진단을 내릴 거예요. 그런 경고까지 무릅쓰고 두드려 보는 것은 판사가 허락하지 않아요. 자칫 잘못했다간 법정에서 살인이 일어나는 꼴이 되잖습니까."

"과연, 그렇군…."

"그런 발언이 나오면, 당신은 바로 파랗게 질린 표정으로 벌벌 떨어야 합니다. 그게 바로 성패를 좌우하는 갈림길입니다. 그리고 이 점은 재판이 끝난 후에도 마음속 깊이 염두에 두셔야 합니다. 한동안은 경찰이 감시를 계속할 테니까요. 다시 말해 당신 스스로가 그렇게 믿느냐 아니냐가 관건입니다. 그게 안 되면, 징역형을 받을 겁니다."

"말도 안 돼. 징역은 절대 안 돼. 잘 알겠네. 나는 당분간 오로지 그 생각만 하며 굳게 믿도록 하지."

"그러셔야죠. 매일매일 정신을 통일해서 자기암시를 걸어야 합니다. 다음에 누가 내 어깨를 두드리면 죽는다, 다음에 누가 내 어깨를 두드리면 죽는다…. 하루에 몇 천 번씩 자기 자신에게 들려줘야 합니다."

이렇게 해서 법정에 대비한 전술이 결정되었다.

그리고 드디어 판결의 날.

역시 거액의 수임료를 요구한 변호사인 만큼, 변론은 매우 훌륭했다. 준비된 진단서, 증인… 모든 면에서

한 치의 빈틈도 없었기 때문에 판사는 유죄판결을 내릴 수가 없었다.

특히 검사가 "어깨를 두드려서 확인해 보고 싶다"고 발언했을 때, L씨가 보인 반응은 결코 연기하는 걸로 보이지 않았다. 그 말이 나오기가 무섭게 얼굴이 새파랗게 질렸고, 손을 마구 휘저으며 "안 돼, 날 죽일 셈이야!"라고 소리쳤다. 그 장면에서는 변호사마저도 인간이 필사적으로 자기암시를 계속하면 저렇게까지 변하는구나 하며 감탄할 정도였다.

그런 모습이 판사의 마음을 움직여서 결국 무죄판결에 이르게 되었다.

"고맙네. 덕분에 살았어."

L씨가 변호사에게 달려갔다.

"저에게 맡기면 대부분은 이렇습니다. 어떻습니까, 잘 해냈죠?"

변호사가 의기양양하게 대답하며 L씨의 어깨를 힘껏 두드렸다.

훌륭한 식사

그녀는 핏기를 머금은 고기 조각을 실눈을 뜨고 흐뭇하게 내려다보았다. 그러자 마음속에서 솟구쳐 오르는 기쁨을 억누를 수가 없었다. 가슴 깊은 곳에서 솟구친 그 충동은 아름다운 입술을 비집고 밝은 목소리로 흘러나왔다.

"여보."

그녀는 서른 살이 넘었지만, 겉보기에는 훨씬 젊어 보였다. 그 목소리는 한껏 부풀어 오른 기대감 때문인지, 천진난만하게까지 느껴졌다. 그녀의 목소리는 옆에 있는 창을 넘어 정원 쪽으로 뻗어 갔지만, 대답은 돌아오지 않았다.

이곳은 교외 주택지. 밖은 해질녘의 고요함이 스멀스멀 번져 가는 중이었다. 집들이 빽빽하게 들어선 지역이 아니었기 때문에 그 일대는 소란하거나 분주한 분위기와는 거리가 멀었다.

"이상하네. 아까 정원을 가로질러서 차고 쪽으로 간 것 같았는데. 혹시 벌써 들어왔나?"

그녀가 혼잣말을 중얼거린 후, 이번에는 집 안쪽을 향해 다시 소리쳤다. 활기를 띤 그 목소리는 서양풍의, 비교적 큰 그 집의 방들로 흩어졌다. 그렇게 여운이 사라지는가 싶더니, 남자 목소리가 들려왔다.

"어어…."

뒤이어 발소리가 들리며, 점점 그녀 쪽으로 다가왔다. 그녀는 고기 조각으로 시선을 돌리면서도 귀로는 서서히 커지는 발소리를 기다렸다. 발소리가 그녀가 있는 부엌 입구에서 멈추며 목소리로 바뀌었다.

"왜 그래, 큰 소리로 불러 대고. 오호, 이 냄새는…?"

마흔 살쯤 된 그 남자가 코를 벌름거리며 심호흡을 했다. 그녀가 눈앞의 고기 조각을 손으로 가리키며 빙그레 미소를 건넸다.

"저녁은 스테이크를 만들기로 했어. 좋지?"

식욕을 돋우는 냄새가 부엌을 가득 메웠고, 두 사람은 행복해 보이는 서로의 얼굴을 바라보았다.

"여보, 날 사랑해?"

"당연하지. 사랑하고말고."

"전 부인보다…?"

"그럼. 새삼스럽게 그런 걸 왜 물어? 난 당신을 위해서라면 뭐든 다 할 거야. 그보다 당신은 어때? 전 남편이랑 비교하면?"

그가 그녀의 어깨에 손을 얹으며 확인하는 듯한 손짓으로 가볍게 흔들었다.

"당신을 사랑하지. 근데, 이제 우리 둘 다 전에 결혼했던 상대는 잊기로 하자. 이미 죽어 버린 사람들이잖아. 우리는 앞날만 생각하면 돼."

그가 고개를 끄덕였다.

"그래. 앞으로 우리는 더 멋지게 살 수 있을 거야. 오늘은 그 울화통 터지는 운전기사 놈을 해고했으니 말이야. 이번 일을 계기로 행운이 꼬리를 물고 찾아올 거라고."

오늘 아침, 두 사람은 그들이 고용했던 자가용 기사

를 해고했다. 두 사람의 눈을 피해 책상 서랍에서 돈을 훔치려다 딱 걸렸기 때문이다.

"그러고 보니, 왠지 좀 음침한 느낌이 들긴 했어. 우리를 몰래 관찰하는 것 같기도 했고. 취미라고 해 봐야 혼자 몰래 기계나 만지작거리고, 어쨌든 느낌이 별로였어."

"뭐, 이젠 괜찮아. 해고했으니까. 하지만 세상에는 정말 어처구니없는 놈들도 있더군. 성실하게 일해서 돈을 모으려고 하지 않고, 남의 물건에 손을 대다니."

"돈의 유혹은 정말 무섭네. 다음에는 정직한 사람을 고용하자."

"어, 그래야지. 운전이야 우리도 할 수 있지만, 혼잡한 골목길을 휙휙 빠져나올 정도로 실력이 뛰어나진 않으니까. 사고라도 나서 다치면 곤란하잖아."

"오늘 밤은 우리 둘뿐이야. 정말 편안하고 느긋하다. 맘껏 먹고 여유롭게 쉬자."

"그래. 유쾌하게 한잔하며 떠들어 보자고."

"으응."

두 사람은 또다시 서로를 바라보며 웃었다. 그는 부엌에서 식당 쪽으로 걸어 나갔다.

그가 완전히 나간 것을 확인한 아내는 부엌 선반 귀퉁이에 있던 작은 병을 꺼내서 살며시 뚜껑을 열고, 안에 든 하얀 가루를 스테이크 위에 솔솔 뿌렸다. 그러다 손길을 멈추고 고개를 살짝 갸웃거리더니, "에이, 기분이다"라고 나지막이 중얼거리며 다시 한번 그 하얀 가루를 골고루 뿌렸다. 그것은 독약이다. 남편을 영영 휴양 보낼 수 있도록 도와줄 약품이었다.

그녀가 천성적으로 잔인한 성격을 타고난 건 아니었다. 그러기는커녕 예전의 남편과는 진심으로 서로를 사랑했고, 더할 나위 없이 행복한 결혼 생활을 해 왔다. 그런데 예기치 못한 사고로 그 남편이 세상을 뜨자, 서로 깊이 사랑했던 만큼 공허함에 사로잡혀 버린 것이다. 애정으로는 그 공허함을 메울 수가 없었다.

그런데 굳이 두 번째 결혼을 한 데는 나름의 이유가 있었다. 돈 때문이다. 전 남편이 남기고 간, 상당한 액수의 생명 보험금. 그 돈을 불리는 데서 인생의 보람을 찾아낸 것이다. 재산을 불려 가는 즐거움. 그 맛을 한번 알아 버리면, 두 번 다시 그것으로부터 헤어날 수 없게 된다. 모든 것이 그 목적으로 집중되고, 다른 것들은 모조리 수단이 되어 버린다. 그리고 그 능률을 높이기 위해 그녀는 두 번째 결혼을 단행한 것이다.

지금의 남편도 고액의 보험을 들게 했다. 전에는 우연이었지만, 이번에는 철저히 계획한 것이다. 우연한 경우도 잘 풀렸으니 계획적이라면 더더욱 잘 풀릴 게 틀림없다. 0이 많이 붙은 숫자가 그녀의 머릿속을 이리저리 날아다니며, 꿈꾸듯 황홀한 기분에 젖어들게 했다. 손이 저절로 움직이며, 하얀 가루를 더 많이 뿌렸다. 병뚜껑을 닫으며 자기도 모르게 노래를 흥얼거렸다. 다름 아닌 모차르트의 자장가.

"잘 자라 우리 아가…."

노랫소리가 차츰 커지면서 식당에 있는 그의 귀에까지 닿았다. 그는 양주 병이 늘어선 선반으로 다가가 브랜디 병을 집어 들었다.

"'잘 자라, 우리 아가'란 말이지…."

그는 발끝으로 박자를 맞추며 살며시 뚜껑을 열었다. 바지 주머니 속에서 종이 꾸러미를 꺼냈고, 그 안에 든 흰 가루를 브랜디에 따랐다. 흰 가루는 희미하게 솟아오르는 냄새를 거스르며 병 속으로 보슬보슬 녹아내렸다. 그것은 독약이다. 아내를 영영 휴양 보낼 수 있도록 도와줄 것이다.

그는 서로 사랑했던 전처가 병으로 세상을 뜰 때까지 행복한 남자였다. 그러나 애정으로 가득했던 삶이 갑자기 단절되자, 슬픔을 잊기 위해 아내가 남긴 재산으로 방탕한 유희를 즐기기 시작했다. 그렇게 슬픔을 어느 정도 잊고 돈도 바닥이 났을 무렵, 완전히 방탕한 생활의 맛을 알아 버렸다. 인간이 노는 재미를 한번 알아 버리면, 그것을 억제하기란 쉽지 않은 법이다. 그는 계속해서 유희를 즐기고 싶었고, 이를 위해 두 번째 결혼을 단행한 것이다.

이번 아내 역시 상당한 재산가였다. 전에는 우연이었지만, 이번에는 철저히 계획적으로 움직였다. 우연보다는 계획적인 쪽이 훨씬 잘 풀리겠지. 경마, 카드, 술집 아가씨의 얼굴 등이 머릿속에서 밀치락달치락거리며 꿈꾸듯 황홀한 기분에 젖어들게 했다. 손이 자연스럽게 움직였고, 병으로 떨어지는 흰 가루는 더 많아졌다. 그는 뚜껑을 덮고 식탁 위에 병을 내려놓으며 이렇게 말했다.

"어떻게 됐어. 아직이야? 나 배고파."

"금방 돼. 지금 바로 식탁으로 가져갈게."

드디어 식탁 위의 준비가 끝났다.

"오늘 밤은 맘껏 먹어."

"으응, 실컷 마시자. 당신은 브랜디지? 난 늘 마시던 위스키로 하지."

"응."

각자에게 기대로 가득한 시간이 다가왔다. 잠시 후 상대가 쓰러지면 자동차 트렁크에 넣고, 조금 떨어진 곳에 있는 연못으로 옮겨서 무거운 추를 매달아 빠뜨릴 것이다. 간단하지는 않겠지만, 자신의 염원을 실현하기 위해서라면 반드시 해야 할 일이었고, 마음만 먹으면 얼마든지 할 수 있는 일이었다. 그러려면 방해꾼이 없는 오늘 밤이 절호의 기회였다.

그는 그녀의 잔에 브랜디를 따르고, 자기 잔에는 위스키를 따랐다.

"오늘 밤 식사는 즐겁겠군. 자, 건배할까. 미리 축배를 들자고!"

"어? 미리 축배를 들자니, 뭘 축하해…?"

"아, 아무 일도 없지만, 뭔가 엄청나게 좋은 일이 생길 것 같잖아. 그런 기분 안 들어?"

"그러고 보니 그러네. 이제 곧 엄청난 일이 생길 것 같은 예감이 들어."

두 사람의 의견은 일치했고, 함께 술잔을 들었다.

"자, 서로의 건강을 기원하며…."

그 말을 마치고, 두 사람은 각자 술잔을 입으로 가져갔다.

바로 그 순간. 현관에서 초인종이 울렸다. 두 사람은 갑자기 장난감을 빼앗긴 아이처럼 미간을 찡그렸다. 설마 이럴 때 손님이 올 줄이야. 계획에 없던 방해꾼이다.

"누구지, 이 시간에?"

"글쎄, 모르지. 잠깐 나갔다 올게. 건배는 잠시 보류하자."

술잔을 내려놓고 현관으로 나간 그가 한참 만에 돌아왔다.

"누구야?"

"택배야. 거래처 사람이 보낸 건데, 보나마나 상품 견본 같은 거겠지. 내일 풀어 보기로 하고, 일단 식사부터 하자고."

"으응. 그쪽에 올려놔."

두 사람은 다시 식탁에 마주 앉았다.

"분위기 좋을 때 훼방꾼이 나타났군. 자, 다시 건

배할까?"

"그럼, 다시 건배!"

아내가 술잔을 들어 올리고, 브랜디 향을 맡았다. 그러고는 술잔을 들여다보며 말했다.

"잠깐만…."

그가 당황한 말투로 물었다.

"왜, 왜 그래? 뭐가 이상해?"

"으음…."

그는 온몸을 도는 혈액의 순환 속도가 순식간에 두 배로 빨라지는 듯한 감각을 느꼈다. 그녀가 술잔을 식탁 위에 내려놓고 손을 떼자, 그 속도는 더더욱 빨라지는 것 같았다.

"대체 왜 그래? 방금 전까지 기분 좋았는데, 갑자기 왜 심각한 표정을 짓지? 걱정거리라도 떠올랐어? 그런 거라면 식사 끝나고 나서 천천히 상의해 보자고. 아니면 속이라도 안 좋은 거야? 그럼, 브랜디를 마시면 좀 풀릴 거야."

그녀는 쉴 새 없이 말을 쏟아 놓는 남편을 제지시켰다.

"쉿, 조용히 해. 발자국 소리가 들린 것 같아. 누가 밖에 있나 봐."

그는 안심이 되었고, 혈액순환 속도도 원래대로 돌아왔다.

"그럴 리가 없어. 좀 전에 돌아간 택배 배달원 소리겠지."

"아니야. 지금 막 들었어."

식사 도중에 누가 오거나 엿보기라도 하면 큰일이다. 그녀에게도 그에게도.

"그래? 이번에는 당신이 보고 와."

또다시 방해가 들어오자, 그는 계획을 신중하게 진행시키기로 했다. 자신이 바깥 상황을 살피러 나간 사이, 아내가 브랜디를 마시고 쓰러진 모습을 그 발자국 소리의 주인이 목격한다면 사태가 심각해진다. 그러나 아내에게 나가 보라고 하면 그럴 염려는 사라진다.

하지만 이는 아내 역시 마찬가지였다. 그녀도 똑같이 남편이 혹시 스테이크에 손을 댈까 걱정스러웠다. 범행은 목격자가 없을 때 저지르는 게 이상적이다.

"나, 무서워. 같이 가자."

"그러지."

두 사람이 함께 자리에서 일어서려는데, 현관 쪽에

서 초인종이 울렸다. 역시나 손님이 왔던 모양이다. 식사를 시작하지 않아서 천만다행이었다.

"그나저나 이 시간에 대체 누굴까?"

"모르지. 당신이 발소리를 들었다면, 한동안 집 주변을 서성거렸다는 얘긴데… 이상하군."

두 사람은 뭔가 이상하다고 생각하면서도 문을 열었다. 빨리 안심하고 식사를 시작하고 싶었기 때문이다.

문을 열자, 밖에는 낯선 남자가 서 있었다. 제멋대로 자란 지저분한 수염에 차림새도 허름해서 도저히 품위가 있다고 할 수는 없었다.

"누구시죠?"

아내가 물었지만, 그 남자는 대답도 없이 성큼성큼 집 안으로 밀고 들어왔다.

"당신은 누구요? 남의 집에 멋대로 들어오다니, 이건 실례잖아! 돌아가시오. 아니면 무슨 용건이라도 있는 거요?"

그 남자가 두 사람에게 돌아서더니, 주머니에 넣고 있던 손을 꺼냈다. 그것을 본 두 사람은 눈이 휘둥그레졌다. 그의 손에는 권총이 들려 있었기 때문이다. 남자가 나지막한 목소리로 말했다.

"한동안은 돌아갈 수 없어. 그리고 이름 따윌 말해 봐야 의미가 없지. 지금 내 입장을 알려 주지. 나는 방금 탈옥했다!"

"탈옥했다고?"

"그렇다. 간수를 때려눕히고, 이 권총을 빼앗아서 도망쳤지. 총알은 제대로 들어 있고, 사용법도 알아."

"그, 그래서 어쩌겠다는 거죠?"

"얌전히 있으면 해치진 않아. 잠깐 동안 여기 숨어 있으려는 것뿐이야. 탈옥은 했지만, 간수를 죽인 건 아니야. 너희를 죽이고 만에 하나 붙잡혀서 사형을 받으면 더 골치 아파. 그러니 안심해. 하지만 섣불리 소란을 피웠다간 물불 가리지 않는다. 알아들었지? 그런데 전화는 어디 있지?"

"저기요."

탈옥수가 전화기 코드를 거칠게 잡아 빼려다 마음을 바꿨다.

"안 되겠어. 이걸 자르면 수리하러 올지도 모르잖아. 그래, 너희는 전화기 옆으로 오지 마. 저쪽 구석의 소파에 얌전히 앉아 있어! 난 잠깐 쉬어야겠다."

그 말을 따르지 않을 수 없었다. 방해도 방해 나름,

정말 터무니없는 방해꾼이 침입했다. 게다가 쫓아낼 수도 없는 상대였다. 두 사람은 소파에 나란히 앉았지만, 이어지는 탈옥수의 말에 또다시 화들짝 놀랐다.

"오호. 식사가 준비되어 있었군. 아주 잘됐어. 마침 배가 고팠던 참인데. 내가 먹어 주지. 냄새가 아주 먹음직스럽군. 난 교도소에서 오랫동안 이런 식사를 꿈꿨지. 애타게 그리워했어. 게다가 술까지 있고. 이야, 이거 배 속에서 꼬르륵꼬르륵 난리가 났네. 역시 위험을 무릅쓰고 탈옥한 보람이 있군. 나오자마자 이런 식사를 만나게 될 줄이야."

탈옥수는 식탁 위를 바라보며 입속에서 침이 고이는 듯한 소리를 냈다. 그리고 온 얼굴이 더할 나위 없이 황홀한 표정으로 바뀌었다.

"아." "아아."

두 사람의 입에서 나지막한 탄식이 각자의 복잡한 울림으로 새어 나왔다. 탈옥수가 독을 입에 넣고 쓰러지는 것은 고마운 일이다. 그리고 위험하기 짝이 없는 이 상태에서 벗어나는 것도 기쁜 일이다. 바로 의사를 불러서 치료하면 목숨은 건질 수 있을지도 모른다. 탈옥수를 당국으로 넘기면, 많은 사람들에게 감사와 칭

송도 듣겠지.

그러나 거기에는 그보다 더한 손실도 동반되는 것이다. 왜, 그리고 어떻게 녀석에게 독을 먹이는 데 성공할 수 있었는지 설명해야 한다. 경찰, 매스컴. 그것뿐이라면 그나마 적당히 속여서 설명할 수 있을지 모른다. 그러나 지금 나란히 소파에 앉아 있는 사람, 무엇을 입에 넣고 쓰러졌는지를 정확하게 목격한 사람에게는 뭐라고 설명한단 말인가.

두 사람 다 눈을 가려 버리고 싶은 심정이었다. 이 탈옥수가 그들의 집에서 물러날 때까지는 부디 무사하기만을 간절히 기도했다. 그러나 그것은 도저히 불가능한 일이겠지. 말이 안 통하는 굶주린 야수에게 눈앞에 있는 먹이를 못 먹게 하려는 시도나 다를 바 없으니까. 탈옥수는 최면술에 걸린 듯이, 한 걸음 또 한 걸음 식탁으로 이끌려 갔다. 그 입에선 희미한 신음마저 흘러나왔다.

"브랜디. 아하, 이 향기. 손까지 떨리는군."

파국은 코앞으로 다가왔다. 이대로라면 모든 계획은 실패로 돌아가고, 인생의 앞날은 암흑으로 뒤덮여 버린다. 그것은 죽음과도 같았다. 하지만 빈사 상태에 놓인 환자를 눈앞에 두고도 의사는 수혈과 캠퍼 주사를 계속하지 않는가. 아무리 절망적이어도 최후의 몸부림을 쳐야만 했다. 남편이 입을 열었다.

"저어, 혹시…."

"뭐야?"

탈옥수가 깜짝 놀라며 술잔으로 뻗으려던 손을 거두고 얼굴을 들었다. 남편은 아직 마땅한 말을 떠올리지 못한 상태였으나, 그런 걸 생각할 여유도 없었다. 그래서 입에서 나오는 대로 아무 말이나 내뱉었다.

"경찰 쪽에서는 모르고 있나요?"

"이젠 알겠지. 지금쯤은 비상선을 치고 있을 테고. 하지만 설마하니 이런 식으로 도망친 줄은 모르겠지."

"그, 그럼 언제까지 여기 계실 생각인가요?"

"글쎄. 하지만 어쨌거나 일단 배부터 채워야겠어. 이렇게 맛있는 음식을 모조리 먹어 치우면 좋은 지혜도 떠오르겠지."

"자, 잠깐만요. 여기 있는 건 상관없지만, 여긴 평화로운 가정이에요. 집 안에서 소동을 일으키면 곤란합니다."

"뭐야, 무슨 말을 하고 싶은 거야? 할 말이 있으면

분명하게 해!"

남편은 이제야 머리가 돌아가게 된 듯 말을 이었다.

"만에 하나 누가 찾아오면 어떡합니까? 낯선 사람이 있으니 수상하게 여기고 신고하면 어떡하느냔 말이죠. 이러면 어떨까요? 일단 수염이라도 자르고, 옷부터 갈아입으시죠. 그러면 누가 찾아와도 우리 친구라고 하면 괜찮을 겁니다. 그러고 나서 느긋하게 식사하는 게 마음도 안정되고 기분 좋게 드실 수 있을 거예요."

옆에 있던 아내는 그 말을 듣고 가슴을 쓸어내렸다. 어쩜 이렇게 자기 속마음을 대변하는 말을 하는지. 그 이유는 잘 모르겠지만, 아내로서는 그런 걸 따질 여유도 없었다. 지금은 탈옥수가 스테이크에 손을 대는 순간을 조금이라도 미루는 게 우선이었다. 그녀도 옆에서 말을 거들었다.

"부디 그렇게 하세요. 우리 집에 있는 옷이 잘 맞으실 거예요."

남편과 탈옥수의 몸집은 확연하게 차이가 났기에 옷이 맞을 리가 없었지만, 그녀는 간절함이 묻어나는 말투로 권했다. 탈옥수는 예기치 못한 그 말에 의심을 품었다.

"그건 그렇군. 하지만 아무래도 이해가 가질 않아. 탈옥한 자가 집으로 침입하면 피해가 될 게 틀림없어. 그런데도 너희는 이런 나를 왜 그렇게 친절하게 대해주지? 아무래도 무슨 꿍꿍이가 있겠지? 그래. 그게 틀림없어."

탈옥수가 식탁에서 멀어졌다. 두 사람은 조금 안심이 되었다. 그러나 너무 화를 돋워서 탈옥수가 권총을 발사하기라도 하면 큰일이다. 아내가 말을 덧붙였다.

"꿍꿍이라뇨, 말도 안 돼요. 당신이 우리 집으로 뛰어들 걸 예상했을 리도 없고, 게다가 아까부터 지금까지 우리 둘이 상의할 여유도 없었잖아요. 안 그래요, 여보?"

남편이 그 말에 고개를 끄덕였다.

"당연하지. 게다가 당신은 권총을 갖고 있어요. 섣불리 일을 꾸미다가 살해당할 정도로 우리는 바보가 아니에요."

"그런데 왜 그렇게 친절한 말을 하냐고!"

"우리는 이 평화로운 가정이 소동에 휩싸여서 엉망이 되는 게 싫을 뿐이에요. 원하는 건 뭐든 다 드릴 거고, 하고 싶은 게 있다면 도와드릴게요. 그 대신 제발 난폭한 행동은 하지 말아 주세요."

그녀의 말투가 웅변조로 변했다. 자기가 안 죽고, 탈옥수가 남편용 스테이크를 먹어서 모든 게 끝장 나는 사태만 피할 수 있다면, 다른 건 뭘 내주든 아깝지 않았다.

남편도 옆에서 열심히 고개를 끄덕였다. 아내가 왜 저 남자에게 친절을 베풀 마음이 들었는지는 잘 모르겠지만, 어쨌든 상황은 어렴풋하게나마 호전되고 있었다. 이 분위기를 계속 이어 나가야만 했다.

탈옥수는 어느 정도 납득이 되었다. 세상에는 다양한 부부들이 있다. 그러니 이렇게 기묘한 가정도 있을 수 있겠지.

"좋아. 나도 굳이 난폭한 짓을 할 생각은 없다. 하지만 섣부른 행동을 했다간 무사하지 못해. 내 말 단단히 명심해!"

"알고 있습니다. 그럼, 일단 면도라도 하시겠습니까? 으음, 면도기가 어디 있…."

남편은 말을 하다 입을 다물었다. 그렇지. 놀라운 아이디어가 떠올랐다. 면도기가 2층에 있다고 둘러대고 이곳에서 벗어나자. 아내를 남겨 두면, 녀석도 안심하겠지. 그리고 2층 창문으로 뛰어내려서 도망치면 된다. 뒷일은 어떻게 되든 알 바 아니다. 아마도 탈옥수는 자기가 선언했던 대로 아내를 죽이겠지. 그러고 나서 브랜디를 마실 것이다. 일석이조다. 그러면 외출했다 돌아와서 참상을 발견했다고 신고하면 그만이다. 권총을 맞은 아내와 독을 마시고 죽은 탈옥수. 나에게 불리한 증거는 물론 미리 처리해 둔다. 경찰은 고개를 갸웃거리겠지만, 진상을 알 턱이 없다. 이 얼마나 기발한 방법인가.

"면도기를… 어디에 뒀더라."

그는 생각에 잠기는 척했다. 공들여 연출하지 않으면 의심을 받는다. 그러나 어렵게 찾아온 광명으로 나갈 탈출구도 아내의 밝은 목소리에 그 즉시 굳게 닫혀 버렸다.

"거기 있잖아. 봐, 그 귀퉁이 받침대 위에. 자, 편하게 쓰세요. 사용법은 아시죠?"

그녀가 온갖 애교를 담아 넉살 좋게 말해 버렸다. 스테이크 말고는 어떤 서비스라도 할 작정이었다. 탈옥수는 그녀가 가리키는 위치에 있는 전기면도기를 보고 고개를 끄덕였다.

"그럼. 당연히 알지. 옷은 어딨어?"

옷과 관련해서는 잔꾀를 부릴 여지가 없었다. 바로 옆에 남편 옷이 걸려 있었기 때문이다.

"거기요."

"좋아. 너희는 움직이지 마."

탈옥수가 권총을 내려놓지 않은 채, 왼손으로 전기면도기를 사용하기 시작했다. 나지막하게 모터 돌아가는 소리가 울리며 그의 수염이 바닥으로 떨어져 내렸다. 남편은 지금이라면 몰래 대화를 나눠도 상대가 못 듣겠다 싶었지만, 아내에게 딱히 할 말도 없었다.

남편은 여기서 탈출할 다른 방법이 없을까 생각해 보았다. 문제는 저 브랜디다. 저것만 바닥에 떨어뜨려서 깨 버리면 된다. 잔이 과연 깨질지 어떨지는 모르겠지만, 해 볼 만한 가치는 있었다. 위스키는 남겨 둘 것이고, 선반에도 아직 브랜디가 있다. 녀석도 화가 난다고 권총을 쏘지는 않겠지. 그보다 왜 그런 행동을 했는지, 아내가 의심하지 않도록 처리하는 게 더 중요했다. 그는 자연스럽게 자리에서 일어섰다.

그러나 그것도 허락되지 않았다.

"이봐! 움직이지 말라고 했지!"

권총의 총구가 움직였다.

"아, 잠깐 화장실 좀."

"뭐, 화장실이라고? 그건 나중에 가. 움직이지 마!"

남편은 또다시 자리에 앉을 수밖에 없었다. 빌어먹을, 네놈 목숨을 구해 주려는 거야. 이런 친절한 마음도 알아채지 못하다니, 어리석은 놈. 그렇게 죽고 싶으면 맘대로 해.

탈옥수는 수염을 다 밀고, 옷을 갈아입기 시작했다. 그는 옷을 갈아입는 동안에도 권총을 번갈아 쥐면서 빈틈을 보이지 않았다. 도망칠 틈이라곤 없었다. 치수 차이가 상당히 났지만, 아내는 마음에도 없는 아부를 연발했다.

"아주 멋져 보여요. 교도소에 계셨던 분이란 생각이 안 들 정도예요. 당신은 보나마나 억울한 누명을 썼을 거예요. 틀림없어. 그렇게밖에 안 보여요. 품위 있고…."

아내는 살짝 기쁜 표정을 짓는 탈옥수의 반응에 힘을 얻었다. 그래서 무리에 무리를 거듭하며 칭찬의 말들을 쏟아 놓았다. 가능하다면 끝도 없이 칭찬을 늘어놓으며 그의 행동을 잡아 두고 싶었지만, 금세 소재가 바닥나고 말았다. 이야깃거리가 떨어지면 폭군에게 죽임을 당한다는 조건으로 천일 하고도 하룻밤 동안 끊임없이 이야기를 들려줬다는 아라비아 공주가 떠올랐다.

"뭐, 그 정도는 아니지. 자 그럼, 면도도 했고 옷도 갈아입었으니, 이제는…."

"자, 잠깐만요. 벗은 옷을 그대로 놔두면 아무 의미가 없잖아요. 일단 이 소파 뒤에라도 감추는 게 어때요?"

"그건 그렇군."

탈옥수가 옷을 던져 주었다. 그녀는 얼굴도 찡그리지 않고 그 더러운 옷을 받아서 벽과 긴 소파 사이에 밀어 넣었다.

"이렇게 하면 괜찮을 거예요."

"좋아. 자 그럼, 드디어 식사 시간이군."

"아, 그 전에 손 먼저 씻으시면 어때요."

"난 초대받은 손님이 아니야. 그럴 여유가 없어. 난 배가 고파. 아까부터 계속 냄새만 맡아서 위부터 장까지 꼬르륵꼬르륵 난리가 났다고. 이제 더는 못 참아."

"하지만 요리가 식었어요. 제가 드시기 좋게 나머지 한 접시를 다시 데워 올게요. 그게 더 맛도 좋을 테고, 몸에도…."

그렇게 말하며 아내가 자리에서 슬며시 일어섰다. 남편의 접시를 부엌으로 가져가서 아까 공들여 뿌린 독약을 씻어 내려는 꿍꿍이였다. 그러나 역시 그 아이디어도 소용없었다.

"쓸데없는 짓 하지 마! 너희는 거기 얌전히 앉아 있으면 돼. 아, 이게 대체 몇 년 만에 먹어 보는 스테이크냐… 조금 식었어도 상관없어. 맛이 없을 리가 없지. 찬 음식 좀 먹었다고 배탈이 난다니, 웃기는 소리지. 내가 그렇게 부실한 남자로 보이나? 그건 그렇고, 아무래도 너희 행동이 이해가 안 돼. 데워 오겠다고 속이고, 요리에 독약이라도 뿌리려는 속셈이겠지. 정말 어이가 없군."

탈옥수는 경계심을 되찾았다.

아내는 하는 수 없이 다시 앉았다. 세상에, 일부러 생각해서 독약을 씻어 주려는 건데… 그렇게 죽고 싶나.

"잘 들어. 식사 중에는 나불나불 떠들지 마. 이런 집에 살고 있으니, 그 정도 예의는 알고 있겠지. 너희가 떠들면 이 훌륭한 요리가 맛없어져. 너흰 너무 말이 많아. 무서워서 그럴 테지. 하긴, 무서울 때는 주절주절 떠들고 싶어지긴 해. 그런 거라면 이 술을 조금 마시겠나? 그럼 좀 진정될지도 모르는데."

탈옥수가 브랜디 잔을 들고 두 사람을 향해 내밀었다.

"괘, 괜찮습니다. 우리는 침착합니다. 그리고 마시고 싶으면 언제든 마실 수 있으니까요. 응, 그렇지? 응, 그렇고말고."

남편이 새파랗게 질려서 손을 휘저으며 횡설수설 대답했다. 자기가 마실 수도 없고, 아까부터 그렇게 마시게 하고 싶었던 아내도 지금은 곤란하다. 그녀가 지금 브랜디를 마시고 고통스러워하면, 의심에 가득 찬 녀석이 발끈해서 무슨 짓을 저지를지 알 수 없다. 보나마나 권총 소리가 바로 울려 퍼지겠지.

다행히 그녀는 잔으로 손을 내밀지 않았다. 사실 그녀는 탈옥수가 어느 스테이크를 먼저 먹을지 걱정이 돼서 그런 데 신경을 쓸 여유가 없었다.

탈옥수는 브랜디 잔을 손에 든 채, 남편의 자리에 앉았다. 그 자리가 두 사람을 감시하기에 적당했기 때문이다. 그녀는 그 모습을 보고 몹시 실망했다. 어느 쪽부터 먹든 어차피 2인분을 다 먹어 치우겠지만, 가능하면 독이 든 스테이크를 나중에 먹어 주길 바랐다.

"알았나? 입 다물고 조용히 해."

탈옥수가 식탁 위에 권총을 내려놓았다. 언제든 바로 집어 들 수 있는 위치였다.

더 이상은 그 어떤 잔꾀도 부릴 여지가 없었다. 움직일 수도, 말을 할 수도 없었다. 부부는 탈옥수의 목 근육이 기대감으로 바르르 떨리는 모습을 조용히 바라볼 수밖에 없었다. 그들에게 가능한 동작은 단 하나, 눈을 감는 것뿐이었다. 두 사람은 눈을 질끈 감았다. 그리고 남자의 신음 소리와 쓰러지는 소리가 완전한 파국을 알릴 때까지 기다렸다.

그런데 정작 귀에 들려온 것은 전혀 다른 소리였다. 그 소리는 두 사람뿐만 아니라, 탈옥수까지 깜짝 놀라게 했다.

현관의 초인종 소리. 두 사람은 어쨌든 파국의 진행이 일시 중단된 사실에 가슴을 쓸어내렸지만, 탈옥수는 매우 긴장했다.

"뭐야?"

"밖에 누가 온 것 같습니다."

"이 시간에 올 만한 사람이 있나?"

"없습니다."

"뭐, 됐고. 적당히 얼버무려서 쫓아 버려. 안으로 들이면 안 돼!"

탈옥수가 권총을 손에 들고 일어섰다. 남편도 힘차게 일어섰다.

"알겠습니다. 잘 처리하죠."

잘 처리하고말고. 문을 여는 순간, 전속력으로 튀어나가면 된다. 뒷일은 생각하지 않고. 아니, 아내가 살해당하길 기원하면서.

"아냐, 여보. 내가 나갈게."

아내 역시 마찬가지 심정이었다. 탈옥수는 잠깐 생각했지만, 이내 결정을 내렸다.

"좋아, 여자 쪽이 낫겠지."

남편의 표정은 낙담으로 가득 찼고, 아내의 표정은 기쁨이 넘쳐났다.

"잘 처리할게요. 당신도 걱정하지 말아요."

"그래. 잘 처리해. 아무도 들이지 마. 다만, 들이지 않으면 아무래도 의심을 살 것 같은 상대일 때는 잠깐 안으로 들여서 나를 친구라고 소개해. 서툰 짓을 하면, 권총을 쓸 수밖에 없어."

"알고 있어요."

그녀는 오로지 문밖으로 뛰쳐나갈 생각뿐이었다. 탈옥수는 두 사람을 재촉해서 현관으로 향했다. 그는 권총을 쥔 손을 주머니에 넣고, 다른 한 손으로는 남편의 팔을 움켜잡고 문 옆에 섰다. 그리고 아내에게 턱짓으로 신호를 보냈다. 초인종 소리는 불연속적으로 울려 퍼졌다.

그녀가 자물쇠를 풀고 문을 열었다.

지금이다. 그녀는 온 힘을 다리에 집중해 문밖으로 뛰쳐나가려 했다. 그러나 그것은 불가능했다. 밖에서 밀고 들어오는 힘이 더 강했기 때문이다.

밖에서 물밀듯이 들이닥치는 힘이 너무 강하고 거세서 안에 있던 사람들은 너무 놀라 어안이 벙벙했다. 탈옥수조차 권총을 꺼내지 못했다. 그들은 세 남자였는데, 경찰처럼 보이지는 않았다.

아내가 그들에게 물었다.

"누구시죠? 다짜고짜 들이닥치면 어떡해요. 집을 착각한 거 아니에요? 우리는 친구를 초대해서 이제 막 식사를 하려던 참이었는데… 이게 대체 무슨 일이죠?"

세 명의 남자가 각자의 손에 들린 권총을 보여 주었다.

"착각이라니. 우리는 전부터 이 집에 눈독을 들여 왔어. 조금 외진 곳에 자리한 단독주택이고, 돈도 있어 보였으니까. 둘만 사는 줄 알았더니, 손님이 와서 셋이나 있을 줄은 몰랐군. 뭐, 상관없지. 이봐, 거기! 주머니에서 손 빼서 얼른 들어. 그렇지, 그렇지. 자, 그리고 니들은 저 셋을 묶어라."

침착한 말투로 지시를 내리는 남자가 지휘관처럼 보였다. 그의 명령에 따라 다른 두 사람이 준비해 온 밧줄을 꺼내서 묶기 시작했다.

부부는 순순히 따랐지만, 탈옥수만은 묶이지 않으려고 반항했다.

"자, 잠깐만! 이것만은 참아 줘. 묶이면 큰일 나."

"얌전히 있어. 그냥 잠깐 묶는 것뿐이야. 돈만 챙기면 난폭한 짓은 안 해. 우리가 돌아가고 내일 아침이 되면, 누구든 찾아와서 그 밧줄을 풀어 주겠지. 그러면 무사히 구출돼. 너무 반항하지 않는 게 좋을 거다."

탈옥수도 결국 묶이고 말았지만, 계속해서 애원했다.

"그러지 말고, 제발 묶지만 말아 줘. 날 좀 풀어 달라고."

"그러고 싶지만, 일에 방해돼. 네가 도망쳐서 신고하러 달려가거나, 우리가 돌아간 후에 경찰에 바로 전화를 걸면 곤란하잖나. 이쪽 입장도 생각해 보라고."

"아니, 사실 난 조금 전에 탈옥했어. 이대로 묶어 두면, 다시 붙잡혀서 교도소로 보내진다고! 그것만은 절대 싫어."

"적당히 하시지. 그런 얼토당토않는 얘기를 상대해 줄 여유는 없어. 너는 이 집에 초대받은 손님이잖아. 게다가 수염도 없고 옷차림도 깔끔해. 그런 모습으로 탈옥수라고 우겨 봐야 안 통해. 난 교도소에 간 적은 없어서 잘 모르지만, 그런 죄수복도 있나?"

"정말이야. 제발 믿어 줘. 수염은 저 전기면도기 속에 있어. 옷은 이 소파 뒤에 있고. 거짓말 같으면 조사해 보라고."

"알았다, 알았어. 그만 입 좀 다물지."

리더로 보이는 남자가 씁쓸하게 웃었다.

"제발 부탁이야. 난 전과 3범이야. 강도도 할 수 있어. 배짱도 두둑해. 너희 일당에 끼워 줘. 틀림없이 도움이 될 거야. 그렇게만 해 주면 나도 열심히 일할게."

"으음, 그래. 하지만 우리는 이 집에 돈을 훔치러 온 거야. 너처럼 머리가 이상한 녀석을 거둬 주려고 온 게 아니라고. 이왕 한패로 삼을 거면, 이 부부처럼 얌전히 묶이는 쪽이 훨씬 좋지. 믿음이 가잖아. 아무래도 넌 너무 순진한 사람 같군."

"아아, 제발…."

"닥쳐! 야, 이놈한테 재갈을 물려."

강도 중 하나가 탈옥수의 입을 수건으로 막았다. 탈옥수는 의미를 알 수 없는 신음을 흘렸지만, 더 이상 그게 통하지 않는다는 것을 알고 서글픈 표정을 지었다.

"자 그럼, 일을 시작해 볼까. 이봐, 돈은 어딨어?"

"네. 현금은 옆방 서랍 속에 있어요. 그걸 갖고 제발 빨리 나가 주세요."

남편의 대답에 아내도 말을 덧붙였다.

"그리고 저 상자에는 진주 브로치가 들어 있어요. 하긴 뭐, 별 대단한 건 아니지만요. 그리고 혹시 마음에 드는 물건이 있다면 뭐든 다 가져가세요. 그걸 갖고 빨리 나가 주세요."

"흐음. 묘하게 협조적이군. 그건 가져가기로 하지. 그런데 아무래도 좀 수상해. 무슨 값진 물건이 있을 게 틀림없어. 천천히 찾아보자고. 강도에게 값나가는 물건을 찾을 때만큼 스릴 넘치고 가슴 뛰는 순간은 없거든."

강도가 그렇게 말하며 고개를 갸웃거렸을 때, 부하 중 한 사람이 소리를 높였다.

"형님, 이거 보세요. 이 요리와 술. 일 시작하기 전에 일단 배부터 채우죠."

"으음. 스테이크와 술이라. 게다가 꽤 좋은 술인데."

옆에 있는 선반에서 브랜디 잔을 꺼내서 각각의 잔에 술을 따랐다. 부하 하나는 나이프로 스테이크를 잘랐다.

"그럼, 건배하지. 축배 먼저 들자고!"

묶여 있는 세 사람은 각자 다른 의미에서 절망적이었다. 남편과 아내는 사태의 진행을 더는 막을 수 없음을 충분히 깨달았다. 탈옥수를 상대하느라 기력이 이미 다 바닥나 버렸기 때문이다.

침입자 세 사람이 스테이크에 포크를 꽂고, 잔을 부딪쳤다.

"모든 일이 순조롭길 기원하며…."

그러나 바로 그 순간, 그들의 동작이 멈췄다.

거실 한쪽 구석에 있는 전화기에서 전화벨 소리가 울렸기 때문이다.

리더인 남자가 화들짝 놀라며 긴장했지만, 당황하지 않고 물었다.

"전화가 왔군. 어디서 걸려 올 예정이 있었나?"

부부는 제각각 고개를 가로저었다. 어디서 오든 상관없었다. 이제는 무슨 일이 벌어지든 아무 상관도 없었다.

"그래? 그럼, 그냥 둬. 한참 놔두면 사람이 없는 줄 알고 포기하겠지."

전화벨은 단조로운 소리를 내며 한동안 울렸지만, 이윽고 잠잠해졌다.

"아무래도 집에 없나 봅니다. 아무리 걸어도 받질 않아요."

경찰서 안에서 형사 하나가 그렇게 보고했다. 상사가 그 말을 듣고는 조금 안심했다.

"그건 천만다행이군. 자 그럼, 지금 바로 현장으로

출동해."

그러고는 옆 의자에 앉아 고개를 숙이고 있는 남자에게 말했다.

"아, 정말 어처구니없는 녀석이야. 운전기사에서 해고당했다고 고용주였던 부부를 살해할 계획을 세우다니. 게다가 그 방법을 좀 봐. 시한장치가 된 청산 가스 발생기를 만들어서 상품 견본을 가장해 택배로 보내? 그게 말이 되나? 죄질이 아주 나빠. 자수한 점은 인정하겠지만, 전화 외에는 손을 쓸 수 없는 시간에 자수를 하다니. 그나저나 집에 아무도 없어서 천만다행이야. 만약 집에 누군가 있었다면, 모조리 다 죽었을 테니까. 네 죄도 그만큼 무거워질 뻔했어. 너는 악인 중에서는 그나마 운이 좋은 편이야."

호시 신이치가 쏘아 올린 수많은 별들을 소개하며

"별이 빛나는 창공을 보고, 갈 수가 있고 또 가야만 하는 길의 지도를 읽을 수 있던 시대는 얼마나 행복했던가?"(게오르크 루카치, 『소설의 이론』) 호시 신이치星新一의 단편집을 읽으면서 가장 먼저 떠오른 문구다. 작가의 성姓이 '별'이어서일까. 물론 함의는 다르지만, 별처럼 빛나는 그의 방대한 작품들이 일종의 좌표로서 행복감을 만끽하게 해 주기 때문이다. 그런데 '방대한' 작품이라니, 다작이라면 또 모르지만 선뜻 이해가 안 가는 표현이다. 이런 수식어가 가능한 까닭은 그가 대략 10분 정도면 읽을 수 있는 초단편소설, 일명 '쇼트-쇼트' 형식을 정착시킨 개척자이기 때문이다. 쇼트-쇼트는 인생의 찰나적 단면을 날카롭게 포착해 재기와 상상력으로 독자의 허를 찌르는 짧은 소설로, 작가의 세계관과 예술성을 응축시키는 데 가장 적절한 문학적 형식으로 평가받는다. '쇼트-쇼트의 신'이라 불리는 그는 1957년에 「섹스트라」로 데뷔한 후, 1983년에 '1001편 창작'이라는 자신의 목표를 달성해 냈다(총 작품 수는 공식 사이트www.hoshishinichi.com 집계로 1138편). 또한 그는 고마쓰 사쿄, 쓰쓰이 야스타카와 함께 일본 SF의 3대 거장으로도 유명한데, 그를 어느 장르로 묶기에는 그의 세계가 한없이 넓고 깊다는 인상을 떨쳐 내기 힘들다.

『악몽과 도련님』은 그의 작품들을 묶어 낸 단편 전집의 세 번째 책이다. 첫 번째 단편집 『완벽한 미인』은 미스터리, SF, 우화, 동화 등 광활한 우주와도 같은 그의 작품군에서 유난히 강렬한 빛을 발하는 초기 작품 50편을 추려 낸 자선집이다. 초·중학교 교재에도 수록된 「야, 나와!」 「선물」을 비롯해, 독특한 독기를 품은 결말이 돋보이는 「인류애」 「생활 유지부」까지, 폭넓은 주제와 시니컬한 결말로 호시 신이치의 원점原點으로 알려졌다. 그 뒤를 잇는 『사색 판매원』은 인류의 미래에 기다리고 있는 희비극을 아이러니한 웃음으로 승화시키고, 인간의 나약함에 대한 연민과 기상천외하고도 탁월한 아이디어를 아우른 작품들을 엮은 어른을 위한 우화집이다. 인공 겨울잠의 유행으로 고요해진 세상을 그린 「마지막 사업」, 인간에게 남은 마지막 공포, '죽음'을 극복해 자살을 신앙 수준으로까지 승화시킨 「순교」, 기계문명에 저항하는 사람들에게 내려지는 형벌을 다룬 「처형」 등의 작품이 있다. 특히 「순교」와 「처형」은 죽음이란 무엇인가에 대한 근원적인 질문을 던진다.

그리고 이 책 『악몽과 도련님』에는 독특한 상상력과 날카로운 지성으로 우주, 미래, 평범한 일상 등을 그려 낸, 유머 넘치는 작품들을 수록했다. 언뜻 평범해 보이는 일상 속에 감춰진 악의와 다양한 '악몽'의 세계를 보여 준다. 독일의 외딴 시골에서 산 신기한 마력을 가진 의자, 눈 내리는 고요한 밤에 노부부의 집에 숨어든 침입자, 하품이 나올 정도로 평화로운 지구에 난데없이 출현한 황금빛 우주선 등 지상과 우주를 넘나드는 기기묘묘한 스토리들이 펼쳐진다.

그런데 사실 SF는 시대적 제약을 가장 많이 받는 장르일 수밖에 없다. 게다가 그의 작품들은 이미 반세기가 훌쩍 지난 1960, 70년대에 주로 쓰였다. 그러나 그의 작품은 지금 읽어도 위화감이 전혀 없을뿐더러 고리타분하지도 않다. 그 이유는 애당초 작가 본인이 시대와 세대를 초월한 작품을 쓰려고 노력했고, 새로 출간될 때마다 꾸준한 수정 작업을 게을리 하지 않았기 때문이다. 아마도 이는 독자에 대한 배려와 자기 작품에 대한 자신감에서 비롯되었으리라. 호시 신이치의 작품이 여전히 빛을 발할 수 있는 또 한 가지 이유로는, 미래를 예견하는 통찰력과 과학적 시선을 들 수 있을 것이다. 그가 예언한 미래는 실제로 오늘날 인터넷 보급, AI로봇, 유전자 조작, 지구온난화, 환경문제 등등 여러 측면에서 그대로 실현되었다. 그러나 그가 세월의 풍화와 격랑에 휩쓸리지 않고 여전히 꾸준한 사랑을 받는 가장 큰 이유는, 따뜻한 인간애에 뿌리 내린 '보편성'을 확보한 덕분이다. 보편성이야말로 문학의 가장 중요한 요소임을 그를 통해 다시 한번 실감하게 된다.

그가 쏘아 올린 수많은 별들은 저마다 다른 빛깔과 크기와 밝기로 밤하늘을 휘황찬란하게 수놓으며 명실상부한 '쇼트쇼트의 고전'으로 자리 잡았다. 게다가 이 고전은 흔히 누구나 알지만 아무도 읽지 않는 책이라는 고전의 한계를 거뜬히 깨뜨리는, 파격적인 형식과 내용이 담보된 '고전'이다. 인간 의식의 큰 도약은 하늘의 별을 바라보는 눈길에서 시작되었을 것이다. 이 책이 가없는 호시의 우주로 고개를 드는 계기가 될 수 있길 바란다. 그러면 우리도 너무 가까운 지상과 너무 먼 하늘 사이 어디쯤에 있는 유토피아를 만날 수 있을지도 모른다.

호시 신이치 쇼트-쇼트 시리즈 03.

악몽과 도련님

1판 1쇄 인쇄 2023년 2월 13일
1판 1쇄 발행 2023년 2월 27일

지은이 호시 신이치
옮긴이 이영미

발행인 황민호
본부장 박정훈
책임편집 김사라
기획편집 김순란 강경양
마케팅 조안나 이유진 이나경
국제판권 이주은 김준혜
제작 최택순

발행처 대원씨아이(주)
주소 서울특별시 용산구 한강대로15길 9-12
전화 (02)2071-2019
팩스 (02)749-2105
등록 제3-563호
등록일자 1992년 5월 11일

ISBN 979-11-6979-470-1 04830
979-11-6979-492-3 (SET)